FEUER
WERKE
VERLAG

Das Buch

Nach dem Tod ihres Bruders braucht Ana Abstand von ihrem alten Leben in London. Im fernen Schottland wagt sie einen Neuanfang und eröffnet eine Bar. Schnell findet sie in dem kleinen Ort neue Freunde.

Eines Tages bemerkt sie, dass ein Fremder ihr auf Schritt und Tritt folgt. Anas Freundinnen warnen sie und raten ihr, dem mysteriösen Mann, der sich Levy nennt, aus dem Weg zu gehen. Ein Vorhaben, das unmöglich scheint, denn Ana spürt, wie sie sich immer mehr zu ihm hingezogen fühlt. Aus Neugier wird Freundschaft, aus Vertrautheit wird Liebe.

Doch Levy steckt voller Geheimnisse und scheint zudem unzähmbar und unerreichbar zu sein. Ana ist sich sicher, dass es einen Grund für sein seltsames Verhalten geben muss. Und sie hat Recht - der Grund allerdings ist sie selbst …

Die Autorin

Jessica Koch begann bereits in der Schulzeit damit, kürzere Manuskripte zu schreiben, reichte diese aber nie bei Verlagen ein. Anfang 2016 erschien dann schließlich ihr Debütroman "Dem Horizont so nah". Das Buch belegte wochenlang Platz 1 der Bestsellerlisten und kam 2019 europaweit in die Kinos. Mit "Dem Abgrund so nah" und "Dem Ozean so nah" erschienen im Laufe des Jahres 2016 die ebenfalls sehr erfolgreichen Teile zwei und drei der "Danny-Trilogie". Darauf folgten mit "Wenn das Meer leuchtet" und "Denn Geister vergessen nie" weitere dramatische Liebesromane der Autorin.

"Das Feuer in uns" ist der aktuelle Roman von Jessica Koch.

Das Feuer in uns

Ein Roman von Jessica Koch

Mehr zum Autor finden Sie auf
www.jessica-koch.de und
www.facebook.com/jessicakoch.autorin.de
www.feuerwerkeverlag.de/koch/

Abonnieren Sie auch unseren Verlags- und Autoren-Newsletter und erfahren Sie so als Erster von unseren **Neuerscheinungen, Autorennews** und exklusiven **Buch-Gewinnspielen**:
www.feuerwerkeverlag.de/newsletter

Originalausgabe Dezember 2021

Maracuja GmbH, Laerheider Weg 13, 47669 Wachtendonk
Herstellung: Books on Demand GmbH
Printed in Europe
Umschlaggestaltung: Catrin Sommer - rausch-gold.com
unter Verwendung von Mikhail Bakunovich, kovop58, kholywood (shutterstock.de)
Typo: MinionGreat, Vibes
Lektorat: Ulrike Jonack, Leipzig

ISBN: 978-3-949221-14-9

Für meine Tochter

Ich werde immer für dich da sein.
Bis zum Ende der Zeit.

Man kann die Wahrheit nicht verbrennen,
weil sie selbst das Feuer ist.
*Friedrich Dürrenmatt

Brennt, ihr Flammen,
lodert hoch in die Nacht!
Schmelzt zusammen,
was euch krank und traurig macht.

Glüht alles nieder,
versinkt ganz und gar in diesem Bann,
und erkennt doch am Ende wieder,
dass man Wahrheit nicht verbrennen kann.

Kapitelübersicht

Prolog 11
Felia 13
Prophezeiungen 20
Träume 25
Schatten 29
Erinnerungen 35
Begegnungen 38
Frühstück 47
Konfrontation 52
Flucht 60
Karten 66
Offenbarung 70
Vergangenheit 78
Verabredung 87
Abschied 95
Enttäuschung 100
Aushilfe 107
Jamie 114
Nah 124
Näher 133
Elea 141
Gebannt 145
Van Leeuwens 150
Gefahr 154
Liebe 160
Macht 169
Verbundenheit 174
Träume 180
Wahrheit 186
Feuer 190
Zerrissen 193
Leid 200

Unheil 205
Schmerz 210
Entscheidung 227
Polizei 232
Kampf 245
Verzeihen 250
Lebwohl 253
Verlust 258
Epilog 261

Prolog

England

VERZWEIFELT sah ich mich um. Eben warst du noch neben mir ...

Die Dunkelheit hüllte alles ein. Kein schützendes Dunkel, sondern eine alles schluckende, niemals endende Schwärze. Aus dem hektischen Stimmengewirr und den bösen Worten war eine unerträgliche Stille geworden.

Dein Auto war nicht mehr zu sehen.

Panisch rannte ich los ...

Ich wollte deinen Namen rufen, aber mir fehlte die Luft dazu. Plötzlich ertönte das Aufheulen eines Motors. Kurz darauf hörte ich deinen Schrei.

Rote Bremslichter flackerten auf und verschwanden sofort wieder. Der Gestank von verbranntem Gummi drang zu mir durch.

Ich wusste nicht, ob die Scheinwerfer absichtlich ausgeschaltet wurden, als dein Auto in halsbrecherischer Geschwindigkeit in die Nacht raste.

Dann sah ich jemanden reglos auf dem Boden und erkannte, dass du es warst ...

„Felian!“

Aus dem Laufen heraus stürzte ich mich zu dir hinunter, ohne zu merken, dass ich mir die Knie blutig schlug.

„Felian!“, rief ich erneut und berührte vorsichtig deine Wange, die sich heiß und verschwitzt anfühlte. Meine Augen wanderten prüfend an dir hinab. Ich sah deinen vor Schmerz verkrümmten Köper vor mir liegen. Vor allem sah ich das dunkle Blut, das sich rund um deine hellen Haare ausbreitete ...

„Hilfe." Das Wort war nur ein Flüstern. Ein ungehörtes Wispern. Mein Blick huschte suchend in die Nacht, aber dein Auto war verschwunden.

Wer immer es fuhr, er würde nicht zurückkommen, um uns zu helfen.

„Feuer!" Mein Schrei klang unmenschlich, als wäre er nicht von dieser Welt. Vor langer Zeit hatte unser Vater uns beigebracht, in einer Notfallsituation nicht „Hilfe" sondern „Feuer" zu rufen, um alle Menschen in Hörweite in Alarmbereitschaft zu versetzen. „Feuer!"

Ich konnte später nicht sagen, wie oft ich dieses Wort brüllte, schrie und verinnerlichte, während ich versuchte, das Blut zu stoppen, das dir aus dem Mund und aus dem Ohr lief.

Irgendwann sank ich erschöpft zu dir auf den Boden, legte meine Wange vorsichtig an deine, um dir zu zeigen, dass ich da war und dich nicht alleine ließ.

Es fühlte sich an, als würden Jahre vergehen, dann endlich hörte ich in weiter Ferne die Sirene eines Einsatzfahrzeuges.

„Felian", flüsterte ich. „Der Rettungswagen ist gleich da."

Liebevoll streichelte ich dir über deine Haare und wusste, dass jede Hilfe zu spät kommen würde.

Felia

Schottland

MEIN Herz schlägt ein paar Takte schneller, als ich den Schlüssel umdrehe und die Tür weit öffne. Langsam, fast ehrfurchtsvoll trete ich ein. Der polierte Boden quietscht unter meinen Sohlen. Ich hoffe, das wird aufhören, sobald sich hier Unmengen von Menschen tummeln und ich vielleicht sogar meine erste Bedienung einstellen kann. Während ich die Vorhänge zur Seite ziehe und die Kerzen auf dem Tisch anzünde, huscht mein Blick immer wieder zu der großen Uhr an der Wand unter der Schräge.

Noch zwanzig Minuten bis zur Eröffnung.

Obwohl der Tresen nicht noch mehr glänzen kann, als er es ohnehin schon tut, wische ich noch mal mit meinem Putzlappen drüber, trockne meine schweißnassen Hände mit einem Handtuch ab und werfe es anschließend mitsamt dem Lappen in die Schmutzwäsche. Ich atme tief durch, bevor ich einen Schritt nach draußen trete und das Schild mit den grünen Leuchtbuchstaben anschaue: *Felia* steht in geschwungenen Lettern darauf. Stolz erfüllt mich und gleichzeitig versetzt mir dieser Name einen kleinen Stich ins Herz, wie immer, wenn ich ihn lese. Dennoch war mir von Anfang an klar, dass mein Pub, sollte er jemals Realität werden, nur diesen Namen tragen kann.

„Ana!"

Der Ruf meines Namens lässt mich zusammenzucken und ich drehe mich zu der Stimme um. Freya und Isobel, meine besten – und auch einzigen Freundinnen – kommen auf mich zu. Erleichtert atme ich auf und gehe ihnen ein Stück entgegen.

„Zum Glück seid ihr gekommen, ihr seid gekommen!" Es ist echte Dankbarkeit, die ich empfinde, als ich erst Freya und dann Isobel in meine Arme schließe.

„Natürlich kommen wir!“ Isobel schiebt mich an den Schultern ein Stück von sich weg, schaut mich kurz an und schüttelt mich dann kurz, als müsse sie mich zur Besinnung bringen. „Denkst du etwa, wir lassen dich allein?“

„Nein, natürlich nicht“, bringe ich hervor. In Wahrheit bin ich mir dessen nicht sicher gewesen. Denn im Grunde kenne ich die beiden noch nicht lange. Ich bin erst vor einem halben Jahr aus London hierher nach Clyde Valley gezogen und habe sie kurz danach kennengelernt. Zuerst Freya, durch sie dann Isobel. Es gibt wenig, was uns miteinander verbindet, und dennoch stehen wir uns nahe. Eine Tatsache, die ich selbst nicht genau erklären kann.

„Weißt du, Anastasia, manchmal ist das eben so“, sagt Freya immer. Sie spricht meinen vollen Namen nur dann aus, wenn sie völlig ernst mit mir redet. „Wenn Seelen auf derselben Frequenz schwingen, dann ist man sofort miteinander vertraut. Zeit spielt da überhaupt keine Rolle.“

Möglicherweise war es genau das. Ein *Auf-der-selben-Frequenz-Schwingen.*

Es war Schicksal gewesen, dass wir aufeinandertrafen, und möglicherweise auch Schicksal, dass wir aneinander hängen geblieben sind.

Aus einem oberflächlichen Kontakt ist sehr schnell eine Art Freundschaft geworden. Dann habe ich ihnen erzählt, dass ich einen Pub eröffnen werde. Besser gesagt eine Mischung aus Pub und Bar, urige Gemütlichkeit und elegante Drinks. Bis heute, dem Tag der Einweihung, sind sie beide an meiner Seite und mich rührt das, obwohl ich natürlich weiß, dass Freya glaubt, in meiner Schuld zu stehen. Ich sage ihr immer wieder, dass es nicht so ist, aber sie kann es entweder nicht glauben oder nicht annehmen.

Vielleicht ist sie auch einfach nur meinetwegen hier, weil sie mich wirklich mag und mir helfen will.

„Es geht los“, zischt Freya mir zu und pikst mir mit ihrem langen, giftgrünen Fingernagel in die Seite. „Da hinten kommen die ersten Leute.“

Überrascht stelle ich fest, dass es eine große Gruppe ist. Nicht nur Bekannte und Nachbarn, die ich explizit eingeladen habe, sondern auch Menschen, die ich nie zuvor gesehen habe.

„Wie ist das möglich?“ Staunend blicke ich von einer Freundin zur anderen, dann zu den vielen Leuten und wieder zurück zu Isobel und Freya, die übers ganze Gesicht strahlen. „So viele Menschen …“

„Wir haben allen Bescheid gesagt, die wir kennen“, verkündet Isobel. Offenbar ist es für sie das Normalste der Welt.

Hastig wische ich meine Hände sicherheitshalber noch mal an meinen engen Jeans ab, bereit, gleich jeden persönlich zu begrüßen und ihm viel Spaß zu wünschen. Ich werfe einen letzten prüfenden Blick in den Spiegel: Meine dunkelblonden Haare beginnen sich aus dem Pferdeschwanz zu lösen, und deswegen binde ich ihn neu. Die graublauen Augen wirken müde und ich finde, man sieht mir die Strapazen der letzten Wochen an.

„Guten Abend“, sagt einer der Gäste zu mir, die eben in die Bar treten. Einige von ihnen stellen sich vor die kleine Angebotstafel, die ich am Tresen aufgehängt habe, während der Mann mich direkt fragt: „Welchen Drink kannst du mir denn empfehlen?“

In Sekundenschnelle drehe ich mich um und setze mein strahlendes Lächeln auf. Jetzt bin ich nicht mehr das nachdenkliche und in sich gekehrte Mädchen, sondern die taffe und stolze Besitzerin einer Bar.

„Bier oder Wein? Oder lieber etwas Stärkeres?“, frage ich, als hätte ich das schon Tausende Male gemacht.

„Ich dachte eher an etwas Gemixtes.“

„Hier bitte“, sage ich und reiche dem Gast die Getränkekarte, die ich in liebevoller Arbeit bis in kleinste Detail ausgearbeitet habe. „Da steht alles drauf, was ich anzubieten habe. Schau mal rein.“

Er nimmt die Karte und geht zu einem Tisch, an dem schon eine ältere Dame sitzt. Normalerweise hätte ich dieses interessante Pärchen jetzt beobachtet, aber eine junge Frau bestellt zwei Bier. Ich deute auf die Tafel rechts hinter mir und frage nach der Sorte. Sie schaut kurz hin, nimmt zwei Lager. Ich schenke ein, kassiere ab und schon ist der nächste dran. Er nimmt vier Bier und fragt nach einem Snack. Er klemmt sich die Karte unter den Arm und versucht, irgendwie die Gläser in die Hände zu nehmen. Er winkt einem Kumpel, damit dieser ihm tragen hilft, inzwischen zapfe ich bereits das nächste Bier. Ich bin in meinem Element, meistere meine Rolle perfekt. Ich zapfe Bier, mixe Drinks, bringe die Bestellungen an den Tisch und lächle. Nicht aus reiner Höflichkeit, sondern weil ich mich unheimlich über diesen unerwarteten Andrang freue.

„Läuft doch“, ruft Freya und zwinkert mir zu. Irgendwo in dem Gewühl finde ich auch Isobel, die zusammen mit zwei jungen Männern an einem Tisch sitzt, an ihrem Cocktail nippt und mir triumphierend den erhobenen Daumen entgegenstreckt. Ich bewundere ihre aufgeschlossene Art und ihr beneidenswertes Talent, sofort Kontakte zu knüpfen und gemocht zu werden. Sie flirtet mit den beiden Typen, unterhält sie, bringt damit eine unbefangene, lockere Stimmung in den Raum, und ich bin ihr unglaublich dankbar dafür.

Obwohl Isobel von Kindheitsbeinen an die beste Freundin von Freya ist, sind die beiden das totale Gegenteil voneinander. Isobel ist eine durchweg positive, optimistische und lebenslustige Frau, die es spielend schafft, aus jeder Situation das Beste zu machen. Mit ihrer zierlichen Figur, den langen braunen Haaren und ihren großen dunklen Augen ist sie die perfekte Definition klassischer Schönheit. Zudem ist sie ganz eindeutig eine Karrierefrau, die stets nach Erfolg strebt. Sie arbeitet als Leiterin in der Buchhaltung, liebt den Umgang mit Zahlen und mag es, Dinge logisch zu erklären. Freya hingegen ist stets skeptisch, fast schon misstrauisch und hat ihre ganz eigene Art, die Dinge zu sehen. Ihr Äußeres spiegelt ihre leicht verrückte Ader. Ich muss schmunzeln, als ich aus den Augenwinkeln sehe, wie sie eine feuerrote Haarsträhne in die Luft pustet. Sie arbeitet in einem Friseurladen und ist ausgesprochen kreativ. Das gibt ihr die Möglichkeit, ihr Äußeres ständig zu verändern und sich immer wieder neu zu erfinden.

Berührt stelle ich fest, wie lieb ich die beiden gewonnen habe, in den paar Monaten, die ich nun in Schottland wohne. Ein wundervolles Land, mit seinen welligen, moosgrünen Landschaften und den dichten und lichtundurchlässigen Wäldern, die mich immer an das Innerste meiner Seele erinnern.

Ich schiebe die trüben Gedanken beiseite. Sie werden sich heute Nacht, wenn ich allein in meinem Bett bin, wieder über mein Herz legen. Jetzt ist keine Zeit dafür, ich bin abgelenkt, fast schon glücklich.

Mein Lächeln wird breiter, als ich mich zu meinem nächsten Gast beuge. „Herzlich willkommen in der Bar Felia", begrüße ich ihn freundlich. „Was möchtest du denn trinken?"

„Ich nehme einmal Green Bubble." Er zeigt mit dem Finger auf die Nummer 12 meiner Tafel. Ein Getränk, das ich selbst erfunden habe. Mein Herz klopft in freudiger Erwartung, es zum ersten Mal jemandem mixen und verkaufen zu dürfen.

„Eine großartige Idee, hier einen Pub aufzumachen", lobt er mich. „Direkt am Waldrand, in unserem idyllischen Dörfchen. Du wirst dich vor Gästen kaum retten können."

Seine Worte tun mir gut. Das erste Mal seit sehr langer Zeit habe ich das Gefühl, etwas richtig gemacht zu haben.

***

Es ist fast Mitternacht, als sich mein kleiner Pub allmählich leert. Nur noch eine Handvoll Menschen sind da und die Aufbruchsstimmung ist deutlich spürbar. Meine Füße schmerzen, aber ich bin zufrieden.

„Hast du gesehen?", ruft Freya mir plötzlich zu. „Das ist echt merkwürdig."

„Was denn?"

„Na, da!" Sie zeigt mit ihrem spitzen Kinn so ruckartig in die hintere Ecke, dass ihre silbernen Ohrringe dabei klingen. „Der Typ da."

Mein Blick folgt dem ihren. Zwar sehe ich den Mann, auf den sie offensichtlich deutet, aber ich verstehe nicht, was sie mit ihrer Aussage meint. Ich kann beim besten Willen nicht erkennen, was an ihm merkwürdig sein soll.

„Was ist mit ihm?", will ich wissen und zwinge mich, die Augen von meinem Gast abzuwenden und wieder Freya anzusehen. „Sieht doch ganz normal aus."

„Normal?", echot sie erstaunt. „Das nennst du *normal*?"

Ein weiteres Mal sehe ich hin. Der junge Mann blickt noch immer aus dem Fenster in die Nacht hinaus, so dass ich weiterhin zu ihm hinüberschauen kann. Er hat dunkelblonde Haare, die ihm seitlich in die Stirn fallen, und er ist mit einem schlichten schwarzen Pullover bekleidet. Sein Gesicht kann ich nicht erkennen, aber das ist auch nicht nötig. Nichts an ihm ist auffällig oder merkwürdig. Verwundert wende ich mich sofort wieder ab. „Tut mir leid, ich verstehe dich nicht. Für mich sieht er wirklich völlig normal aus."

„Er sieht gut aus. Verdammt gut. Wie ein Model aus einem Hochglanz-Katalog."

Ach, daher weht der Wind. Das hätte ich mir ja denken können. „Dann geh und sprich ihn an", sage ich, bemüht, mir nicht anmerken zu lassen, dass ich das Thema gerne beenden würde und zu meiner Arbeit zurückkehren möchte.

„Habe ich bereits versucht", erwidert Freya. „Er hatte kein Interesse an einem Gespräch. Er hat mich komplett ignoriert."

„Ja, dann ist er echt merkwürdig." Ich kann mir das Grinsen nicht mehr verkneifen. „Wenn er *dich* abblitzen lässt, dann stimmt eindeutig was mit ihm nicht." Lächelnd gehe ich in den kleinen Aufenthaltsraum hinter der Bar und hole ein Putzmittel aus dem Schrank. Freya folgt mir.

„Er hat mich überhaupt nicht wahrgenommen, obwohl er stundenlang alleine da saß. Weil er entweder aus dem Fenster geschaut hat oder …", Freya macht eine bedeutungsvolle Pause, „… oder *dich* angesehen hat!"

„Mich? Warum sollte er?"

Freya schaut mich durchdringend, fast warnend an. Ihre hellen, grünen Augen leuchten. „Er hat dich den ganzen Abend beobachtet und ich sage dir, irgendwas stimmt nicht mit ihm."

Ein leichter Schauer läuft mir den Rücken hinunter und kriecht in meine Glieder. Ich öffne die Lippen, um etwas zu sagen, schließe sie aber dann doch wieder.

„So ein Unsinn", winke ich schließlich ab. „Lass uns Feierabend machen für heute."

„Er wird nicht mehr da sein, wenn wir jetzt rausgehen“, prophezeit sie.

„Schade, sonst könnte ich ihn ja fragen, was er will.“ Insgeheim hoffe ich, dass Freya recht hat, weil ich keine Ahnung habe, was ich zu ihm sagen sollte. Sitzen und gucken ist ja schließlich nicht verboten. Ich greife mein Putzmittel fester, als könnte ich mich damit im Notfall verteidigen, und trete zurück in die Bar.

Der Platz am Fenster ist leer.

Fast schon triumphierend lache ich Freya an. „Problem gelöst.“

„Du täuschst dich“, sagt Freya leise. Sie dreht sich um und geht zu Isobel, die mit dem Aufstuhlen begonnen hat.

„Wie meist du das?“

„Er wird wiederkommen“, sagt sie eindringlich und greift ebenfalls nach einem Stuhl, um ihn auf den Tisch zu stellen. Ihre rot-schwarz gefärbten Haare fallen ihr ins Gesicht und erneut pustet sie eine Haarsträhne weg. „Ich habe es in seinem Blick gesehen.“

„Was genau hast du gesehen?“

„Dass er wiederkommen wird.“ Freya holt tief Luft und fügt dann hinzu: „Ich glaube, er ist besessen von dir.“

„Von mir?“, wiederhole ich verwirrt.

Freya nickt und bestätigt mir, was ich nicht hören will: „Ja, von dir.“

Ich weiß nicht warum, aber ihre Worte treffen mich wie ein Faustschlag in den Magen und lassen ein ungutes Gefühl in mir zurück. So gut es geht, ignoriere ich es und beginne dort, wo die Gäste bereits weg sind, mit dem Saubermachen der Tische. Dann gehe ich zurück hinter meinen Tresen, um zu warten, bis der letzte Gast gegangen ist, und erwische mich dabei, wie ich immer wieder auf den leeren Platz am Fenster schaue.

Prophezeiungen

BEI Isobel ist es einfach gewesen, etwas zu finden, das ihr eine Freude macht. Ich habe ihr beim Floristen einen Strauß Blumen binden lassen und diesen soeben bei ihr vorbeigebracht. Meiner Meinung nach ist es angemessen, meinen Freundinnen ein kleines Geschenk zu machen für die Hilfe, die sie gestern Abend in der Felia geleistet haben. Für Freya erwies es sich als deutlich komplizierter. Sie kann mit Blumen so überhaupt nichts anfangen, und heute ist Sonntag. Viele Läden sind geschlossen. Außerdem habe ich so gar keinen Bezug zu ihren Hobbys und Interessen. Deswegen habe ich mich dazu entschlossen, ihr einen Kuchen zu backen und ebenfalls eine Dankeskarte zu schreiben. Ich arbeite viermal die Woche nebenberuflich in einer Konditorei, um mir den Start in die Selbstständigkeit finanziell zu erleichtern, deswegen war dieses Geschenk kein Problem für mich gewesen. Ich habe mich für einen Rhabarber-Erdbeerkuchen entschieden, nach einem Rezept, das auch mein Chef verwendet und das sehr beliebt ist bei unseren Kunden.

Mit diesen Dingen in der Hand stehe ich nun vor Freyas Haus und schubse das hölzerne Gartentor mit der Spitze meines Sneakers auf. Ich gehe über das holprige Kopfsteinpflaster und weiche den dornigen Zweigen am Wegesrand aus, damit sie nicht meine dünne Stoffhose zerreißen. Der ganze Vorgarten ist verwachsen und verwildert mit Gebüschen. Mittendrin steht ein heruntergekommen wirkendes Steinhaus mit windschiefen Fensterläden.

Das Haus hat Charakter, sagt Freya immer.

Mit dem Ellbogen drücke ich auf den Schalter der Türglocke, um meinen Kuchen nicht abstellen zu müssen.

„Komm rein, Ana", ruft Freya nach draußen. „Die Tür ist auf."

Natürlich ist sie das. Sie ist immer offen, weil das Schloss kaputt ist. Das erklärt allerdings nicht, woher Freya weiß, dass ich es bin, die geklingelt hat, denn ich habe mich nicht angekündigt.

Leise epische Musik wabert mir entgegen, als ich in den dunklen Flur trete. Überall brennen Kerzen, die in hohen, mehrarmigen Ständern stecken. Ich bemühe mich, nicht auf die Kommode zu meiner Rechten zu schauen, weil ich schon weiß, dass darauf ein gruseliger Totenschädel steht, aus dessen leeren Augenhöhlen ein rotes Licht flackert.

„Bin im Wohnzimmer."

Hastig folge ich Freyas Stimme bis hin zu dem letzten Raum, der genauso düster ist wie das restliche Haus. Freya sitzt inmitten eines Kreises aus brennenden Kerzen im Schneidersitz auf dem Boden und konzentriert sich auf das Pendel in ihrer Hand, das langsam vor ihren Knien hin und her schwingt.

„Störe ich?", frage ich vorsichtig und stelle meine Geschenke auf den Esstisch. „Habe dir etwas mitgebracht als Dankeschön für deine Hilfe gestern."

„Oh, das ist ja lieb von dir", sagt Freya und legt das Pendel hin. Dann steht sie so hastig auf, dass sie fast eine Kerze umgeworfen hätte. Sie kommt auf mich zu, nimmt mich in den Arm und drückt mir einen dicken Kuss auf die Wange. „Das wäre doch nicht nötig gewesen. Ich habe das gerne gemacht. Setz dich doch."

„Ich habe es auch gerne gemacht", verteidige ich mich und folge ihrer Aufforderung. „Wie geht es Aleen?"

Es ist zur Gewohnheit geworden, dass ich als Allererstes nach Freyas kleiner Schwester frage. Nicht nur, weil ich weiß, dass sie Freya unheimlich wichtig ist. Sie ist so ein liebes und fröhliches Mädchen, das sich mit ihren blauen Kulleraugen auch in mein Herz geschlichen hat. Jeden Tag kämpft sie aufs Neue, raus aus ihrer Krankheit zurück ins Leben, und mit jedem Tag kommt sie diesem Ziel einen Schritt näher.

„Es geht ihr gut", antwortet Freya. „Danke!"

In diesem einen Wort liegt so viel Aufrichtigkeit.

Bitte! Ich weiß, wie es ist, wenn man verzweifelt auf Hilfe wartet und keine kommt ...

Wir setzen uns auf das Sofa und Freya deutet auf einen Stapel Tarotkarten in ihrer Hand. „Möchtest du, dass ich sie für dich lege?“, fragt sie mich mit ihrem durchdringenden Blick.

Am liebsten hätte ich Nein gesagt, aber ich will nicht unhöflich sein. „Okay, klar.“ Ich verschweige ihr, dass mir solche spirituellen Dinge Angst machen, und das obwohl ich nicht einmal daran glaube.

Freya lächelt und ich staune, wie sie mit ihren langen Fingernägeln die Karten vom Stapel bekommt.

Andächtig breitet sie eine lange Reihe vor mir aus und mit klopfendem Herzen starre ich auf die Bildchen, ohne zu wissen, was sie bedeuten. Ich sehe eine lustige Karte, die aussieht wie ein auf dem Kopf stehender Struwwelpeter. Eine düstere, dunkle Karte mit einem steinernen Turm darauf, einige weitere mit Schwertern und eine, die mir besonders viel Angst macht: der Teufel inmitten des Höllenfeuers.

Voller Erwartung blicke ich Freya an, die konzentriert auf die Konstellation auf dem Tisch starrt.

„Was bringt mir die Zukunft?“ Meine Stimme klingt flapsiger, als ich mich fühle.

„Hmm“, macht Freya. „Es ist nicht ganz einfach zu deuten.“ Sie tippt mit dem Fingernagel auf den Turm. „Der hier wird oft negativ ausgelegt, aber eigentlich steht er für etwas Gutes. Er verwandelt Hochmut in Demut und kann dir helfen, die Fesseln der Vergangenheit abzulegen.“

„Was bedeutet das?“

„Etwas, das dich seit Jahren gefangen hält, wird erst stärker werden und weit in den Himmel wachsen, aber dann wirst du dich davon befreien.“

„Und wie?“

„Ich denke, *er* wird dir dabei helfen.“ Ihr Blick fällt auf die Teufelskarte.

Mein Herz setzt einen Takt aus. „Der Teufel hilft mir? Wovon genau sprichst du?“

Sie antwortet mir nicht. Ihr Blick trübt sich, als würde sie in eine weite Ferne schauen. „Ich sehe Unheil“, flüstert sie monoton. „Er wird kommen. Näher und immer näher, bis er dich findet, dich erreicht, dich gefangen nimmt. Er wird das größte Leid in dir erzeugen, dich mit dem konfrontieren, vor dem du so verzweifelt fliehst."

Ein Schauer läuft mir über den Rücken, ähnlich dem Gefühl, das ich gestern Nacht in der Bar hatte.

Freya scheint das Gleiche zu empfinden, denn es schüttelt sie kurz und plötzlich klären sich ihre Augen. Überrascht schaut sie mich an. „Es ist der Typ aus der Felia gestern", stellt sie trocken fest.

„Der Teufel?" Ich versuche, einen Scherz daraus zu machen, um das ungute Gefühl in mir zu überspielen. Aber mir ist nicht nach Lachen zumute.

„Ich weiß es nicht", antwortet sie, als würde sie meine Frage vollkommen ernst nehmen. „Aber er spielt eine Rolle in dem Ganzen. Ich bin mir sicher."

„Alles klar", sage ich. „Sollte er je wieder in meiner Bar auftauchen, dann werde ich mich von ihm fernhalten."

„Das wirst du nicht schaffen." Freyas Stimme wird wieder tonlos. „Er wird dich in den Bann ziehen und gefangen nehmen."

„Warum das?"

Freya deutet auf eine weitere Karte mit einem lodernden Feuer. „Macht", erklärt sie. „Weil er die Macht dazu hat."

„Tut mir leid, aber ich verstehe kein Wort." Absichtlich laut rutsche ich mit meinem Stuhl nach hinten, um mit dem schabenden Geräusch die unheimliche Atmosphäre zu durchbrechen. Es gelingt mir nicht.

Mit unheilvoller Stimme redet Freya weiter: „Er ist nicht der Teufel, er ist das Feuer. Und er wird dein Innerstes so sehr erhitzen, dass du das Gefühl haben wirst zu schmelzen."

„Er ist das Feuer?"

„Die Wahrheit ist das Feuer. So heiß, dass es kaum zu ertragen ist."

„Klingt alles ziemlich erotisch", witzele ich. „Ein bisschen nach Porno."

„Es wird dich fast zerreißen. Hin- und hergerissen zwischen Leid und Glück wirst du nicht mehr wissen, was richtig und was falsch ist. Er wird die Wahrheit ans Licht bringen, auch wenn du sie nicht wissen willst."

„Alles klar“, wiederhole ich und stehe auf. Es wird mir zu viel und auf einmal möchte ich nur noch raus aus dieser Situation. „Ich danke dir, Freya. Sollte ich den Typen noch mal sehen, werde ich einen weiten Bogen um ihn machen, mich auf nichts einlassen und ihm auf keinen Fall zuhören.“

„Du hast keine Chance.“ Sie seufzt tief. „Man kann die Wahrheit nicht ausblenden oder verdrängen. Man kann sie noch nicht einmal verbrennen, weil sie selbst das Feuer ist.“

„Wir sehen uns“, verabschiede ich mich und plötzlich habe ich es eilig.

„Es tut mir leid“, entschuldigt sie sich. „Ich wollte dir keine Angst machen.“

„Es sind nur Karten“, sage ich und nehme meine Freundin zum Abschied fest in den Arm. „Sehen wir uns am Freitag wieder in der Felia?“

„Natürlich, ich werde da sein und dir helfen.“ Sie streichelt kurz meinen Rücken, bis ich mich von ihr löse und aus der Tür gehe, den Blick strikt von der Kommode abgewandt. Ich bin schon fast aus der Tür draußen, als sie mir nachruft: „Außerdem wird der Typ auch wieder da sein und ich muss auf dich aufpassen. Schließlich bin ich dir was schuldig.“

Träume

AN diesem Abend gehe ich mit gemischten Gefühlen ins Bett. Die Worte von Freya spuken in meinem Kopf herum und wann immer ich meine Augen schließe, sehe ich eine Tarotkarte mit einem lodernden Feuer im Kerzenlicht schimmern. Ruhelos wälze ich mich von einer Seite auf die andere und wenn ich doch mal einnicke, schrecke ich sofort wieder hoch. Es ist weit nach Mitternacht, als ich endlich in einen unruhigen Schlaf falle. Ich träume den Traum, den ich schon auswendig kenne, weil er sich in den letzten Jahren so oft wiederholt hat:

Die Menschen jubeln. Ich stecke meine Finger unter die Zunge und schicke anfeuernde Pfiffe auf die Bühne. Das Publikum ist so begeistert, dass sie von ihren Sitzen aufspringen. Auch ich stehe auf, klatsche und pfeife, während meine Augen nur auf Felian gerichtet sind. Er steht inmitten seiner Band und hält mit der linken Hand sein Mikro in die Höhe. Sein Blick sucht und findet mich.

Stolz erfüllt mein Herz. Manchmal wünsche ich mir, ich hätte auch etwas von seinem musikalischen Talent abbekommen, aber obwohl wir unter demselben Stern geboren wurden, nur wenige Minuten nacheinander, ist für mich nichts übrig geblieben.

Während die Menge noch immer jubelt, beginnt Felians Band, ihr Equipment abzubauen, um Platz für die nächsten Musiker zu machen. Im Hintergrund ist noch eine weitere Band mit dem Abbau beschäftigt.

Als der Applaus langsam abebbt, springt ein junger Mann auf die Bühne. Ich kenne ihn und trotzdem bin ich verwundert. Ich wusste nicht, dass er hier ist. Auch Felian ist überrascht. Ohne zu zögern, rennt Jamie auf meinen Bruder zu, springt ihm in die Arme und drückt ihm einen Kuss auf den Mund. Eine Welle der Überraschung läuft durch das Publikum. Sie schwappt über von den Menschen um mich herum, hinauf auf die Bühne und auf die Jungs der anderen Band. In diesem Moment ändert sich die Stimmung ... Gänsehaut läuft mir über den Rücken. Es schüttelt mich auf einmal so heftig, dass ich anfange zu schreien ...

Schwer atmend sitze ich im Bett und blicke mich um. Es ist still. Keine jubelnden Menschen, keine Scheinwerfer, kein Felian. Nur Stille. Schmerzliche, nie endende Stille. Tränen laufen mir die Wangen hinunter. Automatisch geht meine Hand zu meiner Brust, zu jener Stelle, wo der Schmerz sitzt. Seit Felian fort ist, bin ich nicht mehr komplett. Es ist, als hätte man eine Hälfte von mir weggeschnitten und irgendwo versteckt, wo ich sie nicht mehr erreichen kann. Es ist ein Gefühl der Leere. Eine ewige Suche nach etwas, das unwiederbringlich verloren ist. Es ist kaum zu ertragen. Am liebsten wäre ich zurückgekehrt in diesen Traum, in eine Zeit, in der noch alles in Ordnung war, und doch bin ich froh, dass ich aufgewacht bin, um nicht noch mal das träumen zu müssen, was als Nächstes gekommen wäre.

Mit dem Handrücken wische ich mir die Augen trocken und werfe einen Blick auf die roten Ziffern meines Weckers. Es ist halb sechs am Morgen. Zu früh, um aufzustehen und den Tag zu beginnen, aber zu spät, um sich noch mal umzudrehen und weiterzuschlafen. Nach so einem Traum dauert das bei mir erfahrungsgemäß sehr lange, bis ich zurück in den Schlaf finde.

Seufzend schlage ich meine Bettdecke nach hinten und setze mich hin. Mein Blick geht ruhelos durch mein großes Schlafzimmer. Es ist hier so still, ganz anders als in London, wo man selbst nachts die Geräusche der Stadt wahrnehmen kann. Ich hatte das geliebt. Vermutlich wäre ich dort für immer geblieben, wenn mich nicht jenes schreckliche Ereignis zur Flucht gezwungen hätte. Ich hatte es schlichtweg nicht mehr ausgehalten, gefangen in Erinnerungen und ständig auf der Suche nach etwas, das nicht mehr da war. Aus meiner Heimat wurde eine Stadt voller Schreckgespenster und dunkler Erinnerungen, die nicht mehr zu ertragen waren. Ich hatte mich inmitten des städtischen Gewusels verloren und einsam gefühlt. Letztendlich ist es die Sehnsucht nach Ruhe gewesen, die mich schließlich nach Clyde Valley gezogen hat. Dass ich dann ausgerechnet hier, am Waldrand in einem kleinen schottischen

Dörfchen, eine Bar eröffnet habe, kann man entweder für genial oder für total bescheuert halten. Für mich fühlt es sich richtig an.

Die Idee, eine Bar zu eröffnen, hatten Felian und ich schon, als wir noch Teenager waren. Sie entsprang aus dem kindlichen Wunsch, sein Talent und meine Leidenschaft zu vereinen. Während bei ihm bereits früh klar war, dass er als Sänger auf eine Bühne gehört, galten meine Interessen dem Erfinden von Getränken und Speisen. Schon als kleines Mädchen habe ich alles, was ich in die Finger bekommen habe, gemischt, geshaked und dann versucht, als Drinks an den Mann zu bringen.

„Weißt du was, Ana?", meinte Felian eines Nachts zu mir, als wir im Garten lagen und den Sternenhimmel anschauten. „Wenn wir erwachsen sind, dann machen wir eine Bar auf. Du kannst Getränke mixen und Mahlzeiten kreieren und ich werde eine Band gründen und dort regelmäßig am Wochenende ein Konzert geben. Dann können wir für immer zusammenbleiben."

Ich musste grinsen, als er das sagte, weil er viel zu talentiert war, um in kleinen Bars aufzutreten. Aber mir gefiel Vorstellung, dass jeder seins machen würde und wir trotzdem zusammen sein konnten. Wir haben an dieser Idee festgehalten. Sie begleitete uns, nahm immer konkretere Formen an und ließ uns nicht mehr los.

Heute muss ich noch immer lächeln, wenn ich an diese Worte meines Bruders denke. Weil es eine so wundervolle Erinnerung ist. Und nun, zehn Jahre später, kurz nach meinem 25. Geburtstag, habe ich es endlich geschafft, einen Teil unseres Traumes zu verwirklichen.

Langsam stehe ich auf. Mit nackten Füßen gehe ich über den naturbelassenen Holzfußboden ans Fenster und ziehe die Vorhänge zurück. Von hier aus sehe ich in den Garten, den die aufgehende Sonne in ein warmes Licht taucht, und hinüber zu dem großen Wald, an dessen Rand ich lebe. Durch seine Mitte führt ein breiter Weg, den man auch mit dem Auto passieren kann und der mich in wenigen Minuten zu meiner Bar auf der anderen Seite des Waldes in den unteren Teil von Clyde Valley bringt. Die Bäume sind hoch, mit dicken moosbewachsenen Stämmen. Milchige Nebelschwaden wabern um ihre Wurzeln.

Wie in Twilight ...

Fehlt nur noch der glitzernde Vampir, der irgendwo auf der Lichtung auf mich wartet. Ich unterdrücke ein Lächeln, das sich auf meine Lippen schleichen will.

Unwillkürlich schweift mein Blick in den Wald hinein, als würde ich Edward suchen. Plötzlich sehe ich tatsächlich etwas …

Es ist zweifellos ein Mensch, der am Waldrand an einen Baum gelehnt steht. Er ist dunkel, vermutlich sogar schwarz gekleidet und verharrt regungslos. Ein Schauer läuft mir über den Rücken, als mir bewusst wird, dass er hierherschaut, mein Haus beobachtet.

Er ... Woher weiß ich, dass es ein Mann ist?

Ich weiß es einfach. Aus einem Impuls heraus reiße ich mein Fenster auf.

„Hallo?“, brülle ich hinaus.

Der Mann rührt sich nicht. Er bleibt genauso bewegungslos wie der Baum neben ihm, als wäre er ebenfalls angewurzelt oder mit ihm verwachsen.

„Suchen Sie etwas?“, rufe ich etwas lauter. Was für eine bescheuerte Frage. Was soll er suchen, morgens um sechs mutterseelenallein im Wald?

Schlagartig wird mir die Antwort klar: *Er sucht mich!*

Mein Herz rast. Am liebsten hätte ich das Fenster wieder zugeschlagen und mich im Schrank versteckt, wie ich es früher immer mit meinem Bruder getan hatte, wenn wir uns vor etwas fürchteten.

Stattdessen löse ich mich von dem Fenstersims, renne zur Haustür und reiße sie auf. Hastig blicke ich mich um, aber der Mann ist verschwunden, als wäre er nie dagewesen.

Frierend bleibe ich auf der Veranda stehen und starre minutenlang auf die Stelle im Wald, wo ich ihn gesehen hatte. Dann schüttele ich vehement den Kopf.

„So ein Quatsch“, sage ich und versuche, über mich selbst zu lachen. „Jetzt bilde ich mir schon Dinge ein, die es gar nicht gibt.“ Übertrieben laut knalle ich die Haustür hinter mir zu und gehe zurück ins Bett, wohl wissend, dass ich jetzt erst recht nicht mehr einschlafen kann.

Schatten

„ICH brauche einen Hund!“

„Was?“ Isobel steht in ihrer Haustür und schaut mich irritiert an.

„Einen Hund“, wiederhole ich. „Diese komischen, hechelnden Geschöpfe, die einem auf Schritt und Tritt nachlaufen …“

… und einen beschützen.

„Ich weiß, was ein Hund ist“, unterbricht mich Isobel. Sie schüttelt ihre dunklen Haare aus der Stirn und schaut mich vergnügt an.

„Dann frag doch nicht.“ Ich halte ihr den klimpernden Autoschlüssel vor die Nase. „Ich will ins Tierheim fahren und mir einen aussuchen. Kommst du mit?“

„Auf jeden Fall.“ Das liebe ich so an Isobel. Ihre unkomplizierte und aufgeschlossene Art. Sie nimmt die Dinge, wie sie sind, und stellt keine Fragen dazu. Genau das, was ich jetzt brauche.

„Ist warm heute, oder?“, will sie wissen und streckt ihre nackten Füße ins Freie, als könne sie damit die Temperatur erfühlen.

„Sehr warm“, bestätige ich. „Viel zu warm für einen Frühlingstag.“

Isobel zieht ein Paar grüne Flip-Flops aus dem Regal und schlüpft hinein. „Hast du schon Schluss?“, will sie von mir wissen.

„Habe frei heute“, gebe ich zurück und meine damit meinen Job in der Konditorei. „Und da ich wusste, dass du heute auch frei hast …“

„… bist du spontan vorbeigekommen“, vollendet Isobel meinen Satz.

„Genau“, sage ich, obwohl das nicht die ganze Wahrheit ist. Ich hätte auch Freya bitten können, mich zu begleiten, aber die hätte geahnt, dass ich den Hund zu meinem Schutz haben will. Auf diese Idee möchte ich sie nicht bringen. Ich spiele schon lange mit dem Gedanken, mir einen Hund zuzulegen, und hier kann ich das problemlos tun. Perfekter als in einem kleinen Einfamilienhaus direkt am Wald kann man für die Hundehaltung doch nicht leben.

Auch Isobel lebt am Waldrand, allerdings am anderen Ende als ich, in der Nähe meiner Bar. Auch sie hat ein kleines Steinhäuschen, wie sie hier üblich sind und in London niemals zu bezahlen wären.

„Sollen wir mein Auto nehmen?“, fragt Isobel. „Dann können wir oben offen fahren.“

„Klar.“ Ich verriegle meinen kleinen Opel Antara und steige in Isobels schickes, rotes Cabrio. Sie setzt sich neben mich, nimmt ihre Sonnenbrille aus dem Seitenfach und steckt sie lässig in die Haare. Mit ihren nackten Füßen in Flip-Flops tritt sie die Kupplung durch und startet den Wagen. Ich beneide sie dafür, dass sie so Auto fahren kann. Das wäre mir niemals möglich. Ich würde es nicht einmal schaffen, mit solchen Schuhen fünf Meter geradeaus zu laufen, ohne mir die Zehen irgendwo blau zu schlagen.

„Groß oder klein?“

„Hm?“ Fragend schaue ich Isobel an.

„Für den Garten oder eher für die Handtasche?“

„Für den Garten“, antworte ich. „Ich habe so viel Platz bei mir und bin tagsüber so oft alleine, da wäre es doch Verschwendung, keinen Hund zu haben.“

„Ja, verstehe schon“, gibt sie zurück. Sie erhöht die Geschwindigkeit und der Fahrtwind macht eine weitere Unterhaltung unmöglich. Deswegen schweigen wir, bis Isobel ihr Cabrio auf den Parkplatz des Tierheimes fährt.

„Hast du einen Termin?“

„Nein, ich wollte mich einfach mal umsehen. Vielleicht wächst mir einer von denen ans Herz.“

Gemeinsam betreten wir das Gelände und gehen den Rundweg entlang. Links und rechts sind Zwinger angelegt. Geräumige Außengehege mit jeweils vier oder fünf Hunden. Manche von ihnen kommen kläffend auf uns zu gerannt und springen übermütig am Zaun hoch. Isobel weicht erschrocken zurück.

Sie mag keine Hunde, stelle ich fest. Bis heute war mir das nicht bekannt und ich hoffe, sie kommt mich trotzdem noch besuchen, wenn ich einen zu Hause habe.

„Oh, schau“, ruft sie. „Da hinten gibt es ein Katzenhaus. Bist du mir böse, wenn ich mich da mal etwas umsehe?“

„Nein, geh nur.“ Meine Aufmerksamkeit gilt einem schwarzen, zotteligen Fellhaufen, der ganz hinten in der Ecke eines Zwingers liegt. „Ich sehe mir den da hinten mal etwas näher an.“

„Okay, dann bis später.“ Isobel verschwindet Richtung Katzenhaus, während ich mir überlege, ob ich einen Tierpfleger holen soll. Dann sehe ich einen schmalen Trampelpfad, der um die Zwinger herum führt. Wenn ich mich hinter das Gehege stelle, dann kann ich den Hund vielleicht zu mir rufen.

Ich folge dem ausgetretenen Weg, lasse mich so dicht wie möglich am Gitter nieder und stecke meine Hand vorsichtig ein paar Zentimeter zwischen die Stäbe.

„Komm her, Kleiner!“ Aufmunternd schnalze ich mit der Zunge, bis der schwarze Hund seinen großen Kopf hebt. Aus wachen Augen schaut er mich misstrauisch an. In seinem Blick liegt so viel Schmerz, dass es mir in der Seele wehtut. „Komm her, mein Schatz“, wiederhole ich mit hoher Stimme. „Na, komm schon.“

Langsam steht der Hund auf und schüttelt sich. Er geht nicht geduckt, wie ich erwartet habe, sondern richtet sich zu seiner vollen Größe auf und stellt seine borstigen Nackenhaare auf.

Den will ich haben ...

Vorsichtig kommt der Hund auf mich zu. Er hat ungefähr die Größe und die Statur eines Schäferhundes, sein Fell ist aber das eines Setters. Die Schlappohren, die buschige Rute und die gestromte Zeichnung deuten auf eine vielseitige Mischung hin.

„Ein Strakömi bist du. Ein Straßenkötermix, aber ein wunderschöner. Was meinst du, sollen wir beide es mal miteinander versuchen?“ Mir ist bewusst, dass der Hund den Inhalt meiner Worte nicht begreifen kann, aber offenbar versteht er die Wärme und die Zuneigung, die darin liegen, denn er kommt ganz nah an mich heran. So dicht, dass er mit seiner feuchten Schnauze meine Hand berührt und sie hingebungsvoll beschnuppert ...

Plötzlich zuckt das Tier zusammen. Es hebt seinen riesigen Kopf und starrt in die Büsche hinter dem Zwinger. Seine Nackenhaare stellen sich noch weiter auf und ein dumpfes Grollen dringt aus seiner

Kehle. Verwundert folgt mein Blick dem des Hundes. Ich kneife meine Augen zusammen und schirme sie mit der flachen Hand gegen die Sonne ab. Für einen Moment kommt es mir so vor, als würde ich einen Schatten sehen. Das Knurren wird lauter …

„Hast du was gefunden?“

Erschrocken drehe ich mich um. Isobel strahlt mich an. Ihre silbernen Ohrringe funkeln im Licht.

„Den hier.“ Entschlossen zeige ich auf den Hund, der vor mir zurückgewichen ist und noch immer in die Ferne starrt. „Den möchte ich haben.“

„Oh“, macht sie überrascht. „Der ist aber riesig. Magst du dir nicht noch die anderen Hunde ansehen oder eine Nacht drüber schlafen?“

„Nein, ich habe mich bereits entschieden.“

„Du willst ihn aber nicht gleich mitnehmen, oder?“ Isobel schaut erst den Hund und dann mich skeptisch an.

„Doch klar.“ Ich richte mich auf und klopfe mir den Staub von den Knien. „Lass uns ins Büro gehen und alles klären.“

„Oh Anastasia, du bist immer so unüberlegt.“ Seufzend folgt mir Isobel. „Was gefällt dir denn so gut an dem Hund?“

„Ich glaube, er ist sehr mutig“, sage ich nachdenklich. Die Art und Weise, wie er vorhin die Nackenhaare aufgestellt und geknurrt hat, bringt mich dazu, das anzunehmen. „Außerdem scheint er ganz besonders aufmerksam zu sein und ein feines Gespür zu haben.“

***

Eine halbe Stunde später nimmt Shadow auf dem Rücksitz von Isobels Cabrio Platz. Der Name ist mir spontan eingefallen. Irgendwie finde ich ihn passend, da der Hund mich ab heute auf Schritt und Tritt begleiten soll.

„Macht er keine Kratzer in mein Leder?“ Naserümpfend begutachtet Isobel Shadows lange Krallen.

„Hmm, ich weiß nicht“, gebe ich zu. „Komm, ich lasse ihn auf meiner Jacke sitzen.“ Ich ziehe meine Sweatjacke aus und lege sie vor Shadows Pfoten. „Komm, Kleiner, setz dich da drauf.“ Zu meiner

Überraschung gehorcht er sofort. Im Tierheim hat man mir nicht viel über ihn sagen können. Er wurde ausgehungert an einer Raststätte gefunden und eingefangen. Niemand weiß, ob er schon mal bei Menschen gelebt hat und wie lange. Die Tierpflegerin schätzte ihn auf drei Jahre, brachte ihm in den wenigen Wochen, die er im Tierheim war, Sitz und Platz bei und gab ihm den Namen Black. Bei mir wird er lernen, auf Shadow zu hören …

Black Shadow ...

Ich muss grinsen.

„Können wir fahren?“, fragt Isobel und startet den Wagen.

„Ich komme!“ Lautlos schließe ich die hintere Tür, um Shadow nicht zu erschrecken. Ich gehe um das Cabrio herum, als ich plötzlich ein Kribbeln im Nacken spüre.

Werde ich beobachtet?

Suchend blicke ich mich um.

„Ana?“, fragt Isobel. „Kommst du?“

„Ja.“ Blind greife ich nach dem Türgriff. Gerade in dem Moment, als ich einsteigen will, sehe ich ihn: Er steht einige Meter entfernt am Tor zum Tierheim. Wie zufällig, als würde er auf jemanden warten. Der Mann ist groß und schlank, trägt ein dunkelblaues Shirt und kurze, schwarze Shorts. Seine Haarfarbe kann ich nicht erkennen, weil er ein Basecap trägt. Aber für eine Sekunde fällt mein Blick auf sein Gesicht.

Ich kenne ihn ...

Sofort dreht er mir den Rücken zu, tut so, als würde er das Schild am Eingang lesen.

„Ana?“ Isobel wedelt mit ihrer Hand vor meinem Gesicht herum. „Bist du eingeschlafen?“

„Tut mir leid, ich hab gerade etwas überlegt.“ Ruckartig setze ich mich in Bewegung und steige ein. Mein Blick ist noch immer auf den Mann am Eingang des Tierheimes gerichtet, als ich mich anschnalle.

„Was denn?“, will Isobel wissen und fährt langsam vom Hof.

„Ob ich diesen Typen da kenne.“ Ich verstelle den Innenspiegel so, dass ich ihn weiterhin beobachten kann, aber er dreht sich nicht mehr zu mir um.

Isobel schaut ebenfalls hin. „Und, tust du?“

„Ich habe ihn auf jeden Fall schon mal gesehen.“ Nicht nur einmal. Ich kann es nicht mit Sicherheit sagen, aber ich habe das Gefühl, ihm schon begegnet zu sein.

Ich kenne ihn ...

Ein Bild blitzt vor meinem inneren Auge auf, aber bevor ich es fassen kann, entgleitet es mir wieder. Sein Gesicht kommt mir zwar bekannt vor, aber es ist vor allem seine Art, die mir auffällt. Es ist eher ein instinktives Gefühl, ihm schon mehrfach begegnet zu sein, als ein auf Fakten beruhendes Wissen …

Plötzlich gibt Isobel ein quiekendes Geräusch von sich.

„Was ist?“, frage ich erschrocken.

„Dein Hund!“ Sie zeigt mit dem Daumen über ihre Schulter. „Der kotzt gerade deine Jacke voll!“

Erinnerungen

SHADOW ist unkomplizierter, als ich dachte. Nachdem ich erst mal Isobels Auto gründlich von innen gereinigt hatte, weil etwas von Shadows Erbrochenem auf den Sitz gekommen ist, bin ich mit ihm in meinem Antara ohne weitere Vorfälle nach Hause gefahren. Ich habe ihm eine dicke Decke in den Flur gelegt, ein altes Stofftier von mir darauf, und ihm eine Aluminium-Rührschüssel aus meiner Küche als Napf überlassen. Leine und Halsband hat er vom Tierheim mitbekommen. Mehr braucht er nicht. Er zeigt sich als souveräner, sehr sanfter Hund, der gerne in meiner Nähe ist, ohne aufdringlich zu sein.

„Heute Abend bin ich in meiner Felia arbeiten“, erkläre ich dem Tier, während wir gemeinsam durch den Wald in Richtung Unterdorf joggen. Ich habe mir meinen iPod mitgenommen und auf automatische Wiedergabe gestellt. Shadow trabt mit ruhigen Schritten an der durchhängenden Leine neben mir her, als hätte er nie etwas anderes getan. Bisher habe ich mich noch nicht getraut, ihn außerhalb des Gartens von der Leine zu lassen. Erst möchte ich den Abruf sicher trainieren und eine Bindung zu ihm bekommen.

Die ganze Woche habe ich den Hund immer wieder kurz allein zu Hause gelassen, ihn dabei im Flur eingesperrt, um den Schaden räumlich zu begrenzen, sollte welcher entstehen. Aber Shadow hat sich vorbildlich benommen, nichts kaputt gebissen und auch nicht auf den Boden gepinkelt. Trotzdem ist mir ein wenig mulmig dabei, ihn heute Abend für mehrere Stunden allein lassen zu müssen. Deswegen habe ich mir vorgenommen, mit ihm heute mehrere Kilometer zu joggen, um ihn ordentlich müde zu machen. Allerdings scheint das bei mir besser zu funktionieren als bei Shadow. Während ich ins Schnaufen komme, läuft er mühelos neben mir her.

Eigentlich mag ich den Wald, aber trotzdem freue ich mich, als wir ihn verlassen und die warme Frühlingssonne in mein Gesicht scheint.

Obwohl ich die ganze Zeit bemüht bin, nicht daran zu denken, kommt mir immer wieder das Bild von dem dunkel gekleideten Mann am Waldrand in den Kopf. Ich drehe die Musik an meinem iPod lauter und erhöhe mein Tempo, doch es nützt nichts. Plötzlich flackert eine Erinnerung auf …

Ich weine. Tränen laufen mir in Strömen die Wangen hinunter, tropfen von meinem Kinn und durchnässen meinen schwarzen Pullover. Eine Hand legt sich warm und tröstend auf meine Schulter. Voller Schmerz blicke ich zu meinem Vater auf. Seine Augen sind rot und glasig, aber er weint keine einzige Träne. Der Zusammenbruch wird erst später kommen, wenn wir zu Hause und unter uns sind. Meine Mutter ist nicht so stark. Schluchzend geht sie dicht neben mir und zieht ihren Mantel vorne zu. Nicht um sich vor der Kälte zu schützen, sondern vor dem Schmerz, der sie zu übermannen droht.

Gemeinsam gehen wir durch das gusseiserne Tor und verlassen den Friedhof. Auf dem Weg zu unserem Auto sehe ich ihn: Er steht alleine oben auf einem Hügel. Seine Kleidung ist so schwarz wie die unsere, aber er war nicht auf der Beerdigung, sondern schaut sich alles aus der Ferne an.

Wir steigen ins Auto und fahren los, und er steht noch immer regungslos da, als würde er dahin gehören.

Schlagartig bin ich zurück in der Gegenwart. *Er ist mir aus London bis nach Schottland gefolgt!* Ich bleibe so ruckartig stehen, dass Shadow in die Leine läuft und erschrocken aufjault. Dann bleibt er ebenfalls stehen und schaut mich abwartend an.

„Er folgt mir seit Jahren.“ Meine Stimme ist tonlos. Langsam gehe ich weiter, hin zu dem kleinen Bach, der sich am Ortsrand entlangschlängelt. Nachdenklich lasse ich mich in die Wiese am Ufer fallen. „Was will er von mir?“

Shadow setzt sich dicht zu mir, seine Nähe und sein warmes Fell sind tröstlich für mich.

„Er kann nichts Böses wollen“, murmele ich. „Wenn er mich hätte umbringen wollen, dann hätte er es längst getan.“

Gelegenheiten hatte er genug! Der Gedanke nimmt immer mehr Form an. Ich friere, trotz der warmen Sonne, die mir auf den Rücken scheint.

Er wird kommen. Ich höre Freyas Stimme ganz deutlich in meinem Kopf. *Er wird kommen. Näher und immer näher, bis er dich findet, dich erreicht, dich gefangen nimmt.*

Adrenalin jagt durch meinen Körper. *Lauf, Ana! Wenn du schnell genug bist, wird er dich vielleicht niemals erreichen! Lauf weg!* Hastig springe ich auf und laufe los, als könnte ich vor dem Unheil davonlaufen, das Freya angekündigt hat.

Begegnungen

MEINE kleine Bar ist genauso gut besucht wie die Woche davor. Sowohl Freya als auch Isobel sind gekommen, um mir zu helfen. Während Freya mich hinter der Theke beim Herrichten der Getränke und Snacks unterstützt, kümmert sich Isobel um die Gäste. Sie redet mit ihnen, versucht herauszufinden, was ihnen gut gefällt und was ich noch verbessern könnte.

„Eine wundervolle Idee", sagt ein älterer Herr zu mir, als er an der Theke ein Bier bestellt. „Das ist genau das, was uns hier im Dorf gefehlt hat. Ein Platz, an dem die Leute sich treffen und austauschen können."

„Freut mich, dass es Ihnen gefällt. Ich hatte ehrlich gesagt große Angst, dass es zu abgeschieden ist und ich hier jeden Abend alleine sitze."

„Das wird nicht passieren." Er macht eine ausladende Handbewegung in den Raum. „Sehen Sie doch, wie voll es ist, und das so kurz nach der Eröffnung. Das ist nicht selbstverständlich."

„Vielen Dank. Haben Sie noch einen Vorschlag für mich, was ich verbessern kann?", frage ich freundlich.

„Sie könnten einmal die Woche einen Abend für Quizze anbieten. Das wäre toll."

„Das ist eine gute Idee." In meinem Kopf rattert es bereits, als ich mir Gedanken darüber mache, wie ich das umsetzen könnte.

„*Er* ist wieder da." Freya mischt sich vorsichtig in mein Gespräch mit dem älteren Herrn.

„Was?", zische ich ihr zu. „Das kann nicht sein. Ich habe ihn nicht bedient." Dessen bin ich mir sehr sicher. Ich habe außerdem den ganzen Abend ganz genau drauf geachtet, wer hereinkam und hinausging. Selbst wenn er das unbemerkt geschafft hat … an meiner Theke ist er sicherlich nicht gewesen, das wäre mir aufgefallen.

„Vielleicht könnte man die ganze Bar anmieten, für eine geschlossene Gesellschaft, und Quizabende veranstalten“, redet der ältere Herr weiter. „Eventuell mit bereitgestellten Snacks und verschiedenen Getränken. Das wäre super.“

„Hast *du* ihn bedient?“ Meine Aufmerksamkeit gilt Freya. Auf den Herrn am Tresen kann ich mich nicht mehr konzentrieren.

„Nein“, gibt sie zurück. „Er hat nichts. Er sitzt einfach nur so da und schaut aus dem Fenster.“

„Bist du sicher, dass es derselbe Typ ist wie letzte Woche?“, frage ich, obwohl ich die Antwort bereits kenne. Natürlich ist Freya sich sicher. Sie hat ein Gedächtnis wie ein Elefant.

„Absolut sicher.“ Sie nickt.

„Bitte entschuldigen Sie mich kurz, ich muss schnell was erledigen“, sage ich zu dem älteren Herrn, der noch immer über Spielkarten redet. Ich wische mir die Hände an einem Tuch trocken und drehe mich zu Freya um. „Ich gehe jetzt zu ihm und sage ihm, dass er etwas bestellen muss, wenn er hierbleiben möchte.“

Freya nickt wieder. „Gute Idee. Ich komme mit. Er sitzt wieder ganz hinten.“

Ich folge Freya zu dem Platz am Fenster und wie die Woche drauf ist der Platz bereits leer.

„Zu spät“, murmle ich.

„Irgendwas ist hier faul.“ Freya verschränkt die Arme vor der Brust. „Wir werden das morgen ganz genau beobachten. Wir müssen Isobel einweihen. Wir lassen diesen Platz hier nicht aus den Augen, sind super aufmerksam und sobald er wieder auftaucht, sprechen wir ihn an.“

„Hast du nicht gesagt, ich soll ihm aus dem Weg gehen?“, werfe ich vorsichtig ein.

„Vergiss das“, knurrt sie. „Wir ändern den Plan. Wir müssen wissen, was er von dir will. Deswegen werden wir ihn abpassen, ihm eine Falle stellen und ihn zum Reden bringen.“

„Und wie? Mit Folter? Oder mit einem Zaubertrank?“

„Ich lasse mir was einfallen. Wir treffen uns morgen alle drei zum Frühstück bei mir.“ Freyas Augen funkeln. Sie richtet sich noch ein

Stückchen mehr auf und strafft die Schultern. „Wir müssen ihn kriegen, bevor er dich kriegt!“

***

Es ist fast zwei Uhr morgens, als ich in meinen Antara steige und durch den Wald nach Hause fahre. Unruhe macht sich in mir breit, denn solange wie heute musste ich Shadow noch nie alleine lassen. Eigentlich hatte ich gehofft, dass ich es viel früher nach Hause schaffen würde, aber es waren so viele Leute in der Felia, dass es ewig dauerte, bis alle gegangen waren. Das Aufstuhlen und Saubermachen hab ich komplett ausfallen lassen, so dringend wollte ich zu meinem Hund. Dafür werde ich gleich morgen nach dem Frühstück mit Freya und Isobel noch mal hierherfahren und …

Ein leises Klackern lenkt mich ab. Schnell drehe das Radio leiser und horche. Ich kann das Geräusch nicht zuordnen, aber es kommt eindeutig von draußen. Von rechts … Es klingt, als würde etwas Metallenes im Reifen stecken, und nun merke ich auch, wie das Auto Schlagseite bekommt und anfängt zu schlingern.

„Verdammter Scheiß!“, fluche ich laut und schlage mit der flachen Hand so heftig auf das Lenkrad, dass mir der Schmerz bis in den Ellbogen hochschießt. „Auch das noch. Jetzt wird es noch später!“

Obwohl ich ganz allein auf der schmalen Waldstraße bin, setze ich den Warnblinker, bevor ich an den Rand fahre. Mit klopfendem Herzen steige ich aus, gehe um die Motorhaube herum und sehe genau das, was ich befürchtet habe: einen platten Reifen.

„Großartig! Was mache ich denn nun?“ Wann genau habe ich eigentlich angefangen, mit mir selbst zu reden? Muss schon ziemlich lange her sein, denn ich kann mich nicht mehr daran erinnern. Möglicherweise ist jetzt auch der falsche Zeitpunkt, sich darüber Gedanken zu machen.

Im Geiste gehe ich alle meine Bekannten durch und überlege, wen ich mitten in der Nacht anrufen könnte, damit er mich hier abholt, und ob ich meinen Wagen hier einfach stehenlassen kann.

Den Reifen selbst wechseln kommt für mich nicht in Frage. Selbst wenn ich das Radkreuz finden würde, was ich sehr bezweifle, würde es mir niemals gelingen, das Auto mit dem Wagenheber aufzubocken. Vorausgesetzt natürlich, ich würde den Wagenheber finden …

Tief seufzend blicke ich in den Wald. Es dürften noch etwa fünf Kilometer sein. Vermutlich geht es schneller, wenn ich einfach laufe, anstatt jetzt jemanden aus dem Bett zu telefonieren und zu warten, bis …

„Kann ich helfen?"

Schreiend zucke ich zusammen und wirble herum. Ein Mann steht vor mir. Ich habe ihn nicht kommen hören und – mein Blick huscht über die Umgebung – es ist auch kein Auto außer meinem zu sehen.

Mein Herz rast.

Vorsichtig schaue ich ihn an. Er steht außerhalb des Lichtkegels der Scheinwerfer. Seine Hände sind in den Taschen seiner kurzen Shorts vergraben. Es ist zu dunkel, um sein Gesicht zu erkennen, und die Augen werden zusätzlich von dem Schild eines Basecaps abgeschirmt.

Wortlos mache ich einen vorsichtigen Schritt zur Seite, um zur offenen Fahrertür zu gelangen. *Fahr einfach weg! Völlig egal, was am Auto kaputtgeht, fahr weg!*

„Lass mich dir helfen." Er spricht sanft, fast eindringlich, aber er rührt sich nicht vom Fleck. „Bitte. Ich kann Reifen wechseln."

Er ist es! Es gibt keinen Zweifel, dass er der Mann ist, den ich vor dem Tierheim gesehen habe …

… und vor meinem Haus! „Warst du das?" Meine Stimme klingt unnatürlich hoch. Mit dem Kinn zeige ich auf den Platten. Ich weiß nicht, ob er die Bewegung sehen kann, aber er scheint zu verstehen, was ich meine.

„Nein."

„Was willst du von mir?" Ich mache einen weiteren Schritt in Richtung offene Tür. Der Typ sieht es, macht aber keine Anstalten, mir zu folgen oder mich aufzuhalten. Er steht noch immer mit den Händen in den Taschen in einigen Metern Entfernung und bewegt sich nicht.

„Ich will gar nichts von dir. Nur helfen.“ Noch immer spricht er leise, beschwichtigend. Ein bisschen so wie man mit einem weinenden Kind redet, um es zu beruhigen.

Meine Gedanken überschlagen sich fast. Ich schaue zu der offenen Tür, schätze die Entfernung ab und überlege, ob ich es wohl schaffe, mit zwei Sätzen ins Auto zu kommen.

Er scheint meine Gedanken zu erraten. „Du kannst so nicht fahren“, sagt er.

„Was machst du hier mitten im Wald?“ Kaum habe ich die Frage ausgesprochen, bereue ich sie schon. Ich will die Antwort nicht wissen. Mein Ziel war lediglich, ihn in ein Gespräch zu verwickeln, um ins Auto zu kommen. Am liebsten hätte ich ihn angeschrien, dass er aufhören soll, mich zu stalken. Aber mein Überlebensinstinkt sagt mir, dass es nicht klug wäre zu verraten, dass ich weiß, wer er ist. Besser ist es, so zu tun, als hätte ich ihn noch nie zuvor gesehen.

„Ich gehe spazieren“, antwortet er mir.

„Ah“, mache ich nervös und versuche, mich wieder auf mein Ziel zu fokussieren. „Mitten in der Nacht, ja?“

„Ja.“

„Sonderlich gesprächig bist du ja nicht.“ Ich lache auf, als mir bewusst wird, dass ich ihn automatisch duze und wie flapsig ich mit ihm rede. Ein verunsichertes, sich überschlagendes Lachen, das eher wie ein Glucksen klingt. Ich gehe einen weiteren Schritt zur Seite.

„Stimmt“, gibt er zu und schaut mich abwartend an.

„Okay, prima. Macht ja nichts. Da ist so ein Spaziergang allein im Wald ja genau das Richtige.“

„Ich bin gerne allein.“

„Oh, das klingt aber traurig. Wieso das denn?“ Irgendwo hab ich mal gelesen, dass es wichtig ist, eine Beziehung zu seinem Entführer aufzubauen. Ihn in ein Gespräch zu verwickeln und ein Vertrauensverhältnis zu schaffen. Dann fällt es ihm später schwerer, sein Opfer umzubringen. Zumindest in der Theorie …

„Hör mal“, setzt er an. „Warum lässt du mich nicht einfach den Reifen wechseln? Dann bist du in zehn Minuten hier weg.“

Mein Herz schlägt bis zum Hals. Kann es ein Zufall sein, dass ich eine Reifenpanne habe und er gerade in dem Moment hier spazieren geht? Mitten in der Nacht? Wohl eher nicht …

Er ist immer in deiner Nähe!

Die Erkenntnis trifft mich wie ein Blitz. Aus diesem glühend heißen Wissen wird binnen weniger Sekunden eiskalte Ernüchterung.

Es ist kein Zufall. Er folgt dir seit Jahren.

„Okay", willige ich ein. „Mach." Mir wird plötzlich klar, dass ich nichts von ihm zu befürchten habe. Zumindest nicht heute. Wenn er mich hätte entführen, umbringen oder vergewaltigen wollen, dann hätte er es längst getan. Was immer sein Plan mit mir ist, es würde nicht in dieser Nacht geschehen.

Außer er hat das alles hier inszeniert.

In diesem Fall hätte ich ohnehin keine Chance, mich aus dieser Situation zu befreien, weil er dann auf alles vorbereitet wäre.

„Okay", sagt er. In Zeitlupe zieht er seine Hände aus den Hosentaschen und hält sie in die Luft.

Ihm ist bewusst, wie viel Angst ich habe …

Er macht einen Schritt vor.

„Okay", wiederhole ich, nur um etwas gesagt zu haben. Es ist zu spät, um meine Entscheidung rückgängig zu machen. Jetzt werde ich es nicht mehr vor ihm ins Auto schaffen. Sollte die Reifenpanne zu seinem Plan gehören, bin ich verloren. Plötzlich muss ich an meinen Hund denken, der zu Hause vergeblich auf mich warten würde, und an meine Eltern in England, die nicht noch einen Verlust verkraften würden. Unwillkürlich weiche ich zurück in Richtung der Bäume hinter mir.

„Du musst keine Angst haben." Er hält noch immer die Hände in die Luft, als er zu meinem Kofferraum geht. „Ich gehe oft nachts spazieren."

„Warum?" Die Antwort interessiert mich nicht. Ich halte noch immer an meiner Theorie über Entführer fest. Ich bin mir mittlerweile ziemlich sicher, sie bei Sebastian Fitzek gelesen zu haben.

Er ignoriert meine Frage. „Darf ich den Kofferraum aufmachen?"

„Ja."

Langsam nimmt er die Hände runter und klappt den Kofferraumdeckel nach oben. Ich nutze die Gelegenheit, noch ein Stück tiefer in den Wald zu gehen und mein Handy aus der Tasche zu ziehen. Während er das Ersatzrad auf den Waldboden wirft, tippe ich den Notruf ins Handy.

Er nimmt Wagenheber und Radkreuz aus dem Kofferraum und richtet sich auf. Ich tippe auf den grünen Hörer.

„Was willst du der Polizei sagen?“, fragt er und zeigt auf das Handy in meiner Hand.

Ich zucke mit der Schulter.

„Leg auf.“

Zu meiner Überraschung gehorche ich ihm.

Er wirft das Radkreuz auf den Boden, rollt das Rad nach vorne und schiebt den Wagenheber unter mein Auto. Schweigend beobachte ich ihn, wage es sogar, etwas näher an ihn heranzugehen. Beim Aufbocken des Wagens dreht er mir den Rücken zu. Seine Schultern sind breiter, als ich dachte. Entweder arbeitet er als Mechaniker oder auf dem Bau. Oder er ist Sportler.

„Was machst du beruflich?“, frage ich ihn, um zum Fitzek-Plan zurückzukehren.

Er schnaubt durch die Nase. „Ich bin Überlebenskünstler.“

„Klingt toll.“

Hoffentlich bin ich auch Überlebenskünstler, füge ich in Gedanken hinzu und sage laut: „Ich arbeite beim FBI.“

Er lacht kurz auf. Das war zwar nicht das, was ich bezweckt hatte, aber vielleicht greift dann wenigstens meine Fitzek-Theorie.

„Red doch keinen Unsinn“, sagt er und zieht das platte Rad vom Auto.

„Ach so“, gebe ich zurück. Meine Überraschung, dass er mir das nicht abkauft, hält sich in Grenzen. „Du kennst meine Bar?“

Er schweigt.

„Woher denn?“

Er schweigt weiter, setzt das neue Rad auf die Nabe und steckt die Schrauben in die Löcher. Mit den Fingern dreht er sie fest. Vorsichtig komme ich noch einen Schritt näher. Jetzt stehe ich ganz dicht hinter ihm. Es wundert mich nicht, dass ich blonde Haare unter seinem Cap hervorlugen sehe. Seine nackten Unterarme sind sehnig und ich sehe eine Ader hervortreten, als er die Schrauben fester anzieht.

„Wie heißt du?“

Er ignoriert auch diese Frage.

„Wie alt bist du?“

„Ist das ein Quiz?“ Langsam richtet er sich auf, setzt das Radkreuz an und tritt es mit dem Fuß runter, bis es knackt.

„Wohnst du in Clyde Valley?“

Er macht das Gleiche bei der nächsten Schraube, bis er alle durch hat. Ich ertappe mich dabei, wie ich zwei Schritte rückwärtsgehe, als er aufsteht und sich zu mir umdreht. Wieder kann sich sein Gesicht nicht erkennen. Es ist zu dunkel und ich bin zu weit von ihm zurückgewichen …

„Ich packe das wieder in den Kofferraum, ja?“, sagt er, als würde er mich vorwarnen, weil er sich nun gleich bewegt.

„Okay.“

Mit ausgestrecktem Arm hält er Wagenheber und Radkreuz nach unten, bis er am Kofferraum steht. Dann legt er beides wieder hinein, hebt die Hände in die Luft, um mir zu zeigen, dass sie leer sind, und schließt dann den Kofferraumdeckel.

„Du kannst wieder fahren“, erklärt er.

„Danke.“ Das Wort kommt völlig ungeplant über meine Lippen. Es entspringt irgendwo aus meinem Inneren, denn plötzlich empfinde ich genau das: Dankbarkeit.

„Gern geschehen. Ich gehe jetzt.“

Für einen verrückten Moment überlege ich, ihn zu fragen, ob er mitfahren möchte.

„Okay“, sage ich stattdessen. „Wir sehen uns.“ Ich habe keinen Zweifel daran, dass es so sein wird.

„Wieso sollten wir?“

Ich gehe zur offenen Wagentür und stelle mich dahinter. Der Schlüssel steckt, der fremde Mann steht weit genug von mir weg und ich fühle mich plötzlich sicher. „Ich weiß, dass du mich stalkst.“

„Verstehe.“

„Du streitest es nicht mal ab?“ Verblüfft starre ich ihn an.

Er hat die Hände wieder in die Hosentaschen gesteckt. „Nein.“

„Warum?“

„Pass auf“, setzt er an und ich spüre, wie sich mein Puls beschleunigt. Er zieht eine Hand aus der Tasche und deutet zuerst auf mein Auto und wedelt dann mit dem Zeigefinger zwischen uns beiden hin und her. „Das hier war nicht geplant. Du hättest mir nicht begegnen sollen.“

„Warum nicht?“

„Ich gehe jetzt“, wiederholt er seine Aussage von vorhin, legt zwei Finger an das Schild seines Caps und salutiert kurz. „Mach’s gut, Ana.“

Ana ...

Mein Herz schlägt bis zum Hals. Mit weit aufgerissenen Augen und offenem Mund starre ich ihm hinterher, schaue zu, wie er einige Schritte rückwärts macht, sich dann umdreht und lautlos im Wald verschwindet.

Frühstück

„ER hat mich nicht umgebracht“, sage ich anstelle einer Begrüßung, als ich zu Freya ins Wohnzimmer komme. Der niedrige Couchtisch ist gedeckt mit warmen, duftenden Brötchen, dampfendem Kaffee, Croissants und verschiedenen Sorten Marmelade. Überall stehen bunte Teelichter herum und sorgen für eine heimelige Atmosphäre.

Isobel sitzt neben Freya auf dicken Kissen auf dem Fußboden am Tisch und schaut mich über den Rand ihrer Kaffeetasse verwirrt an. „Wer hat dich nicht umgebracht?“

„Der Typ aus der Bar.“ Ich bücke mich und leine Shadow ab, damit er sich in Freyas Wohnung umschauen und herumschnüffeln kann. Zu meiner großen Überraschung war es überhaupt kein Problem gewesen, dass ich den Hund gestern so lange alleine gelassen hatte. Er hatte anscheinend die ganze Zeit über geschlafen. Ich scheine einen richtigen Glücksgriff mit diesem Tier gemacht zu haben.

„Du hast den Typen noch mal gesehen?“, fragt Freya ungläubig. „Was ist passiert?“

Tief durchatmend setze ich mich an den Tisch, lasse mir heißen Kaffee einschenken und beginne zu erzählen. Rückblickend finde ich alles nicht halb so dramatisch wie gestern, und ich frage mich, wieso ich so große Angst gehabt habe.

„Denkst du, er hat die Autopanne verursacht?“ Nachdenklich zupft Isobel an ihrem Croissant herum. Sie zerkrümelt es mehr, als dass sie es isst.

„Ich denke nicht.“

Freya schüttelt ebenfalls den Kopf. „Das kann er nicht. Du hast gesagt, es steckte ein Metallstück im Reifen. Wenn er es reingeschlagen hätte, dann wäre die Luft schon viel früher entwichen und nicht erst auf dem letzten Drittel der Strecke.“

„Ja, das stimmt schon. Die Frage ist nur, *warum* war er genau zur richtigen Zeit am richtigen Ort?“ Genau darüber habe ich die halbe

Nacht nachgedacht. „Er wusste doch nicht, wann ich wo die Panne haben werde."

„Vielleicht war das tatsächlich Zufall." Freya legt ihre schlanken Finger an die Schläfen und denkt nach. „Du bist um kurz vor zwei gegangen. Er ist gestern etwa eine Stunde nach Mitternacht verschwunden. Wenn er da losgelaufen ist durch den Wald, dann kommt es zeitlich hin, dass du ihn am Ende des Weges irgendwann eingeholt hast …" Sie macht eine Pause und schaut mich mit großen Augen an. „Weißt du, was das bedeutet?"

„Dass er kein Auto hat? Und dass er keine Wege benutzt, denn sonst wäre ich an ihm vorbeigefahren und hätte …"

Sie schnalzt genervt mit der Zunge. „Nein, Mann!"

„Was dann?"

„Es bedeutet, dass er in Clyde Valley wohnt." Sie beugt sich vor, um mir in die Augen schauen zu können. „Und zwar auf der Seite vom Wald, auf der du auch wohnst."

„Im Oberdorf? Prima." Irgendwie überrascht mich das nicht.

„Hmm", macht Isobel. „Vielleicht ist er einfach verliebt? Ein schüchterner Kerl, der sich nicht traut, die Frau seiner Träume anzusprechen, und ihr deswegen heimlich nachläuft?"

„Sind wir aus dem Alter nicht raus?" Freya steht auf und läuft im Wohnzimmer auf und ab. „Außerdem passt es nicht zu meinen Karten. Er bringt Unheil. Ich bin mir sicher."

„Er hat auch nicht schüchtern gewirkt", werfe ich ein. „Etwas reserviert zwar, aber sehr selbstbewusst."

Freya ist stehen geblieben, als warte sie auf etwas. Nachdenklich beobachte ich Shadow, der eingerollt in einer Ecke liegt und schläft und sich von unserem Gespräch nicht aus der Ruhe bringen lässt. Dann entschließe ich mich, das zu sagen, was der ganzen Sache noch mal ein anderes Gewicht geben wird: „Er ist mir in London schon gefolgt."

„Was?" Freya lässt sich neben mir auf die Kissen fallen und starrt mich entgeistert an. „Woher weißt du das?"

Isobel hebt überrascht die Brauen. „Wirklich? Das ist schon etwas spooky."

„Ich habe ihn auch dort schon mal gesehen. Es ist mir nie bewusst gewesen, aber jetzt erinnere ich mich wieder daran.“ Ich kann meinen Freundinnen nicht sagen, dass er auf Felians Beerdigung war, weil die beiden nicht wissen, dass ich einen Zwillingsbruder gehabt habe. Es ist zu schmerzhaft, darüber zu sprechen, deswegen bewahre ich dieses Wissen ganz tief in meinem Herzen und hüte es wie einen Schatz.

Isobel hat inzwischen ihr gesamtes Croissant zerkrümelt und schiebt den Teller von sich, während sie fragt: „Du denkst, er ist mit dir nach Schottland gekommen?“

Wegen mir!

„Ich fürchte ja.“

„Du wirst ihm nicht aus dem Weg gehen können“, sagt Freya und nimmt ihre Tasse. Sie hebt sie zum Trinken an, merkt dabei, dass die Tasse leer ist, und gießt sich Kaffee nach. „Der Kreis wird enger“, redet sie dabei beschwörend auf mich ein. „Er kommt bereits immer näher. Wir werden ihn konfrontieren müssen. Ganz sicher machen wir nicht die Opferlämmer und sitzen einfach da und warten, bis er fertig ist mit seinem bizarren Plan.“

Wir. Es rührt mich, wie selbstverständlich Freya von uns dreien als eine Einheit spricht und es nicht als mein alleiniges Problem abtut. Ein warmes Gefühl breitet sich in meinem Bauch aus, als mir bewusst wird, dass ich in den beiden Frauen echte Freundinnen gefunden habe.

„Sag uns, was wir tun sollen.“ Isobel richtet sich auf und blickt uns abwartend an. Es macht den Anschein, als würde sie sich gerade mit der Idee anfreunden, mit uns zusammen in den Krieg zu ziehen.

„Vielleicht will er gar nichts Böses“, überlege ich laut. „Immerhin hat er mir geholfen.“

„Unheil!“, wiederholt Freya. Sie steht auf und trägt ihre Tasse in die Kochecke. „Er bringt Unheil! Ich glaube meinen Karten, und tut mir leid, aber sein Verhalten ist doch nicht normal.“

Isobel steht ebenfalls auf, um unsere Teller in die Spülmaschine zu räumen. Ich kann gerade noch das Brötchen retten, das ich essen wollte. „Wir passen ihn ab“, erklärt Isobel. „Wenn er das nächste Mal in die Bar kommt, hindern wir ihn daran zu gehen und stellen ihn zur Rede.“

Zwischen zwei Bissen frage ich: „Und wie genau machen wir das?“

„Wenn er mit dem Auto kommt, können wir es blockieren. Einparken oder Luft aus den Reifen lassen. Blöd nur, dass er keins zu haben scheint.“ Freya lacht. „Aber macht nichts. Wir schließen ihn einfach in der Bar ein. Dann holen wir ein paar Freunde von uns dazu und wenn er nicht freiwillig redet, sollen die ihm mal zeigen, wo der Frosch die Locken hat.“

„Guter Plan“, stimmt Isobel zu. „Sie müssen ja nicht die ganze Zeit da sein, aber auf Abruf kommen.“

„Ich kenne genug Kerle, die Eier in der Hose haben.“ Freya hat ihr Handy genommen, wischt mit dem Daumen über das Display und blättert ihr Telefonbuch durch. „Wir bekommen genug Typen zusammen. Mister X wird alles ausplaudern, notfalls bringen wir ihn mit Gewalt dazu.“

Auf meinem Brötchen kauend höre ich meinen Freundinnen zu, wie sie sich immer mehr in Rage reden, und stelle fest, dass mir nichts von alldem gefällt, was sie sagen.

„Finger brechen ist eine gute Foltermethode“, grinst Freya. „Einen nach dem anderen. Spätestens bei Finger neun redet er. Vermutlich schon bei Finger zwei.“

Genervt verdrehe ich die Augen und seufze tief. „Wisst ihr was?“, sage ich entschlossen. „Wenn er wiederkommt, dann werde ich mich einfach zu ihm setzen, ihm für seine Hilfe gestern ein Bier spendieren, oder zwei oder drei, und schauen, ob er mir von selbst etwas erzählen mag.“

„Ähm, ja.“ Enttäuscht lässt Freya die Arme sinken. Es ist unschwer zu erkennen, dass sie ihre Version als die bessere empfindet. „Besoffen machen ist natürlich auch eine Möglichkeit.“

„Ich werde versuchen, mit ihm zu reden. Keine Gewalt. Er hat mir nichts getan.“

„Unheil“, sagt Freya düster. „Wir wollten uns alle von ihm fernhalten. Und du solltest dich auf nichts einlassen. Was ist aus alldem geworden?“

„*Du* hast gesagt, ich soll das vergessen und wir müssen den Plan ändern!“

„Ja, Ana!“ Ihre Stimme wird hysterisch hoch. „Den Plan ändern, um ihm zuvorzukommen, ihn zu verjagen, um ihn loszuwerden, und nicht, um dich mit ihm *anzufreunden*!“

„Warten wir einfach mal ab. Ich danke euch für eure Hilfe“, sage ich und wechsle dann das Thema. „Jetzt ist es genug von mir und meinen Problemen. Isi, wie sieht es bei dir auf der Arbeit aus?“ Ich rücke demonstrativ ein Stück zur Seite, damit sie sich zu mir setzen kann. „Hast du dich mit deiner Kollegin wieder ausgesöhnt?“

Isobel bleibt stehen. „Nein, noch nicht. Die blöde Nuss hat sich nicht bei mir entschuldigt“, knurrt sie. „Ich will nicht drüber reden.“

„Freya, wie geht es Aleen?“

„Gut“, sagt sie knapp und startet die Spülmaschine.

Seufzend gebe ich es auf. Langsam stehe ich auf und hebe Shadows Leine vom Boden auf. Der Hund reagiert sofort und kommt schwanzwedelnd auf mich zu. Meine Freundinnen sind gedanklich momentan viel zu sehr mit mir beschäftigt, als dass sie über sich reden würden.

„Wir unterhalten uns morgen“, sage ich und hebe winkend die Hand. „Ich gehe jetzt.“ Bei diesen Worten muss ich sofort wieder an letzte Nacht denken. An die Situation, an den Vorfall und an *ihn.*

„Vielleicht haben wir ja Glück und er lässt sich nie wieder blicken.“

Dieser Gedanke erleichtert mich nicht so sehr, wie ich mir gewünscht hätte. Mein Interesse ist geweckt. Es gibt so viele Fragen, die ich beantwortet haben will. Komme, was wolle, ich muss ihn wiedersehen!

Konfrontation

ICH erwische mich dabei, dass ich ihn suche. Am Anfang ist das ganz beiläufig passiert. Der morgendliche Blick aus dem Fenster zum Waldrand, ein vermehrtes Umschauen, wenn ich mit meinem Hund spazieren gehe, das genaue Fixieren des fraglichen Platzes am Fenster in meiner Felia. Nach zwei Wochen beginne ich sogar, in der Konditorei, in der ich vier Vormittage die Woche arbeite, nach ihm Ausschau zu halten.

Ich erwische mich auch heute dabei, wie ich immer wieder aus dem Fenster schiele, während ich den blauen Zuckerguss auf eine Torte für einen Kindergeburtstag drücke.

Plötzlich macht mein Herz einen Satz: Ein großer Mann in einem dunklen Poloshirt geht am Fenster vorbei. Mit offenem Mund starre ich ihn an und bemerke dabei nicht, dass ich viel zu viel Zuckerguss auftrage.

„Anastasia!“ Der Konditormeister, mein Chef, nimmt mir die Spitztüte aus der Hand. „Pass doch auf! Was ist denn los mit dir?“

„Tut mir leid“, murmele ich. „Ich bessere das gleich aus. Bin sofort wieder da.“ Ohne zu wissen, was ich überhaupt mache, ziehe ich meine Schürze runter, werfe sie auf die Anrichte und stürme zur Tür. Ich reiße sie auf, blicke mich hastig um und sehe den Typen die Straße hinuntergehen. Automatisch beginne ich zu rennen, bis ich ihn fast eingeholt habe.

„Warte“, rufe ich ihm hinterher. „Ich will mit dir reden!“

Der Typ bleibt sofort stehen und dreht sich zu mir um. Aus braunen Augen starrt er mich verwirrt an. Er ist mindestens Ende 30 und um seine Lippen herum steht ein dunkler Bart. Auf seinen nackten Unterarmen wachsen schwarze, lockige Haare. Allein daran hätte ich sofort erkannt, dass er es nicht ist.

„Oh, Entschuldigung“, stammle ich unbeholfen. „Ich habe Sie verwechselt.“

„Das macht doch nichts.“ Seine Stimme ist dunkel und rau. „Kein Problem.“

„Ich wünsche noch einen schönen Tag“, sage ich hastig und kämpfe das brennende Gefühl nieder, das in mir aufsteigt und sich in meinem Bauch breitmacht. Ich weiß selbst, dass es dumm ist und keinen Sinn hat, enttäuscht zu sein. Mir ist auch vollkommen klar, dass ich weder Freya noch Isobel von dieser unangebrachten Enttäuschung erzählen kann. Vermutlich würden sie mich für komplett irre halten.

Wahrscheinlich werde ich wirklich irre wegen dem ...

Eigentlich sollte ich froh sein, dass er anscheinend die Lust daran verloren hat, mich zu stalken. Solange habe ich ihn nun nicht mehr gesehen. Aber statt erleichtert zu sein, fühle ich mich unruhig und nervös. Ich bin überzeugt davon, dass er nicht einfach aufgehört hat, mich zu beobachten, sondern dass er vorsichtiger geworden ist und sich nicht mehr zeigt. Eine Vorstellung, die mich fast wahnsinnig macht.

Nervt es mich einfach nur, dass ich nicht weiß, was er von mir möchte, und ich ihm meine Fragen nicht stellen kann? Oder ist da unterschwellig immer noch Angst vor ihm da? Die Vorstellung, dass er mich praktisch überall belauern könnte, macht mich fast wahnsinnig. Auch wenn ich mir einrede, dass ich keine Angst vor ihm haben muss – wer weiß schon, was sein geheimer Plan ist?

Seufzend schüttle ich den Kopf, um den Gedanken loszuwerden, und gehe zurück in die Konditorei. Meine Schürze liegt noch immer auf der Anrichte und ich binde sie mir wieder um.

„Ist alles in Ordnung?“, will mein Chef wissen.

„Ja, alles gut“, beruhige ich ihn. „Ich dachte, ich habe einen alten Freund aus London hier vorbeilaufen gesehen.“

„Aber er war es doch nicht?“

„Nein, leider nicht.“

Freund? Leider? Hab ich das jetzt nur so gesagt oder hätte ich mich tatsächlich gefreut, wenn *er* es gewesen wäre?

„Das tut mir leid für dich.“ Das Mitgefühl von meinem Chef ist ehrlich. Er mag mich sehr gerne und er freut sich generell für jeden Menschen, dem es gut geht.

„Ich werde ihn schon wiedersehen“, sage ich mit einer Mischung aus Hoffnung und Überzeugung.

„Da fällt mir gerade ein“, setzt mein Chef an, während er mir die blaue Zuckergussspritze in die Hand gibt, damit ich die Torte weiterdekorieren kann. „Hat sich eigentlich dein Freund von neulich bei dir gemeldet? Er wollte nicht auf dich warten, obwohl ich es ihm angeboten hatte.“

„Was meinen Sie?“

„Hmm“, brummt er. „Hat er dann wohl doch nicht gemacht.“

„Ich verstehe nicht …“

„Hier ist vor einiger Zeit ein junger Mann gewesen und hat nach dir gefragt. Ich habe ihm angeboten, hier auf dich zu warten, aber er wollte nicht. Er sagte, er holt dich dann lieber ab.“

„Abholen? Von wo?“, frage ich verwirrt.

Mein Chef lacht auf. „Das weiß ich doch nicht. Ich habe mir da keine Gedanken drum gemacht.“

„Wann war das denn?“

„Oh, schon eine Weile her. Bestimmt acht Wochen.“

Acht Wochen. In meinem Kopf rattert es. Das war noch, bevor ich meine Felia eröffnet hatte … Damals hat er mich also hier in der Konditorei gesucht und begonnen, mich zu stalken. *Wundert dich das jetzt wirklich, Ana?* „Wie hat er denn ausgesehen?“, hake ich nach. „Wissen Sie das noch?“

„Nicht mehr so genau“, gibt mein Chef zu. „Ich kann mich noch an seine grünen Augen erinnern. Die waren so auffällig. Ansonsten weiß ich nichts mehr, tut mir leid. Weißt du nicht, wen ich meine?“

Ich ignoriere seine Frage. „War er blond?“

„Das kann ich nicht sagen, er hatte ein Basecap auf.“

„Okay“, sage ich. „Es ist ja auch egal. Nicht so wichtig. Ich danke Ihnen, ich mache hier mal weiter.“

Entschlossen konzentriere ich mich wieder auf die Torte vor meiner Nase und auf den blauen Zuckerguss. Mehr Infos brauche ich nicht. Er ist hier gewesen.

***

Es sind gut drei Wochen vergangen seit meiner Panne im Wald, und obwohl ich seitdem jeden Tag die Augen offenhalte und fest damit rechne, dass *er* wieder aufkreuzt, bin ich dann doch überrascht, als es endlich so weit ist.

Wieder sitzt er in meiner Bar. An einer anderen Stelle dieses Mal, vermutlich weil der Platz am Fenster belegt ist. Ich habe ihn nicht reinkommen sehen und er hat wieder nichts bestellt. Es ist, als hätte er sich auf dem Stuhl in der Ecke aus dem Nichts manifestiert, und nun sitzt er da, mit verschränkten Armen vor der Brust und schaut sich im Raum um. Er trägt ein schlichtes, blaues Shirt und kein Basecap. Seine blonden Haare sind nach vorne gekämmt und etwas wuschelig.

Freya hatte recht mit dem, was sie am ersten Tag vermutete, als sie ihn sah: Er sieht aus, als würde er eher auf die Titelseite eines Magazins gehören als hier in meine kleine Bar, inmitten der einsamen schottischen Wälder. *Was zum Teufel macht er hier?*

„Geh hin und versuch dein Glück, mit ihm zu reden", flüstert Freya mir zu, die sich unbemerkt hinter mich gestellt hat. „Ich übernehme hier."

„Danke dir. Du bist ein Schatz."

„Ich weiß." Sie grinst mich an. „Du hast eine halbe Stunde Zeit. Wenn es nicht funktioniert, dann nehmen wir meinen Plan. Frosch und Locken, Folter, du weißt schon."

Ich verdrehe die Augen und schnalze gespielt entrüstet mit der Zunge, vor allem aber deswegen, um mir nicht anmerken zu lassen, wie nervös ich in Wirklichkeit bin.

Freya weiß es trotzdem. „Keine Angst, Ana. Zwei Freunde von mir sind bereits hier, wir werden dich nicht aus den Augen lassen … Ich sag gleich dem Rest Bescheid. Sie sollen kommen und die Tür überwachen, damit er nicht abhaut, falls er das versuchen sollte. Sicher ist sicher, für den Fall des Falles!"

„Alles klar." Schnellen Schrittes entferne ich mich von Freya und gehe zu dem kleinen Tisch, bevor ich es mir anders überlegen kann. Ohne zu fragen, ziehe ich einen Stuhl heran und setze mich dem blonden Mann gegenüber.

„Hallo", sage ich zur Begrüßung.

Er nickt mir kurz zu, zeigt aber ansonsten keine Reaktion.

Auf einmal bin ich mir nicht mehr sicher, ob es der Typ ist, der mir in jener Nacht geholfen hat, das Rad zu wechseln. Der hier sieht nicht so aus, als ob er das könnte, und auch nicht so, als würde er es tun. Seine Hände sind gepflegt, die Fingernägel sehen fast manikürt aus. Er hat ein makelloses Gesicht mit weichen und freundlichen Zügen. Ein einladendes Lächeln umspielt seine Lippen. Nichts an ihm erinnert mich an den verschlossenen Typen im Wald oder am Tierheim, aber es ist zweifellos der Mann, den Freya am Abend der Eröffnung hier gesehen hat.

Vielleicht ist er ein ganz anderer als mein Stalker.

Auf einmal komme ich mir unglaublich blöd vor. Ich überlege mir, ob ich einfach aufstehen und weggehen soll, als plötzlich mein Blick auf seinen trifft: Seine Augen sind leuchtend grün.

„Wer bist du?“ Die Worte platzen einfach aus mir heraus.

Er schaut mich fragend an, dann antwortet er mir in einer Sprache, die ich nicht verstehe. Ich vermute, dass es Niederländisch ist.

„Ich verstehe dich nicht“, sage ich zerknirscht und fühle mich noch ratloser. Verzweifelt versuche ich, anhand seiner Stimme herauszufinden, ob es der Typ aus dem Wald sein könnte. Aber durch die unterschiedliche Sprache wirkt alles komplett anders, fremd, als hätte ich nicht nur die Worte noch nie gehört, sondern auch die Stimme nicht. „Kannst du bitte englisch reden?“

Der blonde Typ fixiert mich mit seinen stechend grünen Augen, die so intelligent wirken, dass ich mir gut vorstellen könnte, dass er mich sehr wohl versteht. Doch er schüttelt den Kopf und zuckt die Schultern.

„Das gibt’s doch nicht.“ Konnte ich mich wirklich so täuschen? In dem Moment, als ich nun wirklich aufstehe, sehe ich seine nackten Arme. Sehnige, muskulöse Arme, an denen eine Ader deutlich sichtbar ist. Er bemerkt meinen prüfenden Blick, zieht seine Ärmel nach unten und verschränkt die Arme vor der Brust.

Ich setze mich wieder hin.

Er kneift die Lippen zusammen und schaut auf den Tisch.

„Du verstehst mich sehr gut“, stelle ich fest. Ich weiß nicht, woher ich das weiß, denn er lässt sich nichts anmerken, aber ich bin mir sicher, dass ich recht habe.

Er schweigt.

„Niederländer bist du also.“ *Ein Niederländer, der offenbar in London gelebt hat und mit mir nach Schottland ausgewandert ist.*

Wieder gibt er mir keine Antwort und dieses Schweigen und seine reglose Art verraten ihn endgültig.

Er ist es! Er ist der Typ vom Friedhof, vom Tierheim und vom Wald. Ich kann nicht sagen, woher dieses Wissen plötzlich kommt, aber es ist mit untrüglicher Sicherheit auf einmal da. Ich *weiß* es einfach!

„Es war dumm von dir herzukommen.“ Ich versuche den Blickkontakt wieder herzustellen, doch er schaut nach unten, auf den Tisch oder auf den Boden. „Meine Freunde wissen Bescheid. Sie werden jetzt die Polizei rufen.“

„Ich habe dir nichts getan.“ Mühelos hat er die Sprache gewechselt. Er spricht perfektes Englisch, ohne schottischen Akzent, genau wie der Typ im Wald.

Weil auch der kein Schotte ist, sondern ein Niederländer!

„Du stalkst mich.“ Plötzlich bin ich entschlossen, meine Karten auf den Tisch zu legen. Ich habe keine Lust, noch mal wochenlang zu warten, bis ich wieder die Gelegenheit bekomme, mit ihm zu reden. „Seit Jahren schon. Wer bist du und was willst du von mir?“

„Nichts.“

„Du wirst hier nicht rauskommen.“ Mit dem Finger zeige ich auf Freya, die hinter der Theke steht und uns beobachtet. „Meine Freundin wird die Polizei rufen.“

„Soll sie doch. Ihr verwechselt mich.“ An seiner Stimme höre ich, dass er komplett dichtmacht, auf Abwehr geht. Mit Drohungen werde ich bei ihm nichts erreichen.

„Eigentlich wollte ich mich bei dir bedanken.“ Ganz spontan gebe ich meine anklagende Haltung auf und gehe zu dem Teil über, wegen dem ich eigentlich hier bin und den ich aus lauter Verwirrung über sein Schauspiel mit der fremden Sprache fast vergessen hätte. „Für deine Hilfe im Wald.“

Er zeigt wieder keine Reaktion, fixiert mich aber mit seinem durchdringenden Blick, als wolle er mich röntgen und prüfen, wie ernst meine Aussage gemeint ist.

Ich halte seinem Blick stand. „Ich weiß, dass du das warst. Danke schön."

„Gern geschehen."

Verwundert schaue ich ihn an. Obwohl es eine gängige Formulierung ist, bin ich mir sicher, dass er ganz bewusst die gleichen Worte gewählt hat wie in jener Nacht im Wald. Und es macht etwas mit mir. Es schafft eine Vertrautheit, die es nicht geben dürfte. Ich habe nicht nur keine Angst vor ihm, ich fühle mich wohl bei ihm.

„Meine Freundinnen haben ein paar Kerle zusammengetrommelt und wollen dich verprügeln lassen." Es soll keine Drohung sein, es ist eine Warnung.

„Wundervoll", knurrt er. „Das klingt nach echter Dankbarkeit."

„Sie werden dich nicht gehen lassen, bis du mir meine Fragen beantwortet hast."

Er bleibt ungerührt sitzen und schweigt.

„Das war nicht meine Idee", verrate ich ihm leise und stelle fest, dass es die Wahrheit ist. Ein Lächeln umspielt meinen Mundwinkel. „Wir können das verhindern, indem du mit mir redest."

Sein Blick huscht kurz zur Tür und dann zurück zu mir.

„Du kommst hier nicht raus", wiederhole ich. „Sie überwachen den Ausgang. Du wirst mit mir reden müssen."

„Okay", willigt er ein. „Gib mir zehn Minuten Zeit. Ich muss nachdenken."

„Okay", wiederhole ich. Der gleiche Okay-Dialog wie im Wald …

„Darf ich bitte vorher zur Toilette?" Er löst die Arme aus ihrer Verschränkung und zeigt mir wieder seine leeren Hände.

Ich nehme es als ein Zeichen seiner Unterwerfung und beschließe, seiner Bitte nachzukommen. Die Fenster in den Waschräumen sind alle vergittert und es gibt nur einen Ausgang aus der Hütte heraus. Durch die Tür, die Freya überwachen lässt. „Natürlich." Ich nicke ihm zu und stehe auf. Ich habe es plötzlich sehr eilig, zu Freya und zu Isobel zu kommen. „Beeil dich. Und denk dran, sie werden dich nicht rauslassen. Je schneller du wiederkommst, desto schneller können wir das klären.“

Flucht

„DENKST du, er wird dir einfach so sagen, warum er dich verfolgt?“, fragt Isobel mich nun das dritte Mal hintereinander und knabbert an ihren Fingernägeln.

„Ich habe keine Ahnung“, sage ich nervös und schaue Richtung Toilette, ob er endlich zurück zu seinem Tisch kommt.

„Lennox und Dennis stehen draußen vor der Tür“, verkündet Freya und spricht die nächste Anweisung in ihr Handy. „Akira und ein Kumpel von ihm sind hier drin und sitzen da hinten am Tisch. Siehst du?“ Sie deutet unauffällig mit dem Daumen in Richtung zweier Männer, die Freya kurz zunicken.

„Ja. Sehe ich.“

„Sehr gut. Isobel, bitte geh du hinter die Theke und sorge dafür, dass die Bar reibungslos weiterläuft. Ich kümmere mich um unseren Freund hier.“ Freya übernimmt die Führung und ist offensichtlich in ihrem Element dabei. Ungeduldig schaut auch sie in Richtung Toilette. „Wo zum Teufel bleibt er?“

Ich zucke mit den Schultern. „Er wird schon kommen. Bleibt ihm ja nicht viel anderes übrig.“

„Das wird mir zu blöd. Wir holen ihn.“

„Was? Vom Klo runter?“

„Richtig.“ Freya hebt ihre Hand in die Luft und wedelt kurz mit dem Zeigefinger. Akira und der Typ neben ihm stehen sofort auf und kommen auf uns zu. Während Akira eher der Freizeitsportler ist, sieht der andere aus wie ein Schlägertyp. Er hat breite Schultern, kurzgeschorene Haare und schlecht gestochene Tattoos auf den muskulösen Oberarmen. Als er sich neben mich stellt, rieche ich kalten Rauch. Freyas Worte, die sie einmal zu mir gesagt hat, fallen mir wieder ein: *Manche Menschen schwingen auf derselben Frequenz.* Sofort ist mir klar, dass dieser Mann und ich nicht auf einer Wellenlänge sind.

„Was brauchst du?“, fragt er Freya schroff. Durch dieses Verhalten wirkt er wie ein Bodyguard auf mich. Trotzdem, und obwohl ich ihn überhaupt nicht kenne und er nur hier ist, um uns zu helfen, kann ich keine Sympathie für ihn empfinden.

„Freya“, zische ich meiner Freundin mahnend zu und schüttele leicht den Kopf. „Denk an unsere Abmachung.“

Sie nickt und wendet sich dann an die beiden Männer. „Wir gehen jetzt auf die Toilette und holen den Typen da raus. Ihr wartet an der Tür. Wenn wir euch brauchen, rufen wir euch.“

„Geht klar“, sagt Akira. Er ist eindeutig der sympathischere von beiden.

Sie folgen uns ans Herrenklo und wir schauen uns kurz verstohlen um, bevor wir hineinhuschen. Da die Bar nicht mehr allzu voll ist, bemerkt es keiner.

Wir ziehen schnell die Tür hinter uns zu und schauen zu dem einzigen Waschbecken, das es hier gibt. Es ist leer. Zusätzlich befinden sich hier zwei Toilettenkabinen. Beide Türen sind geschlossen, aber nur eine ist von innen verriegelt.

„Komm raus“, ruft Freya mit schneidender Stimme. „Sonst kommen wir rein.“

Keine Antwort.

Die Tür zum Waschraum wird von außen geöffnet und trifft mich fast an der Schulter. Ein älterer Herr starrt uns mit großen Augen an.

„Bitte warten Sie fünf Minuten draußen“, sage ich freundlich. „Wir haben ein Problem mit den Wasserleitungen. Es funktioniert hoffentlich alles gleich wieder.“

Der Gast zeigt sich einsichtig, fragt nicht weiter nach, sondern schließt die Tür wieder von außen.

Ich seufze tief. „Was machen wir hier eigentlich?“, frage ich. Mit einem Schlag fühle ich mich unendlich müde.

Freya sinkt mit einem Knie auf den Boden und spickt unter dem Türschlitz durch. „Er ist weg.“ Hastig springt sie auf und wischt die Hände an ihren Jeans sauber. „Gib mir eine Münze, schnell. Ich muss die Tür öffnen.“

„Ich hab keine.“

„Hole eine!“, keift sie mich an. „Schnell!“

„Er kann doch da nicht raus! Oder denkst du, er schwimmt durch die Kanalisation ins Meer?“

„Los jetzt!“

Ich setze mich in Bewegung, renne hinter die Theke an meine Kasse, stelle erleichtert fest, dass der Gast von vorhin nicht hinter der Tür gewartet hat, und eile dann zurück in die Toilette. Mit zitternden Fingern drücke ich Freya die Münze in die Hand. Trotz ihrer langen Fingernägel schiebt sie die Münze geschickt in den Schlitz unter der Türklinke, dreht sie um 90 Grad und öffnet hastig die Kabine.

Sie ist leer.

„Das ist unmöglich!“, stammle ich.

„Ist es nicht!“ Mit dem Finger zeigt Freya nach oben. Eine von den großen Holzplatten wurde offenbar hochgehoben und zur Seite geschoben. In der Decke klafft ein viereckiges Loch.

„Wie ist er denn da hochgekommen?“, staune ich. Es musste ein ganz schöner Kraftaufwand sein, sich da hochzuhieven.

„Ist doch völlig egal. Wir haben ihn. Vom Dachboden kann er nicht abhauen.“

„Wie kommen *wir* denn da hoch?“ Ratlos schaue ich sie an. „Die Luke zum Dachboden ist genau über den Tischen der Gäste. Die kann ich jetzt nicht ausklappen und die Leiter ausfahren …“

„Gar nicht.“ Freya dreht sich um, geht aus der Kabine und kehrt kurz darauf mit Akira zurück. Sie deutet nach oben und er versteht sofort. Akira steigt auf die Kloschüssel und zieht sich mit den Händen an der Decke nach oben. Er braucht zwei Anläufe, schafft es dann aber und verschwindet auf dem Dachboden. Wir hören leise Schritte über unseren Köpfen. Quälende Minuten vergehen, in denen Freya und ich uns nur stumm anschauen, unfähig, ein Wort zu sagen. Dann erscheinen Akiras dunkle Locken in der Luke.

„Mädels“, sagt er. „Wir haben ein Problem.“

„Wo ist er?“, fragt Freya ungehalten. Es ist unschwer zu erkennen, dass es ihr überhaupt nicht passt, dass ihr Plan nicht zu funktionieren scheint. Langsam aber sicher verliert sie die Geduld.

„Ich zeige es dir." Er streckt die Hand nach unten, aber Freya ergreift sie nicht.

„Da komme ich nicht hoch", murmelt sie und zeigt auf mich. „Geh du gucken."

Mit gemischten Gefühlen klettere ich auf die Kloschüssel, reiche Akira die Hand und lasse mich von ihm hochziehen. Freya muss mich von unten schieben, sonst würde ich es nicht schaffen.

Er hat es vermutlich mühelos geschafft. *Überlebenskünstler.*

Völlig außer Atem setze ich mein Knie auf den Holzboden und richte mich dann auf. Der Kniestock ist hoch genug, dass wir beide aufrecht stehen können. Meine Bar ist in einem alten Häuschen mit einem ungenutzten, nicht ausgebauten Dachboden, mit dicken Holzbalken und vielen Spinnenweben.

„Komm mit", sagt Akira und ich folge ihm zum Giebel. Ich sehe es sofort. An der hinteren Ecke ist im Dach die Plane herausgerissen worden, um die Dachziegel freizulegen. Sechs Stück wurden dann von unten aus der Verkeilung gehoben und fein säuberlich auf den Boden gelegt. Durch das so entstandene Loch im Dach muss er entkommen sein.

„Wie ist er runtergekommen?", frage ich ungläubig. „Oder ist er noch da oben?"

Meine Hütte ist knapp fünf Meter hoch … Zu hoch zum Springen.

Akira klettert ebenfalls durch das Loch auf das Dach hinauf. Kurz darauf kommt er wieder zurück. „Er muss hinten runtergesprungen sein", stellt er fest. „Und dann im Wald verschwunden. Da können die Jungs vorne am Eingang natürlich lange Schmiere stehen."

Er ist uns entwischt.

Unwillkürlich muss ich schmunzeln, kann aber nicht sagen, warum eigentlich. „Schafft man den Sprung, ohne sich zu verletzen?" Für einen Moment erwäge ich ernsthaft, einen Krankenwagen zu rufen.

„Ich schätze, er ist erst auf den unteren Dachvorsprung geklettert und von dort aus runter gesprungen. Dürften knapp drei Meter sein", schätzt Akira. „Weicher Boden als Untergrund. Das schafft man, ohne sich die Beine zu brechen, wenn man ein bisschen Übung hat."

Er ist nicht das erste Mal auf der Flucht.

Akira geht den Dachboden entlang, setzt sich an den Rand des Loches und springt hinunter. Er landet mit den Beinen auf dem Toilettensitz und streckt dann die Arme nach oben, um mich in Empfang zu nehmen.

„Wo zum Teufel ist er?“, fragt Freya genervt. Sie steht noch immer in der Toilettenkabine und hält ihr Handy in der Hand.

„Weg“, sage ich mit einer Mischung aus Erleichterung und Enttäuschung, weil er zwar dem Schlägertypen entkommen ist, aber ich ihm wieder nicht meine Fragen stellen konnte.

„Wir verteilen uns im Wald und suchen ihn.“ Freya fuchtelt hektisch mit den Händen herum und boxt dann Akira gegen die Schulter. „Warum hast du nicht gleich gesagt, dass er weg ist? Jetzt haben wir wertvolle Zeit verloren, wir müssen los.“

„Wir finden ihn nie im Wald“, gibt Akira zu bedenken. „Dafür müssten wir mindestens hundert Leute haben.“

„Es reicht jetzt“, beschließe ich. „Wir müssen zurück zur Normalität. Die Gäste wollen die Toilette benutzen, und ich muss zurück hinter meine Theke.“

Freya schaut mich kurz nachdenklich an. In ihrem Kopf arbeitet es. Ihr Mundwinkel zuckt und sie rümpft die Nase. Dann seufzt sie tief. „Du hast natürlich recht. Wir können keine Jagd auf ihn veranstalten.“

Wir verlassen den Waschraum und ich blicke mich nach dem Gast um, dem ich vorhin die defekte Wasserleitung vorgegaukelt habe. Er ist verschwunden. Vielleicht ist das besser so.

„Danke dir“, sage ich zu Isobel und nehme ihr das Bierglas aus der Hand, das sie eben füllen wollte. „Dir auch, Akira, danke.“

Er nickt kurz und setzt sich zurück an seinen Tisch. Der Bodyguard folgt ihm.

„Was machen wir denn jetzt?“, fragt Freya ratlos.

„Nichts. Schick deine Leute nach Hause. Wir machen nichts mehr. Entweder er kommt wieder und redet mit mir oder eben nicht. Dann ist es so.“

„Wie unbefriedigend.“

„Magst du mir morgen noch mal die Karten legen, Freya?" Lächelnd schaue ich sie an. Natürlich weiß sie, dass ich nicht an so was glaube, aber sie weiß, dass ich damit ihre Stimmung aufhellen möchte.

Sie kneift die Lippen zusammen, schluckt ihren Frust über das misslungene Vorhaben von heute hinunter und nickt. „Auf jeden Fall, das machen wir. Vielleicht hat sich etwas geändert in deiner Zukunft."

„Vielleicht hat sich das Unheil in Luft aufgelöst." Ich stelle das mittlerweile volle Bierglas auf die Theke und schiebe es dem älteren Herrn im Trenchcoat zu, der es bestellt hat.

„Vielleicht", wiederholt Freya. „Ich denke aber eher nicht."

„Warum nicht?"

„Es wird sich nicht in Luft auflösen." Ihre Miene wird düster. „Ganz im Gegenteil. Es wird immer greifbarer."

„Hm", mache ich und schaue aus dem Fenster. Meine Gedanken sind nicht bei Freyas Karten und auch nicht bei meiner Zukunft. Sie sind bei dem Mann, dessen Namen ich nicht einmal kenne.

Ich hoffe inständig, dass ihm bei dem Sprung vom Dach nichts passiert ist und dass er heil nach Hause kommt. Wo immer sein Zuhause auch sein mag.

Karten

DIE schmale Straße verschwimmt vor meinen Augen. Ich sollte mich aufs Fahren konzentrieren, aber ich bekomme die Tarotkarten und Freyas erneute Prophezeiungen nicht aus dem Kopf. Es war nicht nur für mich, sondern auch für sie verwirrend gewesen. Sie konnte nicht erkennen, wohin meine Lebensreise gehen würde, so etwas ist ihr offenbar noch nie passiert.

Immer wieder hat sie das Unheil betont, das sie ganz offenbar auf mich zukommen sieht. Aber sie hat auch von einem Verlust gesprochen. Einem sehr einschneidenden Verlust. Insgeheim bin ich überzeugt davon, dass sie damit ein schon geschehenes Ereignis meint. Einen schrecklichen Unfall, der Jahre zurückliegt, aber mich jeden Tag wie ein dunkler Schatten begleitet, der sich nicht abschütteln lässt. Vermutlich ist es für Freya deswegen so deutlich zu sehen gewesen, so dass sie dachte, es kommt noch auf mich zu. Ich habe es nicht geschafft, ihr zu sagen, dass das Schrecklichste von allem bereits geschehen war und dass nichts, was mich in meinem Leben noch ereilen wird, diesem Schmerz gleichkommen kann. Vielleicht ist ja das der Grund dafür, dass ich keine Angst habe vor ihren Voraussagungen. Freya sprach von Kummer, von Zerrissenheit und einem Wissen, dem ich versuchen werde davonzulaufen, ohne mich dem entziehen zu können. Wirre und verschlungene Aussichten, aus denen keine von uns beiden wirklich schlau wurde. Aber Freya sprach auch von Erlösung und einer Art Befreiung, wovon auch immer.

Mein Handy piepst und kündigt eine WhatsApp-Nachricht an. Ohne die Straße aus den Augen zu lassen, ziehe ich mein Telefon aus der Halterung. Es ist eine Nachricht von Isobel. Mit dem Finger wische ich sie weg, um sie gleich in Ruhe zu Hause zu lesen. Mein Handy stecke ich in meine Handtasche, dann parke ich mein Auto in dem kleinen Carport vor dem Haus und laufe die drei Stufen zur Haustür hoch. Gerade als ich meinen Schlüssel in das Schlüsselloch stecken will, sehe ich eine kleine Postkarte, die mit einem Stück durchsichtigem Klebestreifen an die Tür geheftet ist. Ich reiße sie ab und begutachte kurz den weißen Schlittenhund, der darauf abgebildet ist. Dann drehe ich die Karte um. Es steht eine handschriftliche Notiz drauf, fein säuberlich mit Kugelschreiber geschrieben:

Ana,

es tut mir leid, dass ich abgehauen bin. Ich weiß, du hast viele Fragen. Ich werde sie dir beantworten. Allein!

Treffpunkt heute Abend, wenn es dunkel wird, am Aussichtspunkt vor dem Jugendgefängnis.

L.

Suchend blicke ich mich um, aber natürlich fehlt von ihm jede Spur. Mein Herz klopft laut vor Aufregung.

Immerhin hat er den Sprung vom Dach überlebt. Diese Erkenntnis beruhigt mich mehr, als sie tun sollte. Eigentlich hätte ich froh sein müssen, wenn er sich dabei den Hals gebrochen hätte, dann müsste ich mir keine Gedanken mehr um ihn machen.

Nachdenklich ziehe ich mein Telefon aus der Handtasche, um Freya anzurufen. Vielleicht ist es möglich, ein paar Leute zu organisieren, die auf mich aufpassen und ihm im Anschluss nach Hause folgen, um zu sehen, wo er wohnt? Für den Fall, dass er meine Fragen nicht beantworten würde ...

Sofort verwerfe ich den Gedanken wieder. Freya würde nur erneut ihren Schlägertrupp zusammentrommeln und alle um mich herum positionieren, um ihn zu bedrohen. Außerdem würde *L.* den Braten vermutlich riechen und sich dann einfach nicht zeigen.

Ich erwische mich dabei, wie ich überlege, wofür L. stehen könnte. *Lucas, Luke, Louis ...* Vermutlich hat er einen holländischen Namen.

Während ich den Schlüssel im Türschloss drehe, kommt mir der Gedanke, Isobel anzurufen, um sie zu fragen, was ich tun soll. Allerdings wäre dann Freya vermutlich auf immer und ewig sauer auf mich.

Das musst du ganz alleine hinbekommen, Ana.

Shadow kommt mir schwanzwedelnd entgegen, als ich ins Haus trete. Ich setze mich zu ihm auf die Decke und studiere noch mal die Postkarte. Nichts auf ihr deutet darauf hin, wo sie gekauft wurde, und auch die Handschrift verrät nicht viel. Gut leserliche unauffällige Druckbuchstaben.

Ich kenne den Platz vor dem Jugendgefängnis. Er ist schöner, als er klingt. Obwohl er an einem Wanderweg liegt, wirkt er abgeschieden, irgendwo zwischen Hügeln und Wäldern, romantisch und gleichzeitig ein wenig gruslig. Mystisch.

Passt zu ihm.

Er hätte sich keinen besseren Ort für unser Date aussuchen können.

Wenn es dunkel wird ...

Was für eine präzise Zeitangabe! Humor hat er ja. Oder kann er keine Uhr lesen? Ich muss über meinen eigenen Witz lachen.

„Woher soll ich denn bitte wissen, wann es dunkel wird?", sage ich zu meinem Hund, der seinen großen Kopf auf mein Knie gelegt hat. „Da achtet doch kein Mensch drauf."

Liebevoll schiebe ich seine Schnauze von mir runter und gehe zur Kommode im Flur. Mit beiden Händen wühle ich in der oberen Schublade herum, schiebe Kämme, Zopfbänder und alte Schlüssel zur Seite. Auch eine Taschenlampe entdecke ich, aber das ist nicht das, wonach ich gesucht habe. Ungeduldig ziehe ich die Schublade aus der Schiene und kippe sie auf dem Boden aus. Das rote Pfefferspray rollt mir entgegen. Ich habe es mir gekauft, bevor ich nach Schottland gekommen bin, weil ich es zum morgendlichen Joggen durch die einsamen Wälder mitnehmen wollte. Ich habe das allerdings immer wieder vergessen, was erklärt, warum es so tief im Schubladenkram versinken konnte. Schnell stecke ich es in meine Handtasche und greife nach der Hundeleine.

„Komm, lass uns an die Wiese gehen. Dann muss ich duschen und mich anziehen. Wir müssen rechtzeitig losfahren. Damit wir schon da sind, wenn er kommt."

Das empfinde ich irgendwie als wichtig, denn so behalte ich die Kontrolle über die Sache. Ich werde mich mit meinem Auto auf den Hügel stellen und nach ihm Ausschau halten, und wenn er dann auftaucht, kann ich mir in Ruhe überlegen, ob ich aussteige und mit ihm rede oder einfach wieder wegfahre.

Der perfekte Plan, wie ich finde. Ich habe mich nie als sonderlich naiv oder leichtgläubig empfunden, eher als sehr kritisch und wohlüberlegend. Eine Tatsache, die mir mit Sicherheit zugutekommen würde.

„So machen wir das", sage ich zu meinem Hund und glaube fest daran, dass ich dieses Mal die Oberhand in diesem merkwürdigen Spiel haben würde.

Offenbarung

NACH der fünften Runde, die ich bei strahlendem Sonnenschein um das Jugendgefängnis herumfahre, während ich mit den Augen die Umgebung absuche, fange ich an, mich paranoid zu fühlen. Ich habe keine Ahnung, wonach genau ich eigentlich suche, aber ich stelle fest, dass hier weit und breit kein blonder Typ zu sehen ist, keine Gruppe bewaffneter Männer und auch sonst nichts, was mir irgendwie verdächtig vorkommen könnte. Deswegen fahre ich erneut zum Aussichtspunkt und stelle mein Auto direkt dort oben ab. Es ist mir egal, dass man hier nicht parken darf. Ich möchte nur eine kleine Runde mit Shadow laufen und dann werde ich mich wieder hinter das Steuer setzen und warten. Wenn mich dann jemand darauf hinweist, dass ich hier nicht stehen darf, kann ich einfach wegfahren. Vermutlich wird das aber nicht passieren, denn hier ist weit und breit kein Mensch, den es stören könnte.

Ich stelle den Motor ab, stecke den Autoschlüssel in die Tasche meiner Jeans und öffne den Kofferraum. Shadow springt heraus und läuft mit mir zusammen den Weg entlang. Es dauert zwar noch ein bisschen, bis es dunkel wird, aber ich nehme mir trotzdem vor, in wenigen Minuten wieder zurück zu sein, um mich hinter dem Steuer zu positionieren und mich vorbereiten zu können.

L. wird meine Fragen beantworten. Am dringendsten will ich wissen, wer er ist und wieso er mich verfolgt. Alles andere ist erst mal zweitrangig für mich.

Noch bevor der Weg eine Kurve macht, drehe ich um und gehe zu meinem Auto zurück. Mein Blick richtet sich auf den Horizont. Die Sonne geht bereits unter, aber es ist noch lange nicht dunkel.

Mein silberner Antara steht mit zwei Rädern auf der Wiese, damit andere Autos ungehindert vorbeifahren können.

Mein Herz setzt einen Schlag aus.

An der Fahrertür lehnt ein Mann. Er trägt ein schwarzes Shirt und Shorts. Seine blonden Haare leuchten rötlich im Abendlicht. Mit vor der Brust verschränkten Armen sieht er mich fast herausfordernd an. „Guten Abend, Ana.“

Mein Herz scheint seinen Aussetzer nachholen zu wollen und klopft auf einmal doppelt so schnell.

So viel zu meinem Plan, vor ihm hier zu sein.

Mit fast schmerzhafter Ernüchterung stelle ich fest, dass meine Handtasche samt Pfefferspray auf dem Beifahrersitz liegt. Am liebsten hätte ich mir applaudiert für diese Glanzleistung.

„Entspann dich, Ana. Warum so nervös? Wir wollten uns doch treffen.“ Er löst sich vom Auto und geht runter in die Hocke. Dann streckt er seine Hand aus und schnalzt mit der Zunge, um meinen Hund zu sich zu rufen. Shadow reagiert sofort und geht so weit zu ihm hin, wie es die Leine zulässt.

„Komm schon, lass ihn los. Wenigstens einer, der mir Hallo sagen will.“

„Hallo“, sage ich schwach und lasse die Leine auf den Boden fallen. Ich weiß nicht, ob es mich beruhigt oder ob ich mich darüber ärgern soll, dass Shadow sofort zu dem fremden Mann geht und an seiner Hand schnuppert. Keine zwei Minuten später lässt mein Hund sich die Ohren kraulen. Seufzend presse ich die Lippen zusammen.

„Guck, er mag mich schon.“

Mir fällt auf, dass er viel gesprächiger ist als die vorherigen Male. Möglicherweise will er wirklich mit mir reden und das alles aufklären.

„Wie heißt du?“, will ich wissen.

„Wo sollen wir uns denn unterhalten?“ Er nimmt die Leine in die Hand und richtet sich auf. „Hier? Oder willst du laufen?“

„Eigentlich wollte ich in mein Auto.“ Meine Stimme ist unerwartet zynisch. „Aber du stehst im Weg.“

„Oh“, macht er und weicht sofort zur Seite.

Shadow folgt ihm auf dem Fuß und ich kämpfe gegen meinen Impuls an, die Augen zu verdrehen.

„Jetzt kannst du einsteigen“, sagt er freundlich.

„Danke“, gebe ich zurück, bleibe aber stehen.

„Darf ich dann auch einsteigen?“

„Nein!“

„Verstehe.“ Er scheint kurz nachzudenken und spricht dann das aus, was mir gerade ebenfalls in den Sinn kommt. „Das heißt, du steigst ein und ich bleibe hier draußen stehen? Wie unfair. Sollen wir nicht lieber ein Stück zusammen laufen?“

„Wie heißt du? Du wolltest mir Antworten geben.“

„Levy.“

Perplex starre ich ihn an. Irgendwie hatte ich nicht damit gerechnet, tatsächlich einmal seinen Namen zu erfahren. Als ich mich von der Überraschung erholt habe, frage ich: „Ist das Niederländisch?“

„Schon möglich.“ Er kommt einen Schritt auf mich zu und hält mir das Ende der Leine hin.

Ich zögere und starre skeptisch auf seine Hand.

„Nimm schon“, fordert er mich auf. „Ich stehe nicht unter Strom oder so was. Du bekommst keine gewischt von mir.“

Fast ruckartig nehme ich ihm die Leine weg, ohne ihn dabei zu berühren. Levy dreht sich um, steckt die Hände in die Taschen seiner Shorts und geht den Weg entlang, den ich eben schon gegangen bin. Ich werfe einen abschätzenden Blick in mein Auto, auf meine Handtasche und das Pfefferspray darin, und drehe dann ruckartig um. Schnell greife ich nach meiner Tasche, schlage die Tür zu und schließe zu ihm auf.

„Levy und wie weiter?“, frage ich, als ich auf seiner Höhe bin.

„Du darfst Levy zu mir sagen.“

„Wie großzügig, danke!“

Er lacht leise in sich hinein. Ein warmes und sympathisches Lachen, das die unsichtbare Wand zwischen uns zum Einsturz bringt. Oder zumindest stark ins Wanken.

„Wie alt bist du?“, beginne ich mein Verhör. Ich habe beschlossen, mit den einfachen Fragen anzufangen, um so viel wie möglich aus ihm herauszubekommen, bevor er es sich anders überlegt und wieder in sein Schweigen verfällt.

„29.“

„Echt? Siehst jünger aus.“ Ich habe ihn so alt wie mich geschätzt, höchstens aber 26 oder 27 Jahre.

„Sagt man mir immer.“

„Was machst du beruflich?“

„Das hatten wir schon.“ Er schaut kurz zu mir rüber. „Überlebenskünstler.“

„Womit verdienst du dein Geld?“

„Ich handle mit Aktien. Schreibe und verkaufe PC-Programme und bin eigentlich Musiker.“

„Musiker?“ Sofort werde ich hellhörig. Vielleicht kommt er mir deswegen so vertraut vor, weil ich einmal einem Musiker sehr nahe stand. „Was für Musik?“

„Unwichtig. Komm endlich zur Sache.“ Er spricht ruhig, aber doch ist deutlich spürbar, dass er an dieser Stelle nicht weitererzählen wird.

„Warum bist du in Schottland?“

„Wegen dir.“

Ich bleibe stehen und sehe ihn an. Er ist wegen mir von England nach Schottland gekommen, und obwohl ich das schon geahnt habe, ist es noch mal was ganz anderes, das so direkt gesagt zu bekommen. Die Luft um mich herum wird spürbar kühler und das letzte Licht des Tages verschwindet. Es wird dunkel.

„Du bist wegen mir von London nach Schottland gezogen?“

„Nein.“

„Was willst du von mir?“, sprudelt es einfach aus mir heraus.

„Ich hab nie in England gelebt“, antwortet er völlig aus dem Kontext gerissen. „Ich war da nur mal beruflich unterwegs.“

„Um Aktien zu verkaufen?“ Ich kann den leichten Spott in meiner Stimme nicht verbergen.

„Auf einer Musik-Tour.“

„Du warst in London, als mein Bruder beerdigt wurde.“ Dieser Satz rutscht mir raus und macht, dass meine Stimme mir nicht mehr richtig gehorcht. Sie zittert und klingt irgendwie erstickt. „Du hast meine Familie und mich beobachtet.“

„Ja.“ Seine Offenheit bringt mich komplett aus dem Konzept.

„Warum?“

„Weiter“, sagt er kalt, wendet sich von mir ab und setzt sich wieder in Bewegung.

„Wie weiter?“

„Nächste Frage.“

„Warum stalkst du mich?“ Meine Stimmung hat sich komplett geändert. Bis eben war es wie eine Art Spiel. Die Erwähnung von Felians Beerdigung hat alles durcheinander gebracht und macht mir schlagartig den Ernst der Lage bewusst. Mein Hals brennt wie Feuer und ich spüre die aufsteigenden Tränen. „Was willst du von mir?“

Levy muss gemerkt haben, dass etwas in mir passiert ist. Er bleibt sofort stehen und schaut mich offen an. Für eine Sekunde begegnen sich unsere Blicke und ich sehe in seinen Augen den gleichen Schmerz, den ich empfinde.

„Ich will dir nichts Böses“, flüstert er. „Wirklich nicht.“

Es besteht nicht der leiseste Zweifel daran, dass er die Wahrheit sagt.

„Wer bist du?“, will ich wissen. Mir wird schlagartig klar, dass das die einzige Frage ist, die zählt. Die einzige Antwort, die ich wissen will.

„Ich heiße Levy.“

„Das weiß ich bereits. Aber wer zur Hölle *bist* du?“

„Weiter.“

„Nein, nichts *weiter*. Ich will wissen, wer du bist und was du in meinem Leben zu suchen hast.“

„Okay, hör zu.“ Levy fährt sich mit den Fingern durch die Haare, verschränkt die Arme vor der Brust und löst sie dann wieder. „Du kennst mich nicht. Und du hättest mich auch nie kennenlernen sollen.“

„Warum läufst du mir dann nach?“

„Weil ich dafür bezahlt werde.“

„Was?“, frage ich ungläubig. Kurz vergesse ich, Luft zu holen, so überrascht bin ich. Meine Gedanken beginnen zu kreisen. Auf einmal wirkt alles surreal. „Von wem denn? Und warum?“

„Von jemandem, dem du sehr wichtig bist. Er möchte, dass es dir gut geht, und deswegen hat er mich geschickt, um dich im Auge zu behalten. Solange alles in Ordnung mit dir ist, muss ich nichts machen, aber wenn es dir schlecht geht, dann soll ich ihm Bescheid geben.“

„Wem?“

„Weiter.“

„Tut mir leid, ich glaube dir kein Wort.“ Ich kenne niemanden, dem ich zutrauen würde, dass er mich überwachen lässt, nur um zu wissen, wie es mir geht. „Das ist doch Unsinn, warum ruft derjenige mich nicht einfach an?“

„Das weiß ich nicht.“

„Du bist komplett irre“, stelle ich fest.

„Das stimmt“, gesteht Levy. Er bemerkt meinen erschrockenen Blick und fügt schnell hinzu: „Irre, aber harmlos.“

„Wie lange machst du das schon?“

„Weiter.“

„Sag mir, wie lange!“

„Sechs Jahre.“

„Was? Das ist doch nicht dein Ernst!“

Er presst stumm die Lippen zusammen.

Seit sechs Jahren. „Seit ... seit Felians Unfall“, flüstere ich tonlos.

„Nicht jeden Tag“, erklärt er. „Manchmal war ich monatelang nicht in deiner Nähe. Oft nicht einmal im selben Land. Dann komme ich, schaue nach dir und gehe wieder.“

„Seit Felians Unfall“, wiederhole ich etwas lauter. „Seitdem hat dein Auftraggeber das Gefühl, mich überwachen lassen zu müssen, um zu schauen, ob ich das psychisch packe. Hab ich recht?“

„Tut mir leid, Ana, ich kann das nicht.“ Levy beschleunigt seinen Schritt und versucht, Distanz zwischen uns zu bringen.

„Was kannst du nicht?“

„Das hier.“ Er wedelt mit der Hand zwischen uns hin und her. „Das Gespräch. Deine Fragen. Das alles. Es geht nicht. Ich kann dir nicht mehr Antworten geben. Tut mir leid.“

Schon nachdem er nur wenige Schritte von mir zurückgewichen ist, sehe ich ihn fast nicht mehr, so dunkel ist es inzwischen geworden.

„Und was bedeutet das jetzt?“ Ich merke, wie ich nervös werde. Die Richtung, in die unser Gespräch läuft, gefällt mir überhaupt nicht. Eigentlich wollte ich weiter mit ihm reden, aber Levy hat es auf einmal sehr eilig.

„Dass ich jetzt gehe."

„Für immer?"

„Auch da weiß ich nicht, ob ich das kann." Levy schaut auf den Boden und wirkt irgendwie unsicher, wie er da so von einem Bein auf das andere tritt. Ich beobachte ihn dabei. Es ist offensichtlich, dass er mit sich selbst ringt. Irgendwas scheint ihn zu quälen. „Vielleicht sollte ich für immer verschwinden."

Das will ich nicht! Die Erkenntnis entsteht in meinem Herzen, breitet sich in meinem Bauch aus und dringt vor bis in mein Gehirn. Dort nistet sie sich ein, verfestigt sich und wird zu einem unumstößlichen Wissen.

„Das musst du nicht."

„Du hast doch keine Ahnung!" Seine Stimme klingt plötzlich giftig, fast schon aggressiv.

„Dann erkläre es mir doch bitte", flehe ich.

„Es geht nicht. Ich kann darüber nicht reden. Mach's gut." Wie schon damals im Wald hebt er wieder zwei Finger und legt sie sich dieses Mal kurz an die Stirn, um zu salutieren.

„Wirst du mich weiter stalken?"

„Mit Sicherheit." Er dreht sich um und geht davon. Vom Weg hinunter, Richtung Wald und droht, in der Dunkelheit zu verschwinden. Vielleicht für immer …

„Levy?", rufe ich ihm hinterher.

Zu meiner Überraschung reagiert er sofort und bleibt stehen. „Ja?"

„Hast du kein Auto?"

„Doch."

„Wo ist es?"

„Zu Hause in meiner Garage." Seine Stimme klingt belustigt. „Ich laufe gerne."

„Soll ich dich mitnehmen?" In dem Moment, in dem ich den Satz beendet habe, wird mir bewusst, dass ich es wirklich tun würde. Ohne Angst würde ich diesen fremden Mann in mein Auto steigen lassen.

„Nein, danke." Erneut dreht er sich um und will weggehen.

„Levy, warte!"

„Was ist denn jetzt noch?"

„Ähm …“ Verlegen schaue ich kurz meine Finger an und verschränke sie ineinander, um sie nervös zu kneten.

„Ja?“, hakt er nach.

Ich atme tief ein und beschließe, einfach frei heraus zu sagen, was ich von ihm möchte. „Können wir uns trotzdem wiedersehen? Irgendwann?“

„Wozu?“

„Um zu reden.“

„Ich kann darüber nicht reden.“ Sein Tonfall verrät nicht, ob er meine Bitte nachvollziehbar oder total bescheuert findet. „Merkst du das nicht?“

„Okay“, sage ich.

„Okay“, wiederholt er. Irgendwie scheint das unser Lieblingswortwechsel zu werden.

„Und trotzdem möchte ich Antworten.“ Meine Aussage lässt keine Widerworte zu. „Also werden wir noch mal miteinander reden müssen.“

„Was?“ Levy wirkt verwirrt. Seine Frage klingt abgehackt und irgendwie verunsichert. Dieses Mal scheine ich ihn aus der Fassung gebracht zu haben. Ich mag diesen Gedanken.

„Wir reden wieder“, wiederhole ich. Abrupt drehe ich mich um und ziehe Shadow hinter mir her. Ich muss dazu Kraft aufwenden, denn mein Hund bleibt stur stehen und wäre offenbar lieber Levy hinterhergelaufen. Ohne einen Blick zurück lade ich Shadow ein und setze mich ins Auto.

Dieses Mal habe ich ihn stehen gelassen. Zwar habe ich zu Levy gesagt, dass ich ihn wiedersehen möchte, aber er soll ganz sicher nicht denken, dass ich in irgendeiner Form von ihm abhängig bin, nur weil ich ein paar Antworten will. Ich kann auch mit der Ungewissheit weiterleben, wenn ich das muss. Aber ein Teil tief in mir hofft, dass das nicht der Fall sein wird.

Vergangenheit

ICH schlafe schlecht in dieser Nacht. Unruhig wälze ich mich von einer Seite auf die andere, falle in einen oberflächlichen Schlaf, aus dem ich dann nur wenige Minuten später erwache.

Der Grund hierfür ist nicht die Tatsache, dass ich immer wieder das merkwürdige Gespräch mit Levy durchgehe, ohne daraus schlau zu werden. Das habe ich den ganzen Abend getan und diese Gedanken mittlerweile weit von mir geschoben. Es ist die Erinnerung an meinen Bruder, die mich wach hält und aus dem Schlaf schrecken lässt. Allein die Erwähnung seines Namens am Abend verursacht diesen Aufruhr in mir.

Felian.

Kein typischer englischer Name und überhaupt nicht zu meinem passend, obwohl man doch genau das erwarten würde. Aber was ist im Leben schon so, wie man es erwartet?

Meine Mutter hatte sich schon als kleines Mädchen vorgenommen, ihren ersten Sohn nach ihrem Bruder zu benennen, den sie niemals kennenlernen durfte. Kurz nach der Geburt erlitt er den plötzlichen Kindstod und meiner Mutter war nichts von ihm geblieben als dieser Name und der sehnliche Wunsch, ihn einmal weitergeben zu können. Nun habe ich das gleiche Schicksal und hatte den gleichen Wunsch wie meine Mutter. Seinen Namen weitergeben. Ein schwacher Trost für einen Schmerz, der niemals vergeht. Aber ist es das Einzige, was ich von Felian in die Welt tragen kann. Sein Name für meine Bar. Alles andere halte ich ganz fest in mir und lasse nichts nach außen, um nichts von ihm zu verlieren.

Sechs Jahre lang habe ich es geschafft, alles, was außer meiner Bar sonst noch mit Felian zu tun hat, erfolgreich zu verdrängen. Was nicht bedeutet, dass ich ihn vergessen habe, ganz im Gegenteil. Ich habe ihn und alle Erinnerungen an ihn fest in meinem Herzen eingeschlossen.

Seine Lieblingsgitarre habe ich mit nach Schottland genommen. Die Taylor-Gitarre mit dem roten Aufdruck und meiner Unterschrift darauf. Auch sein Keyboard steht bei mir im Schlafzimmer. Ich kann weder das eine noch das andere spielen. Trotz Felians liebevollen Bemühungen habe ich es nie richtig gelernt. Zumindest nicht so wie er. Für ein Kinderlied reicht es vielleicht, aber zu mehr leider nicht. Dennoch sind die Instrumente jetzt hier bei mir. Ich sehe sie jeden Abend, wenn ich zu Bett gehe, und jeden Morgen, wenn ich aufstehe, und lasse dennoch keinen Gedanken an ihn zu.

Nichts habe ich vergessen oder weggeworfen und trotzdem ganz vieles verdrängt und tief in mir verschlossen. Dinge, mit denen ich nicht klarkomme, die ich nicht akzeptieren kann, weil sie nicht akzeptabel sind. Sobald sie aus mir herausbrechen, bin ich verloren, weil ich weiß, dass ich damit niemals leben kann. Es ist schlimm genug, dass ich mir die Schuld am Tod meines Zwillingsbruders gebe. Obwohl ich an seiner Seite saß, dicht neben ihm, konnte ich ihm nicht helfen. Irgendwann hatte ich mich aus lauter Verzweiflung neben ihn auf den Asphalt gelegt. Meinen Kopf ganz dicht an seinem. Ich habe sein Wimmern gehört. Bis heute ist es in meinem Ohr und in meinem Kopf und lässt sich nicht abschütteln. Sobald es still ist, höre ich es. Ein leises Wimmern. Kein Klagen und auch kein Weinen aus Angst, nur dieses immer leiser werdende Wimmern, das aus seinem Schmerz heraus entstanden war.

Ich habe auch seinen Atem auf meinem Gesicht gespürt. Erst kam er hastig und stoßweise, dann immer schwächer und langsamer, bis sein letzter Atemzug meine Wange traf. Felians Augen blieben offen, als das Leben ihn verließ. So oft, wenn ich die meinen schließe, sehe ich seine vor mir: himmelblaue Augen, die mich flehend anstarren und gleichzeitig so voller Liebe sind. Während wir gemeinsam auf den Krankenwagen warteten, ließ das Flehen nach. Es wurde schwächer, wie alles andere an ihm. Aber die Liebe darin blieb zurück. Sie blieb in seinem Blick, brannte sich in meine Erinnerung und in mein Herz, und selbst als das Licht in seinen Augen erlosch, blieb die Liebe für mich erkennbar.

Ich hatte es nicht fertiggebracht, seine Augen zu schließen, nachdem sein Wimmern verstummte, sein Atem stillstand und sein Herz nicht mehr schlug. Ich blieb einfach neben meinem Bruder liegen und schaute ihn an, bis ich die Sirenen eines Einsatzfahrzeuges hörte.

„Felian“, flüsterte ich ihm zu, während ich seine blonden Haare streichelte. „Der Rettungswagen ist gleich da.“

Tränen liefen mir dabei die Wangen hinunter. Damals und auch heute noch. Wie in Trance sah ich zu, wie die Sanitäter ausstiegen und zu uns eilten. Zwei knieten sich zu meinem Bruder nieder, um ihn zu untersuchen, während ein anderer mich von ihm wegzerrte.

Plötzlich sah ich Jamie. Stumm und reglos stand er da, unfähig etwas zu tun.

Etwas in mir brach auf. „Wo warst du?“, brüllte ich ihn an. Wut quoll in mir auf. Heißer Zorn, dass Jamie in der Stunde von Felians Tod nicht da war, mich und vor allem ihn alleingelassen hatte. „Wo warst du die ganze Zeit?“

„Ich habe euch überall gesucht.“ Seine Stimme war tonlos. Ich las die Worte mehr von seinen Lippen, als dass ich sie hörte. Jamies Gesicht war weiß wie ein Laken und nass von den Tränen. Er stand genauso unter Schock wie ich, nicht in der Lage zu begreifen, was geschehen war.

Der Moment, in dem ich zusammenbrach, kam, als ich wieder zu meinem Bruder sah. Ich suchte seinen Blick, aber seine Augen wurden für immer geschlossen.

In dieser Sekunde wurde mir bewusst, dass er mich nie wieder ansehen würde, nie wieder lachen und nie wieder singen würde. Ich begann zu schreien und um mich zu schlagen, während die Sanitäter meinen Bruder zudeckten. Dann endlich kamen unsere Eltern zu der Unfallstelle. Sie nahmen mich in die Arme und ich sank kraftlos zusammen und irgendwann schlief ich ein, so wie ich auch jetzt einschlafe. Wie so oft träume ich von unserem letzten gemeinsamen Abend …

Felian steht wieder auf der Bühne. Dort, wo er hingehört. Er ist immer noch verwirrt über das, was sein Freund soeben in der Öffentlichkeit getan hat. Aber er ist weder böse noch wütend auf ihn. Obwohl so viele Menschen zusehen, nimmt er den blonden Jungen in die Arme und zieht ihn an sich heran. Er hat nicht vor, den Menschen zu verleugnen, den er liebt.

Doch Jamie löst sich von meinem Bruder und schaut sich suchend um. Sein Blick wirkt prüfend, fast schuldbewusst, als hätte er irgendwas falsch gemacht.

Dann rennt er nach hinten und verlässt die Bühne backstage. Felian folgt ihm genauso hastig. Auch die Jungs von der Band verlassen die Bühne, bestimmt weil sie frische Luft brauchen oder einfach nach Hause wollen. Trotz dieser logischen Erklärung nimmt mein ungutes Gefühl zu.

Schnell schlüpfe ich unter der Absperrstange vor mir durch. Ein Vorteil der ersten Reihe. Ich mache mir nicht die Mühe, meine Handtasche von der Garderobe zu holen, sondern gehe direkt zum Hinterausgang. Sofort kommt ein Sicherheitsmann und will mich aufhalten.

„Ich gehöre dazu“, erkläre ich hastig und halte ihm meinen VIP-Ausweis vor die Nase. Er nickt kurz und ich beginne zu rennen. Ohne zu wissen, warum, laufe ich hinaus in die Nacht, auf den Parkplatz, der menschenleer ist, weil alle drinnen auf ihren Plätzen darauf warten, dass die Show weitergeht.

„Felian?“, rufe ich in die Dunkelheit, aber er ist nirgendwo zu sehen. Auch von seinem Freund fehlt jede Spur.

„Felian? Jamie?“ Meine Stimme wird eindringlicher und ich renne weiter, um die Ecke zu dem VIP-Parkplatz direkt hinter der Bühne, auf dem auch wir geparkt haben.

Zwischen den wenigen Autos sehe ich eine Gruppe junger Männer, die eng zusammenstehen und sich gegenseitig anschreien. Es sind Jamie und Felian und vier weitere Typen. Sie müssen zu der Band Droom *gehören, die vorhin ebenfalls einen Auftritt hatten. Felian und seine Band lagen schon öfter im Clinch mit ihnen.*

Ich sehe, wie einer von ihnen Felian schubst. „Schwul“, lacht er höhnisch. „Wenn das die Runde macht, dann ist es aus mit deiner Karriere.“

„Dann sorg dafür, dass es nicht die Runde macht“, knurrt Jamie und stellt sich schützend vor Felian.

„Bye bye, Mädels-Fanclub“, stichelt ein anderer, dessen Namen ich nicht kenne.

„Hey!“, rufe ich ihnen zu. „Hört auf oder ich hole die Sicherheitsleute.“

Mein Ruf irritiert sie. Für einen Moment schauen sie mich überrascht an. Jamie setzt sich in Bewegung, zieht Felian hinter sich her, aber einer der anderen Jungs hält ihn fest und plötzlich eskaliert die Situation ...

Schreiend wache ich auf. Mit denselben Gefühlen wie immer nach diesem Traum. Verzweifelt, wieder zurück in der Wirklichkeit zu sein. So gerne wäre ich in der Vergangenheit geblieben, bei meinem Bruder und auf diesem wundervollen Konzert in atemberaubender Atmosphäre.

Jetzt bin ich hier, allein in meinem Bett in Schottland, und es fühlt sich an, als wäre ich von der Wärme der Wüstensonne mitten in die eiskalte Antarktis katapultiert worden. Mein Herz vereist augenblicklich und doch bin ich wie immer erleichtert, den Traum nicht bis zum bitteren Ende weitergeträumt zu haben.

So wie nach meinem letzten Traum von Felian stehe ich auf und gehe an mein Fenster. Ich weiß nicht, was ich mir davon erhoffe. Ob ich ernsthaft glaube, Levy wieder am Waldrand stehen zu sehen. Und wenn er es täte, ob ich dann Angst hätte oder es mich beruhigen würde. Es ist verwirrend.

Ich will dir nichts Böses! Das waren seine Worte. Sie klangen aufrichtig und warm, als kämen sie irgendwo tief aus seinem Herzen. Ich glaube ihm.

Freyas Prophezeiungen sind mir mittlerweile völlig egal. Ich habe keine Angst mehr vor Levy. Mit den Augen suche ich den Waldrand ab, aber natürlich ist er nicht da.

Seufzend gehe ich zurück ins Bett und versuche wieder einzuschlafen. Vergeblich.

Resigniert stehe ich auf, gehe ins Wohnzimmer und starte meinen PC. Ich weiß, dass es albern ist, aber trotzdem gebe ich Levys Namen in die Suchleiste von Facebook ein. Die Ergebnisliste ist so lang, als würde sie das ganze Internet anzeigen. Ich versuche es mit dem Zusatz London, was die Liste nicht wesentlich verkürzt, mit dem Zusatz Clyde Valley hingegen kommt gar kein Treffer, der beide Elemente enthält. Dennoch versuche ich das Gleiche bei Twitter und Instagram, mit allen Hashtags und Schlagwörtern, die mir einfallen. Ich tippe sogar #blonderTyp, #grüneAugen und #Gitarrenselfie ein und komme mir langsam blöd vor. Auch die Suche direkt bei Google ergibt keine passenden Treffer. Schließlich gebe ich es auf. Ein paar weitere Informationen benötige ich schon von ihm, um etwas herauszufinden, und ich bin fest entschlossen, diese zu bekommen.

***

Natürlich lässt Levy sich nicht mehr in meiner Bar blicken. Freya und Isobel haben von mir die Anweisung, stets nach Levy Ausschau zu halten, und sobald sie irgendwas von ihm entdecken oder ihm über den Weg laufen, ihm unauffällig zu folgen. Es muss doch möglich sein herauszufinden, wo er wohnt, um dann über seine Adresse und seinen vollen Namen Nachforschungen anstellen zu können.

An diesem Vormittag arbeite ich in meinem Nebenjob. Mit Kugelschreiber kritzle ich eine Bestellung auf meinen Zettel, die ein Kunde gerade per Telefon aufgibt. Während ich den Namen und die Uhrzeit dazu schreibe, höre ich, wie die Tür zur Bäckerei geöffnet wird und der erste Kunde des Tages hereinkommt.

„Einen Kaffee, bitte. Zum hier Trinken."

Noch bevor ich aufgeschaut habe, erkenne ich ihn an der Stimme.

Ist es Zufall, dass er ausgerechnet heute hier auftaucht, wenn ich alleine im Laden bin? „Mit Milch und Zucker?" Ich bin fest entschlossen, mich nicht aus der Ruhe bringen zu lassen.

„Gerne. Und einen Toast dazu."

„Ich bringe es gleich."

Mit gesenktem Blick warte ich, bis Levy sich von der Theke entfernt hat und auf der einzigen Bank in der kleinen Bäckerei Platz nimmt.

Warum macht er das? Seit sechs Jahren stalkt er mich im Verborgenen und jetzt plötzlich zeigt er sich mir ständig?

Er stalkt dich nicht, er beobachtet dich.

In diesem Augenblick wird mir der Unterschied klar. Es ist nicht Besessenheit, die ihn antreibt. Es ist Fürsorge. Levy hat kein Interesse daran, irgendwelche privaten Dinge von mir in Erfahrung zu bringen und weiterzugeben, sondern er will lediglich wissen, ob es mir gut geht. Deswegen sorgt er seit Jahren dafür, dass unsere Wege sich immer wieder kreuzen. Und nun, da ich zufällig herausgefunden habe, dass es ihn gibt, ist er nicht mehr bemüht, sich zu verstecken.

Er sucht den Kontakt, weil er reden will.

Dieser Gedanke manifestiert sich ganz plötzlich in meinem Kopf.

Er will mir etwas sagen.

Ich bin mir sicher, doch meine Erkenntnis verschwindet wieder, bevor ich sie richtig greifen kann.

Nachdenklich gehe ich zur Kaffeemaschine, um seine Bestellung herzurichten, und auf einmal fällt mir die Fitzek-Theorie wieder ein.

Ich muss sein Vertrauen gewinnen.

Wenn er mit mir reden möchte, dann soll er die Gelegenheit dazu bekommen. Möglicherweise ist das der viel einfachere Weg, die Wahrheit herauszufinden, statt der über sinnlose Social-Media-Recherchen. Falls Levy tatsächlich die Wahrheit gesagt haben sollte, dann will ich wissen, wer sein Auftraggeber ist und ob die Vermutung stimmt, die mir immer wieder in den Sinn kommt.

Mit spitzen Fingern ziehe ich den heißen Toast heraus, lege ihn samt Butter auf einen Teller und nehme den Kaffee. Obwohl ich Übung im Servieren habe, bemühe ich mich, nichts zu verkleckern, und bin froh, alles auf dem Tisch abstellen zu können.

„Danke sehr“, sagt Levy. Irgendwie scheint er sich vorgenommen zu haben, so zu tun, als wären wir uns noch nie begegnet. Da niemand außer uns in der Bäckerei ist, setze ich mich ihm gegenüber, fest entschlossen, meine verrückte Idee in die Tat umzusetzen und sein Vertrauen zu gewinnen.

Levy rührt Milch und Zucker in seine Tasse und ignoriert mich.

„Es wäre nett, wenn du aufhören würdest, mich zu stalken“, sage ich bestimmt. „Wenn du mich sehen willst, dann darfst du ganz offiziell in meine Bar kommen.“

„Hm?“, macht er, hört auf, seinen Kaffee umzurühren, und schielt zu mir rüber. „Wo stalke ich dich denn? Ich bin doch ganz offiziell hier. Was passt dir denn nicht?“

„So ist es ja auch richtig“, bestätige ich ihn. „Wenn du wissen willst, wie es mir geht, dann frag mich bitte einfach.“

„Wie geht es dir, Ana?“ Er legt den Löffel auf die Untertasse und mustert mich.

Kurz spüre ich Nervosität in mir aufsteigen, aber ich kämpfe sie nieder und lasse mich nicht aus der Ruhe bringen. „Es geht mir gut. Kein Grund zur Sorge. Es ginge mir aber noch besser, wenn du mich in Zukunft nicht mehr heimlich verfolgen würdest.“

„Ja, okay, ich werde es versuchen.“ Levy klingt unerwartet aufrichtig, es liegt nichts Zynisches oder Ironisches in seiner Stimme.

„Oh, echt?“ Mit so viel Einsicht habe ich überhaupt nicht gerechnet.

„Ja“, versichert er. „Ich würde ja wieder in deine Bar kommen, aber nur, wenn deine verrückte Freundin nicht wieder irgendwelche Typen auf mich hetzt.“

„Wird sie nicht, versprochen!“ Ich male mit Zeige- und Mittelfinger ein unsichtbares Kreuz in die Luft als Zeichen zum Schwur.

„Okay, dann machen wir das so.“

Kurz schweige ich, dann nehme ich allen Mut zusammen. Ich komme mir unglaublich blöd vor, das zu fragen, aber ich mache es trotzdem. „Versuchst du mich kennenzulernen?“

„Nein.“

Na prima. So viel zum Thema „Er will reden“! Hitze schießt mir in die Wangen und ich komme mir noch blöder vor.

Levy scheint das zu spüren, denn er lenkt auf einmal ein. „Außer du bestehst darauf. Dann vielleicht.“

Jetzt, Ana!

Er hat mir die perfekte Vorlage für meine verrückte Idee geliefert. „Ja, ich bestehe darauf. Am Samstag.“

„Du willst ein Date?“ Sein Blick röntgt mich, verrät aber nichts von seinen Gedanken.

„Ich will mich noch mal mit dir treffen und über alles reden“, stelle ich klar.

„Date ja, reden nein“, bestimmt er. „Wenn du dich an diese Spielregeln hältst, bin ich einverstanden.“

„Okay“, willige ich ein und unterdrücke den Impuls, unsere Abmachung mit einem Handschlag zu besiegeln.

„Okay.“

„Hol mich Samstag um sechs ab.“ Ich stehe auf, um zurück zu meiner Arbeit zu gehen. „Und vergiss nicht, es ist ein Date. Also lass dir was Tolles einfallen.“

Ich kann seine Reaktion auf meine Forderung nicht sehen, weil ich ihm bereits den Rücken zugekehrt habe. Ein mulmiges Gefühl macht sich in meinem Bauch breit. Es ist nicht die Nervosität vor dem verrücktesten Date meines Lebens, wenn es denn stattfinden sollte. Was mir Bauchschmerzen bereitet, ist die Überlegung, wie ich es Freya beibringen kann, dass ich den Mann date, von dem ich mich fernhalten und mit dem ich mich keinesfalls anfreunden soll.

Verabredung

SAMSTAGABEND um Punkt sechs Uhr hält ein lackschwarzer Pick-up vor meiner Haustür. Ich merke, dass ich überrascht bin. Offenbar hat ein Teil von mir für möglich gehalten, dass er sich nicht blicken lässt.

Auf dem Weg zur Haustür werfe ich einen letzten prüfenden Blick in den Spiegel. Meine hellen Haare habe ich zu einem lockeren Zopf gebunden, den fransigen Pony aus der Stirn gestrichen. Zu meinen engen Bluejeans trage ich ein schwarzes ärmelloses, aber hochgeschlossenes Top. Ganz bewusst habe ich nichts mit Ausschnitt gewählt. Meine Schuhe sind flach, schließlich weiß ich bereits, dass Levy die unmöglichsten Strecken zu Fuß geht. Auf Schmuck habe ich wie immer verzichtet. Die Ohrlöcher, die ich mir in der Highschool habe stechen lassen, sind seit vielen Jahren zugewachsen.

Zufrieden stelle ich fest, dass ich ganz vorzeigbar aussehe. Mit hoch erhobenem Kinn gehe ich zu dem Pick-up. Der Wagen scheint fast neu zu sein und wirkt wahnsinnig teuer. Irgendwie hätte ich dem Überlebenskünstler Levy eher eine alte Klapperkiste zugetraut.

Ich ertappe mich dabei, wie ich das Autokennzeichen im Geiste vor mir hersage, um es mir zu merken.

Als ich das Auto fast erreicht habe, steigt Levy aus und schaut mich übers Autodach hinweg prüfend an. „Guten Abend", grüßt er. „Willst du bei mir einsteigen?"

„Wenn ich darf?" Mir fällt siedend heiß ein, dass ich ihm gestern den Zustieg zu meinem Wagen verwehrt habe.

„Aber sicher." Levy setzt sich wieder ins Auto und öffnet mir die Tür von innen. Dann rutscht er zurück auf seinen Platz.

„Hallo, schöner Mann", sage ich leicht provokant, als ich mich auf den Beifahrersitz fallen lasse. Die Begrüßung ist nach seiner Ansprache nicht mehr ganz so passend. Aber ich habe zu lange geübt, um sie einfach zu verwerfen.

Levy lacht überrascht auf. „Bist du immer so drauf?"

„Sag du es mir!“ Herausfordernd schaue ich ihn an. „Du bist doch der Ober-Stalker. Nach sechs Jahren kennst du meinen Charakter doch bestimmt besser als ich selbst.“

„Wie schön“, knurrt er sarkastisch. „Du hast keine Angst mehr vor mir.“

„Leg es nicht darauf an“, warne ich ihn. „Könnte sich wieder ändern.“

„Ich bin schon still.“ Levy macht sich nicht die Mühe, sich anzuschnallen. Er legt den Vorwärtsgang ein und verlässt die Einfahrt.

„Hörst du eigentlich auch meine Telefonate ab und liest meine Post?“

„Bitte halten Sie sich an die Spielregeln, Miss Adams“, sagt er und hebt mahnend den Zeigefinger. „Nicht dieses Thema.“

„Na gut“, brumme ich. „Dann sagst du mir wenigstens, wo wir hingehen.“

„Auch nicht. Überraschung.“

„Hast du dir was einfallen lassen?“

„Selbstverständlich. Wenn ich etwas mache, dann mache ich es richtig.“

„Warum?“, frage ich. Mich wundert es tatsächlich, dass er meiner Forderung nachgekommen ist. Eigentlich könnte es ihm doch völlig egal sein, wie ich den Abend finde.

„Wie warum?“ Er schnaubt überrascht durch die Nase. „Wir haben doch ein Date und ich dachte, es soll echt wirken?“

„Auch wieder wahr.“

„Na also.“ Er zeigt mit dem Finger aus dem Fenster, auf einen kleinen Bauernhof am Ortsrand. „Wir sind schon da.“

Neugierig begutachte ich das Bauernhäuschen. Ich vermute, dass es da drin eine kleine Gaststätte gibt, in der er mit mir essen gehen will.

„Wie mutig bist du?“ Herausfordernd schaut Levy mich an und lächelt sein schiefes Lächeln. Er hat etwas sehr Lausbubenhaftes an sich. Etwas Freches, Verschmitztes. Ich stelle fest, dass ich es mag.

„Muss ich im Dunkeln essen?“

„Schlimmer. Du bist gleich mit mir allein.“

„Oh Gott! Alles, nur das nicht“, stöhne ich gespielt. In Wirklichkeit macht mir der Gedanke daran keine Angst mehr.

Levy steigt aus, geht einmal ums Auto herum und öffnet mir dann die Wagentür.

„Eigentlich müsste ich dir jetzt die Augen verbinden und dich an der Hand hinführen“, meint er grinsend. „Aber ich glaube, das lassen wir lieber. Wir wollen es ja nicht übertreiben. Sonst bekommst du noch einen Herzkasper vor Aufregung.“

Sein Lächeln ist ansteckend. Ich gehe ihm hinterher und erinnere mich daran, wie ich noch vor paar Wochen im Wald dachte, dass er nicht sonderlich gesprächig wäre. Und jetzt redet er wie ein Wasserfall. Aber auch das gefällt mir, genauso wie sein Humor.

„Oh, wow“, rufe ich, als ich sehe, wo er mich hinführt. „Das ist nicht wahr.“

„Nein, das ist eine Fata Morgana. Du darfst trotzdem einsteigen.“

Staunend gehe ich zu der kleinen offenen Pferdekutsche, die an zwei glänzende Rappen gespannt sind. Die Tiere schnauben freundlich, als ich näher komme, und ich lege meine Hand auf ihr warmes Fell.

„Woher weißt du, dass ich Pferde mag?“

„Ist die Frage ernst gemeint? Ober-Stalker, schon vergessen?“

Schon seit ich ein kleines Mädchen bin, reite ich leidenschaftlich gern. Allerdings ist das ein Hobby, das in London schwer auszuüben und unverschämt teuer ist. *Felian hatte es mir immer mal wieder finanziell möglich gemacht ...* Schnell verdränge ich den Gedanken an meinen Bruder. „Ich kann mich nicht daran erinnern, in den letzten Jahren jemals erwähnt zu haben, dass ich Pferde mag.“

„Ich weiß es trotzdem“, beharrt er. „Was ist? Fahren wir eine Runde?“

„Kannst du das denn?“ Ich warte seine Antwort nicht ab, sondern setze mich vorne auf die Bank.

„Ich kann alles.“ Er steigt auf die Kutsche, setzt sich zu mir und nimmt die Zügel in die Hand. Auf Levys Schnalzen hin traben die beiden Pferde an und der Wagen setzt sich in Bewegung.

Ich schaue kurz über die Schulter zurück, um zu erkennen, wo genau wir eigentlich sind. Nichts deutet darauf hin, dass man hier reiten oder sich Kutschen mieten kann. Es ist einfach nur ein Bauernhaus mit einem kleinen Stall.

„Hast du die Pferde geklaut?“ Es sollte natürlich ein Witz sein, aber er antwortet, als würde er meine Frage ernst nehmen.

„Nein. Ausgeliehen.“

„Ah. Das kann man einfach so?“ Mir fällt auf, dass seine Antworten einsilbiger werden, und ich fürchte, er könnte wieder in sein Schweigen zurückfallen.

„Ja, ich kann das einfach so.“

„Warum?“

„Das ist dein Lieblingswort, oder?“ Er schaut kurz zu mir rüber und ich erkenne ein Lächeln.

„Könnte es mit dir durchaus werden. Zumindest das Wort, das ich am häufigsten gebrauche. Also? Warum?“

„Die Leute hier kennen mich.“

„Woher?“

Levy lacht auf. „Oh, Ana! Du hast echt ein Talent dafür, Fragen zu stellen!“

„Es interessiert mich halt“, verteidige ich mich. „Ist die Frage so schlimm?“

„Ich habe hier ein paar Monate in einem Gastzimmer gewohnt“, gibt er zu. „Bis ich was Eigenes hatte.“

„Weil der Bauernhof in der Nähe von meiner Wohnung ist?“

„Ja.“ Levy presst die Lippen zusammen und schaut stur geradeaus. Viel würde er zu diesem Thema nicht mehr sagen.

Ich versuche es trotzdem. „Wohnst du jetzt immer noch in meiner Nähe?“

„Denk an die Spielregeln.“

Ich frage nicht weiter nach. Eine Weile sitzen wir stumm nebeneinander. Obwohl unsere Unterhaltung so abrupt geendet hat, ist es ein angenehmes, fast verträumtes Schweigen. Während Levy sich auf die Tiere konzentriert, schaue ich mich um. Wir fahren durch eine malerische Landschaft, in der ich nie zuvor gewesen bin. Die Hügel sind sanft und moosgrün. Zu unserer Rechten ist der Wald, vor dem ein breiter Fluss entlangläuft. Levy steuert das Gespann auf eine hölzerne Brücke zu und die Pferde traben anstandslos darüber. Ihr Hufgetrappel wirkt beruhigend auf mich. Das Wasser unter uns ist kristallklar. Sogar von der Kutsche aus kann ich sehen, dass Fische darin schwimmen.

„Ein krasser Unterschied zu London", stelle ich fest.

„Allerdings."

„Wo gefällt es dir besser?", frage ich ihn. Schließlich ist er nicht freiwillig hier, sondern meinetwegen. „Bist du ein Stadt- oder ein Landmensch?"

„Hier gefällt es mir besser", sagt er leise. „Es ist fast wie zu Hause."

Ich drehe mich ein Stück zu ihm, damit ich ihn ansehen kann, während ich mit ihm rede. „Wo ist dein Zuhause? Darf ich dich das fragen oder ist das wieder gegen die Spielregeln?"

„Ich bin in Giethoorn aufgewachsen", erzählt er. „Einem kleinen und ruhigen Dorf in den Niederlanden, mit vielen Flüssen und Seen in der Nähe, in denen wir Kinder schwimmen gelernt haben."

„Du und deine Geschwister?" Ich möchte ihn dazu animieren, von sich zu erzählen. Irgendwas tief in mir wünscht sich, dass ich es schaffe, sein Vertrauen zu gewinnen.

„Meine beiden jüngeren Schwestern und ich. Es war eine schöne Zeit. Meine Eltern haben dort eine kleine Pferdezucht."

Giethoorn, zwei Schwestern, Pferdezucht, das Autokennzeichen ...

Ich ertappe mich dabei, wie ich versuche, mir alle Infos über ihn zu merken.

„Ah. Daher kannst du Kutsche fahren", stelle ich fest. „Reiten vermutlich auch?"

„Ein bisschen", antwortet er knapp. „Das haben eher meine Schwestern gemacht."

„Und du nicht?"

„Nicht so." Irgendwie scheint sein Redefluss schon wieder versiegt zu sein. „Hab andere Dinge gemacht."

„Musik?" Ich beobachte ihn genau, als ich dieses Wort sage. Es scheint ein Trigger für ihn zu sein. Seine Gesichtszüge verhärten sich sofort und er kneift die Lippen zusammen, als er kurz nickt.

„Hast du das nicht gerne gemacht?", hake ich nach.

„Doch, sehr.“

„Aber?“

„Oh, schau mal da“, ruft er und deutet mit dem Zeigefinger in den Wald. „Hirsche!“

Mein Blick folgt dem seinen. Es steht tatsächlich ein Rudel riesiger Rothirsche am Wegesrand. Sie sind viel größer, als ich mir diese Tiere vorgestellt habe, und sie scheinen überhaupt keine Angst vor uns zu haben. Gerne hätte ich Levy gefragt, ob sie deswegen nicht vor uns weglaufen, weil wir mit den Pferden unterwegs sind, aber ich nehme mir vor, nicht auf seine Finte hereinzufallen.

„Nicht ablenken!“, ermahne ich ihn. „Du hast gerne Musik gemacht. Aber?“

„Nichts aber. Ich habe es gerne gemacht und war sehr ehrgeizig. Meine Eltern waren versessen darauf, dass ich berühmt werde“, sagt er und es klingt, als würde er eher mit sich selbst sprechen. „Sie haben mich schon früh auf jede verfügbare Bühne gescheucht und auf den großen Durchbruch gehofft.“

„Hat es geklappt?“

„Ich hab irgendwann aufgehört.“

„Warum?“

Levy drosselt das Tempo. „Siehst du den Wasserfall dahinten? Da werden wir anhalten und was essen.“

„Du hast ein Picknick dabei?“ Erstaunt schaue ich ihn an. Was für eine wundervolle Idee. Ich bin ehrlich erfreut. Nicht nur weil mein Magen mich daran erinnert, dass es Zeit ist zum Essen, sondern auch weil es mir zeigt, dass Levy sich Gedanken für diesen Abend gemacht hat. „Du bist ja ein richtiger Romantiker.“

„Geht so.“ Er lenkt die Kutsche auf eine Blumenwiese und hält schließlich an. Unter dem Sitz zieht er eine Decke und einen Korb hervor, lässt beides ins Gras fallen und springt dann hinterher.

„Miss Adams, darf ich bitten?“, sagt er übertrieben förmlich und verneigt sich kurz, bevor er mir seine Hand hinstreckt, um mir von der Kutsche zu helfen.

„Sehr gerne, Mister Wie-noch-mal?“, antworte ich ebenso affektiert und deute einen Knicks an, bevor ich seine Hand ergreife und neben ihm ins Gras steige.

Er lacht leise in sich hinein. „Netter Versuch, meinen Nachnamen zu erfahren. Leider gescheitert.“

„Macht nichts.“ Ich grinse ihn offen an. „Ich versuche es später noch mal.“

Mit einer flüssigen Handbewegung breitet er die karierte Picknickdecke aus und setzt sich darauf. Er holt Brote und Trauben, hartgekochte Eier und Käse aus dem Korb und legt es zwischen uns auf die Decke. Dann zieht er zwei Weingläser und eine Flasche Rotwein hervor.

„Willst du?“

„Aber immer.“ Ich schaue zu, wie er mein Glas gerade so weit füllt, dass der Boden bedeckt ist. Vorsichtig schnuppere ich daran. „Du willst mich nicht vergiften, oder?“

Levy lacht auf. Ein ehrliches und aufrichtiges Lachen. Das erste Mal erlebe ich ihn völlig entspannt. Er strahlt mich kurz an, dann wird seine Mine gespielt ernst. Er beugt sich ein Stück zu mir vor und fixiert mich. „Sehe ich so aus?“

Ich schaue in seine ungewöhnlich grünen Augen und halte seinem Blick stand. „Wie ein potenzieller Serienkiller.“

„Nein.“ Unvermittelt unterbricht er den Blickkontakt und die Stimmung ändert sich. Gerade war sie noch heiter und warm, losgelöst und vertraut. Jetzt ist der Zauber verflogen.

Ich beiße von meinem Käsebrot ab und versuche, die Unbeschwertheit wieder herzustellen. „Echt schön hier. Fehlt nur noch die Gitarre. Hättest ruhig eine mitbringen können.“

„Aufgehört“, sagt er knapp.

„Ich weiß.“ Ich wage es nicht, ihn noch einmal nach dem Warum zu fragen. „Wann hast du denn aufgehört?“

Seine Miene versteinert. Er lehnt sich nur wenige Zentimeter zurück und doch fühlt es sich an, als würde er vor mir wegrennen. „Vor sechs Jahren.“

Sechs Jahre ...

Eine Zahl, die emotional etwas mit mir macht. Aber ich habe keine Zeit, dem nachzuspüren, denn ich merke, wie Levy sich von mir distanziert. Es ist, als würde er eine unsichtbare Mauer um sich herum errichten, hinter die er mir keinen Zugang gewähren will. Ich weiß zwar nicht warum, aber ich bin ihm eindeutig zu nahe getreten.

„Es tut mir leid“, sage ich leise. „Bitte entschuldige.“

„Alles gut.“ Seine Tonlage verrät mir, dass überhaupt nichts gut ist.

„Komm, lass uns was trinken!“ Ich halte ihm mein Glas hin. „Auf was stoßen wir an?“

„Auf den Frieden“, antwortet er. „Auf den Frieden zwischen uns beiden.“

Abschied

Es ist bereits stockdunkel, als Levy mich nach Hause fährt. Obwohl die Stimmung nicht mehr so unbefangen und vertraut wurde wie vor meiner viel zu persönlichen Frage, ist es ein schöner Abend gewesen. Die wenigen Minuten Rückfahrt im Auto habe ich hin- und herüberlegt, ob ich Levy fragen soll, ob er mich noch hineinbegleiten möchte, mich dann aber dagegen entschieden. Vermutlich hätte es billig gewirkt, auch wenn meine Absichten ganz andere sind. Ich will einfach nicht, dass dieser Abend schon endet. Aus Gründen, die mir selbst noch nicht ganz klar sind, fühle ich mich wohl bei Levy. Es ist vieles so vertraut, als würden wir uns schon viel länger kennen, als wir es tatsächlich tun. Schon seit vielen Jahren habe ich mich nicht mehr so wohl und so sicher gefühlt wie in seiner Nähe.

„Wir sind da“, sagt Levy überflüssigerweise. Es klingt ein bisschen wie ein Rauswurf.

„Danke für den schönen Abend. Auch wenn ich nicht viel schlauer bin als gestern.“

„Eine einzige Frage darfst du mir zum Abschied stellen.“ Er grinst mich an.

Plötzlich frage ich mich, ob das für ihn alles nur ein Spiel ist. Eine Ablenkung zu seinem vielleicht eintönigen Alltag.

„Das ist aber lieb.“ Ich versuche nicht zynisch zu klingen. In meinem Kopf rattert es bereits, als ich gedanklich meinen Fragenkatalog durchgehe. „Du beantwortest sie auf jeden Fall?“

„Nein. Gute Nacht, Ana.“

„Moment, was ist mit meiner Frage?“

Er grinst noch breiter und schaut mich unschuldig an. „Ich dachte, das war sie bereits.“

Seufzend verdrehe ich die Augen.

„Was willst du denn wissen?“

„So vieles. Woher wusstest du von meiner Reifenpanne im Wald?“ Es ist mir einfach unbegreiflich, wie er mich da gefunden haben kann.

„Ich wusste es nicht“, sagt Levy. „Ich bin von der Bar losgegangen, an deinem Haus vorbei und habe gesehen, dass du noch nicht daheim warst. Also bin ich noch mal ein Stück zurück gelaufen.“

„Warum?“

„Weil du noch nicht daheim warst!“

Freya hatte sich mit ihrer Rechnung also vollkommen verschätzt. Levy war viel schneller gewesen, als sie gedacht hatte.

„Aber das kann nicht sein“, stelle ich fest. „Du hättest mir entgegenkommen müssen, aber ich habe niemanden gesehen.“

„Bin nicht auf dem Weg, sondern im Wald gelaufen.“ Er macht eine kurze Pause und antwortet dann auf meine Warum-Frage, die ich noch nicht gestellt habe: „Damit ich nicht überfahren werde.“

Es fällt mir schwer, mein Schmunzeln zu unterdrücken.

„Und nein, ich lese deine Post nicht. Ich höre auch keine Telefonate ab und hab keine versteckten Wanzen in deinem Haus.“ Sein Blick wird ernst, aber er bleibt zugänglich. „Ich schwöre dir, Ana, ich will dir nichts. Du hast von mir nichts zu befürchten.“

„Und in Zukunft wirst du mich nicht mehr stalken? Versprochen?“ Vielleicht ist es albern, ihm dieses Versprechen abzuluchsen, aber irgendwie möchte ich ihm glauben.

„Ja.“ Levy nickt kurz und legt die linke Hand aufs Lenkrad, als wolle er losfahren. „Versprochen. Ich bin ohnehin erst mal eine Weile weg.“

„Wo bist du denn?“

„Ich fliege nach Hause. Muss was erledigen.“

„Kommst du wieder?“ Nach dem Wann traue ich mich nicht zu fragen. Ich möchte nicht den Eindruck einer nervigen Klette machen und ihm auch nicht das Gefühl geben, dass ich ihn mag.

Das weiß er doch längst!

„Ja, ich komme wieder.“

Für einen kurzen Moment überlege ich mir, ihm meine Handynummer zu geben. Was natürlich lächerlich ist, weil er sie vermutlich ohnehin hat. Sie steht auf der Homepage der Bar, sogar auf jedem Flyer und auf jeder Rechnung. Levy hingegen macht keine Anstalten, mir die seine zu geben. Und er macht auch keine Anstalten, sich in irgendeiner Form von mir zu verabschieden. Da wir uns den ganzen Abend nicht näher gekommen sind und uns bis auf das einmalige Händereichen nicht berührt haben, finde ich es unangebracht, ihn zum Abschied zu umarmen. Draußen hätte ich es vielleicht gemacht, allein aus dem Grund, weil ich nicht weiß, wie lange er weg ist und wann wir uns wiedersehen. Aber hier im Auto möchte ich nicht zu ihm hinrutschen oder mich zu ihm lehnen. Deswegen steige ich aus und beuge ich mich noch mal ins Auto.

„Pass auf dich auf, Levy“, sage ich zu ihm. „Bis bald.“ Dann schlage ich die Tür zu und gehe ins Haus.

***

„Es sind nur sechs Wochen!“, sagt Freya tröstend zu mir. Sie sieht meinen verzweifelten Gesichtsausdruck, setzt sich dicht neben mich und nimmt mich in den Arm. „Komm schon, Ana. Solange kannst du ohne mich aushalten! Das ist eine einmalige Chance für Aleen. Ich muss gehen!“

„Du sollst ja überhaupt nicht dableiben! Natürlich gehst du mit!“ Es steht überhaupt nicht zur Debatte, dass Freya nicht mit ihrer Schwester zur Kur gehen würde. Solange warten sie schon darauf und jetzt bietet sich endlich die Möglichkeit. Freyas Schwester Aleen hat seit Jahren Leukämie. Es war ein glücklicher Zufall, dass ich gerade in dem Moment nach Schottland kam, als die großangelegte Suche nach einem Knochenmarkspender begann. Ohne mir darüber Gedanken zu machen, hatte auch ich mich zu dem Wangenabstrich bereit erklärt. Für eine Knochenmarkspende kam ich nicht in Frage, aber es gab genug Gemeinsamkeiten, dass ich Blutplasma spenden konnte. Dazu bin ich sofort ins Krankenhaus gegangen und hab das alles näher prüfen lassen. Vier Wochen lang spendete ich regelmäßig Blutplasma, um Aleen zu helfen. Ihr Körper hat die Spende aufnehmen können und heute geht es ihr viel besser. Wir werden die Behandlung zwar noch ein- oder zweimal wiederholen müssen, dann gibt es aber gute Chancen, dass sie künftig ein normales Leben führen kann. Nun möchte sie erst mal in eine Kur gehen, um ihr Immunsystem zu stärken und neue Kräfte zu tanken. Da Freya ihre engste Bezugsperson ist, besteht überhaupt keine Frage, dass sie diejenige ist, die Aleen begleiten wird.

„Isobel wird dir in der Bar helfen. Mach dir keine Sorgen, ihr bekommt das schon hin."

„Ja, bestimmt. Hauptsache, Aleen wird geholfen."

„Und Hauptsache, du hältst dich von dem Typen fern!" Freya schaut mich prüfend an und mich überkommt das ungute Gefühl, dass sie ganz genau weiß, was ich letzte Woche getan habe. Also erzähle ich ihr alles. Von unserem Treffen am Aussichtspunkt, von dem Date, das ich eingefordert hatte, und von seinem Abschied.

„Mir gefällt das alles nicht", gibt Freya zu. Sie knabbert an ihrem grün lackierten Fingernagel und rümpft die Nase, wie sie es immer macht, wenn sie nachdenkt.

„Es ist nichts zwischen uns passiert!", erkläre ich ihr. „Wir sind uns nicht näher als zwei Meter gekommen."

„Hmm", macht sie, während sie weiter ihre Schlüsse zieht.

„Ehrlich nicht. Wir haben uns nicht einmal miteinander angefreundet." Sehr zu meinem Leidwesen, denn genau das hätte ich gerne getan. Aber ich habe nicht das Gefühl, ihm wirklich nahegekommen zu sein.

„Du magst ihn, oder?"

„Nein!", sage ich hastig. Zu hastig.

Freya seufzt tief.

„Ein bisschen vielleicht."

„Ana!" Freya nimmt meine Hände in die ihre und zieht sie dicht zu sich heran. „Du darfst dich nicht mit ihm anfreunden! Ich habe ein ganz schlechtes Gefühl bei der Sache! Bitte bleib von ihm weg, zumindest bis ich wieder zurück bin. Dann überlegen wir weiter, was mir machen."

Ich schaue auf ihre langen Finger, die meine fest umschlossen halten, und sage nichts.

„Bitte, Ana, versprich es mir."

„Tut mir leid, das kann ich nicht. Sobald er wieder zurückkommt und sich bei mir meldet, werde ich mit ihm reden."

„Anders kannst du nicht? Keine Chance?" Flehend sieht sie mich an.

„Keine Chance."

Freya lässt meine Hände los und richtet sich auf. „Bitte sei vorsichtig. Lass ihn emotional nicht so nahe an dich heran." Es schwingt keine Bevormundung in ihrer Stimme mit, nur Sorge. Aber in dem Moment, in dem sie sich zum Gehen wendet, fügt sie hinzu: „Und sag hinterher nicht, dass ich dich nicht gewarnt hätte!"

Enttäuschung

FREYA ist mit ihrer Schwester in die Berge gefahren und Isobel hält mit mir die Stellung in der Felia. Seit vier Wochen hilft sie mir an jedem Tag, den meine Bar geöffnet ist, und mir wird klar, dass ich dringend eine Aushilfe einstellen muss, auch wenn ich mir das finanziell nicht wirklich leisten kann. Irgendwie muss ich das hinbekommen, denn es ist unmöglich, auf Dauer von meinen Freundinnen zu verlangen, dass sie mir unbezahlt helfen.

Von Levy habe ich diese vier Wochen weder etwas gehört noch gesehen. Dafür habe ich ganz viel über ihn gesprochen. Fast jeden Abend in der Bar war er das Hauptthema zwischen Isobel und mir. Auch wenn sie nicht so heftig reagiert wie Freya, hält sich auch ihre Freude über die ganze Entwicklung sehr in Grenzen. Anfangs habe ich noch stündlich meine Anrufliste gecheckt, weil ich hoffte, dass Levy sich bei mir meldet. Inzwischen habe ich damit aufgehört. Warum sollte er mich auch anrufen? Er hat selbst gesagt, dass er nur in meiner Nähe ist, weil ihn jemand dafür bezahlt.

Warum also sollte Levy in seiner Freizeit den Kontakt mit mir suchen, wenn ich doch nur ein Job für ihn bin?

Glaubst du ihm den Mist mit der Bezahlung etwa?

An dem Tag, als er mir das erzählt hatte, war ich mir absolut sicher gewesen, dass es eine Lüge war, aber mittlerweile weiß ich nicht mehr, was ich glauben soll …

„Schau mal", sagt Isobel mit ihrer sanften Stimme und legt mir die Tageszeitung auf den Tresen. Noch ist meine Bar weitgehend leer, aber von Minute zu Minute kommen mehr Gäste durch die Tür. Trotzdem werfe ich einen Blick auf die Stelle, auf die Isobel mit ihrem Zeigefinger tippt.

„Was ist das?", frage ich und überfliege die Anzeige. Eine junge Schottin sucht einen Job, den sie am Wochenende ausüben kann, um ihre Ausbildung zu finanzieren.

„Du wolltest doch nach jemandem Ausschau halten", erinnert Isobel mich. „Ruf sie doch mal an und lasse sie zur Probe arbeiten. Vielleicht passt sie gut hier hinein."

„Hm", mache ich nachdenklich. Irgendwie stört mich der Gedanke, meine geliebte Bar in fremde Hände zu geben. Es fühlt sich ein bisschen an wie ein Verrat an meinem Bruder, wenn ich eine weitere Person hinzu hole, weil dieses Projekt doch immer nur uns beiden gehört hat. Natürlich weiß ich, dass das albern ist und ich über kurz oder lang jemanden brauchen werde, der mir hilft, aber Gefühle sind eben nicht immer sinnvoll zu begründen.

Isobel scheint zu erraten, was ich denke, auch wenn ihr der Grund dafür verborgen bleibt. „Versuch es", ermutigt sie mich. „Du musst sie ja nicht einstellen, wenn sie dir unsympathisch ist, aber ruf sie wenigstens einmal an. Solche Tage wie morgen wird es noch öfter geben und dann ist es gut, wenn du jemanden hast."

Morgen wird ein harter Tag für mich werden. Freya ist mit ihrer Schwester auf Kur und Isobel ist morgen Abend auf eine Hochzeit eingeladen. Und ausgerechnet morgen werde ich volles Haus haben, da einer meiner Gäste seinen Geburtstag hier feiern wird. Eine Aushilfe wäre da sinnvoll gewesen.

„Du hast recht", willige ich ein. „Am besten mache ich es gleich, solange es noch ruhig ist …"

… und bevor ich es mir anders überlegen kann.

Ich ziehe die Schublade unter dem Tresen auf, hole mein Handy hervor und gehe in den hinteren Raum, um in Ruhe telefonieren zu können. Irgendwie fühle ich mich schon den ganzen Tag müde und schlapp und ich bin froh, einen Moment durchatmen zu können. Bevor ich die Nummer aus der Zeitung wähle, checke ich meine Nachrichten auf Facebook. Es ist in den letzten vier Wochen fast schon eine Sucht geworden. Natürlich ist nicht das dabei, worauf ich insgeheim warte.

Ich starte den Anruf, aber es meldet sich niemand, und nach einer Weile trenne ich die Verbindung wieder. In dem Moment kommt Isobel hereingestürmt. Mit großen Augen starrt sie mich an, auf ihrer Stirn sind tiefe Zornesfalten und ihre Brust hebt und senkt sich bedrohlich schnell.

„Er ist so ein Arschloch!“, schimpft sie. „Freya hat recht. Natürlich hat sie recht! Freya hat immer recht!“

„Wovon redest du?“

Ihre Unterlippe bebt vor Wut. „Bitte, Ana, gib mir die Vollmacht, diesen Penner aus deiner Bar zu werfen.“

Penner.

Ein schlimmes Schimpfwort für die sonst so zarte und liebe Isobel. Everybody’s Darling. So wütend zu sein, passt überhaupt nicht zu ihr. Vielleicht weiß ich deshalb sofort, dass sie mit „er“ Levy meint. Jemand anderes würde sie nicht so auf die Palme bringen.

„Was macht er denn so Schlimmes?“ Es fällt mir schwer, meine Freude zu unterdrücken. Es ist mir egal, was er anstellt, ich bin einfach nur froh, dass er wieder da ist. Ich stehe auf und will die Tür zum Verkaufsraum öffnen, aber Isobel positioniert sich im Rahmen und versperrt mir den Weg. „Du musst dir das nicht anschauen. Ich werfe ihn einfach raus, okay?“

Mein Herz beginnt zu rasen. „Lass mich durch.“ Sanft aber bestimmt schiebe ich Isobel zur Seite und öffne die Tür. Ich höre ihr tiefes Seufzen, als mein Blick zum Fensterplatz fällt.

Es fühlt sich an, als würde mir jemand einen glühenden Dolch in den Bauch rammen.

„Ich werfe ihn raus“, wiederholt Isobel.

„Nein.“ Ich schüttele den Kopf. „Er tut ja nichts Verbotenes.“

„Aber er macht es absichtlich.“ Ihre Stimme klingt, als wäre sie den Tränen nahe. „Er macht es, um dich zu verletzen.“

„Ich weiß.“ Traurig beobachte ich, wie Levy den Arm um seine dunkelhaarige Begleiterin legt.

Reiß dich zusammen, Ana!

Mit hocherhobenem Kinn trete ich hinter meinen Tresen und überlege fieberhaft, wie ich auf Levy reagieren soll. Mir ist bewusst, dass ich kein Recht habe, ihm einen Vorwurf zu machen, und trotzdem tut mir sein provokantes Verhalten weh.

Er versucht, Distanz zu mir zu schaffen. Irgendwie scheint er mir unmissverständlich zeigen zu wollen, dass sich unser Date nicht wiederholen wird.

Levy entdeckt mich und nickt mir kurz zu. Ich ignoriere ihn und reiche einem anderen Gast den Drink, den Isobel bereitgestellt hat. Automatisch schaue ich wieder zu Levy, der mich offensichtlich beobachtet. In dem Moment, als unsere Blicke sich treffen, wendet er sich ab und gibt seiner Begleiterin einen Kuss auf die Wange.

Er hat nur darauf gewartet, dass ich das sehe!

Dann steht Levy auf und kommt zu mir an die Bar. Der glühende Dolch scheint noch immer in meinem Bauch zu stecken und irgendwem macht es Spaß, ihn immer und immer wieder hin- und herzudrehen. Mit fest zusammengepressten Lippen bleibe ich stehen und warte, bis Levy die Theke erreicht hat, die Arme darauf legt und sich zu mir beugt.

„Guten Abend, Ana“, sagt er freundlich. Er hat die Hand an die Stirn gelegt, so als wolle er seine Augen vor einem hellen Licht abschirmen, das es hier nicht gibt.

Ich beiße die Zähne zusammen und schweige.

„Ich bin zurück“, erklärt er.

„Das sehe ich.“

Seelenruhig nimmt er die Karte, die auf dem Tresen liegt, und beginnt sie zu studieren. Obwohl er schon so oft da war, hat er hier noch nie etwas bestellt.

„Was kannst du mir denn empfehlen?“ Die Getränkekarte scheint seine gesamte Aufmerksamkeit in Anspruch zu nehmen.

„Schon blöd, wenn man den Fluchtweg über das Dach besser kennt als die Getränkekarte.“ Ich klinge viel schnippischer, als ich es beabsichtigt habe.

„Hast du einen schlechten Tag, Ana?“

„Was soll diese Show?“ Wut steigt in mir auf. Ich fühle mich vorgeführt von ihm und ich bin nicht der Typ Frau, der sich alles wortlos gefallen lässt. „Ich stehe nicht auf solche Spiele.“

„Welche Spiele?“ Er schaut mich an.

Erschrocken stutze ich. Um Levys linkes Auge zieht sich ein bläulicher Ring, der sich schon gelblich zu verfärben beginnt. Es ist am Verheilen, aber es muss richtig schlimm gewesen sein. An seiner

Augenbraue befindet sich eine Kruste, aus der mehrere Fäden heraussstehen. Ich zähle drei Stiche.

„Was ist mit dir passiert, Levy?“

Seine grünen Augen leuchten, aber sein Blick bleibt unergründlich. „Bin gegen eine Straßenlaterne gelaufen.“

Meine Wut flammt wieder auf, weil er mir auf meine besorgte Frage so eine dämliche Antwort gibt. Plötzlich bekomme ich Kopfschmerzen und ich will nur noch raus aus dieser Situation.

„Bestell einfach etwas für dich und deine Freundin und zieh Leine“, schnauze ich ihn an.

Levy lacht auf. „Ach so, das denkst du. Nein, das ist doch nicht meine Freundin.“

„Sieht aber so aus.“ Ich schlucke meinen Zorn hinunter und setze mein freundlichstes Arbeitslächeln auf.

„Das täuscht.“ Er lehnt sich noch ein Stück weiter zu mir vor, legt die Hand an den Mundwinkel und flüstert mir zu: „Sie ist mein heutiger One-Night-Stand. Morgen kenne ich sie schon nicht mehr. Aber verrate es ihr nicht!“

„Gott, bist du ein Arschloch.“ Die Worte rutschen mir einfach heraus. Erschrocken blicke ich mich um, in der Hoffnung, dass es keiner der anderen Gäste gehört hat.

„Ich weiß, hab auch nie etwas anderes behauptet.“ Levy zuckt ungerührt mit den Schultern und tippt dann auf meine Getränkekarte. „Zweimal die Nummer 19 bitte.“

„Kommt gleich“, knurre ich.

„Danke schön.“

„Warum machst du das, Levy?“

Er klappt die Karte zu und lächelt mich freundlich an. „Weil ich ein Arschloch bin.“

***

Wir reden den ganzen Abend nicht mehr miteinander, aber ich schaue bei jeder Gelegenheit verstohlen zu seinem Tisch. Er unterhält sich viel mit seiner Begleiterin und ab und zu lachen sie gemeinsam.

Obwohl ich vermute, dass dieses Mädchen nur zu Levys Vergnügen herhalten darf, spüre ich eine heiße Eifersucht in mir aufsteigen. Nicht darauf, dass sie mit ihm das Bett teilen darf, sondern auf dieses unbeschwerte Lachen, das es bei unserem Date nur ein einziges Mal gegeben hat.

Vermutlich weiß sie auch, was wirklich mit seinem Auge passiert ist. Seine Ausrede glaube ich ihm selbstverständlich nicht. Niemand, der durch die Decke einer Toilettenkabine abhauen und von einem Hausdach springen kann, ohne sich zu verletzen, rennt einfach gegen eine Laterne.

Er erzählt ihr bestimmt mehr als mir. Der Gedanke verschlimmert meine Kopfschmerzen. Möglicherweise wären sie auch so stärker geworden.

Ich stelle fest, dass ich auch ein wenig eifersüchtig auf die Schönheit von Levys Begleiterin bin. Sie hat glänzende, dunkle Haare und unglaublich lange Beine. Ich beobachte sie, als sie zur Toilette geht, und ertappe mich dabei, wie ich ihre schlanke Taille bewundere und ihre Art, beim Gehen mit den Hüften zu schwingen. Eine echte Lady. Vermutlich hat Levy keine Schwierigkeiten, an solche Klasse-Frauen heranzukommen.

Wenn das sein Frauengeschmack ist, dann bin ich eine Lachnummer für ihn, denn ich spiele eindeutig nicht in dieser Liga.

Warum kommt er mit ihr ausgerechnet in meine Bar?

Hier in unserem Ort gibt es zwar nicht viele Alternativen zum Ausgehen, aber ich weiß ja mittlerweile, dass Levy ein Auto hat. Es wäre ein Leichtes für ihn, einfach ein paar Meilen weiter zu fahren und einen anderen Pub aufzusuchen. *So kann er aber nach dir sehen und zugleich eine Frau für die heutige Nacht klarmachen.*

„Er ist ein Arschloch", sagt Isobel und spricht damit genau das aus, was ich in diesem Moment denke.

„Ja, das ist er."

„Ich weiß, dass du ihn trotzdem magst."

„Leider ja." Ich reibe mir mit den Händen das Gesicht und kämpfe gegen die aufsteigenden Kopfschmerzen an, die jede Sekunde schlimmer zu werden scheinen. Aus dem dumpfen Kopfweh sind hämmernde Schmerzen geworden. Immer, wenn ich die Augen schließe, zucken grelle Lichtblitze von meiner Netzhaut bis ins Gehirn. „Ich glaube, ich werde krank.“

Isobel legt ihre weiche Hand auf meinen Arm. „Geh nach Hause und ruh dich aus. Morgen musst du fit sein.“

„Ich weiß.“ Mir graut es schon, wenn ich nur daran denke, hier morgen alles alleine schmeißen zu müssen.

„Ich mache das hier fertig. Ich schaffe das, vertrau mir.“

„Sicher?“ Plötzlich fühle ich mich unglaublich müde und mir ist schwindelig.

„Ganz sicher. Leg dich hin. Ich schicke dir eine Nachricht, wenn ich hier fertig bin.“

„Danke dir.“ Mit zitternden Fingern binde meine Schürze los, lege sie unter den Tresen und gehe Richtung Ausgang. Ich bemerke Levys fragenden Blick und ignoriere mein Schwindelgefühl. Hochaufgerichtet stolziere ich an ihm vorbei, bemüht, genauso mit dem Hintern zu wackeln wie seine schicke Begleitung. Erst als ich draußen bin, fange ich an zu rennen, stürze ins Auto und lasse meinen Tränen freien Lauf.

Aushilfe

DAS Fieber kommt noch in derselben Nacht. Ich lege mich ins Bett, wickle mich in meine dicken Decken ein und friere trotzdem so heftig, als würde ich nackt im Schnee liegen. Irgendwann, nachdem Isobel mir geschrieben hat, dass sie fertig ist und meine Bar nun geschlossen hat, falle ich in einen unruhigen Dämmerschlaf und wache am nächsten Morgen vollkommen durchgeschwitzt auf. Erschöpft werfe ich meine klatschnasse Decke aus dem Bett und nehme die trockene, die obendrauf liegt.

Ein Blick auf meinen Wecker zeigt mir, dass es bereits zehn Uhr morgens ist. Es ist Jahre her, dass ich so lange geschlafen habe. Mir ist klar, dass ich demnächst aufstehen muss. Shadow muss nach draußen. Anschließend kann ich mich noch drei oder vier Stunden hinlegen, spätestens dann muss ich wieder fit sein. Am späten Nachmittag muss ich meine Bar öffnen für die Geburtstagsfeier. Zudem wird sie auch für alle anderen Gäste ganz normal geöffnet sein.

Mein Handy piepst. Ich ziehe es zu mir her und öffne die Nachricht. Die Buchstaben verschwimmen vor meinen Augen. Es ist Isobel. Sie will wissen, wie es mir geht und ob ich arbeiten kann heute Abend.

Ich brauche mehrere Versuche und fast zehn Minuten Zeit, bis ich zwei halbwegs vernünftige Sätze zustande bekomme.

‚Mir geht es gut!‘, tippe ich. ‚Viel Spaß auf der Hochzeit!‘

Inständig hoffe ich, dass Isobel meine Lüge nicht bemerkt. Sie würde sonst vermutlich ihre Einladung zu der Hochzeit absagen und mir dafür in der Felia helfen. Das darf ich auf keinen Fall zulassen.

Warum muss ich ausgerechnet heute krank sein?

Ich seufze tief und werfe einen weiteren Blick auf die Uhr.

Die Zeit scheint plötzlich zu rasen. Kurz überlege ich, meine Temperatur zu messen, dann beschließe ich, dass es keinen Sinn hat. Egal wie hoch mein Fieber ist, ich muss heute funktionieren. Notfalls mit drei Packungen Paracetamol und Ibuprofen in Kombination.

Mein Hund kommt zu mir ins Schlafzimmer und gibt ein leises Winseln von sich.

„Ich komme gleich, Kleiner." Ich erschrecke über meine eigene Stimme, weil sie so belegt und fremd klingt. *Das wird besser, wenn du dich eingesprochen hast ...*

Shadow wedelt heftig mit dem Schwanz, läuft erst kurz zum Fenster und dann in den Flur hinaus. Bestimmt muss er dringend nach draußen.

Seufzend setze ich mich auf. Sofort wird mir schwummerig und alles dreht sich. Ich habe das Gefühl, mich übergeben zu müssen. Es ist mein Kreislauf, der schlappzumachen droht. Stöhnend vergrabe ich den Kopf in den Händen, um mich zu sammeln.

Es klingelt an der Haustür.

Isobel.

Sonntags kommt keine Post, also kann es nur Isobel sein. Meine liebe und treue Freundin, die nach mir sehen möchte. Ich bin gerührt über diese Geste.

Sie klingelt ein weiteres Mal.

„Komm rein!", rufe ich laut. Es ist anstrengend, so laut zu brüllen, und ich merke sofort, wie mir schwarz vor Augen wird. Aber aufstehen und zur Tür laufen wäre noch anstrengender gewesen. Zum Glück weiß Isobel, dass ich unter dem Blumentopf im Fenster einen Ersatzschlüssel deponiert habe. Eigentlich für mich selbst, falls ich den meinen vergesse oder ich mich – wie vor ein paar Wochen – selbst aussperre.

Es dauert nur wenige Minuten, bis ich höre, wie die Haustür geöffnet wird und dann mit einem leisen Klacken wieder ins Schloss fällt. Shadow winselt freudig.

„Ich bin im Schlafzimmer." Dieses Mal schaffe ich es nicht mehr, so laut zu rufen, aber Isobel scheint es trotzdem zu hören, denn kurz darauf klopft es an meiner Zimmertür, obwohl diese halb offen steht.

„Komm rein", sage ich schwach, lasse mich in mein Kissen sinken und schließe kurz die Augen. Ich erschrecke, als ich sie wieder öffne.

„Duuu?", hauche ich atemlos und starre Levy an. Er steht mit Jogginghose und Kapuzenpulli bekleidet vor meinem Bett und lächelt mich vorsichtig an. Automatisch ziehe ich mir die Decke bis unters Kinn.

„Kaffee oder Tee?“, fragt er mich. „Was soll ich dir bringen?“

Ungläubig schüttle ich den Kopf, zu erschöpft, eine der Fragen zu stellen, die mir auf der Zunge liegen.

Er beantwortet sie mir trotzdem: „Ober-Stalker. Hab mal beobachtet, wo der Schlüssel liegt. Hab ihn wieder zurückgelegt, keine Sorge.“

„Aha“, mache ich verwirrt. „Was willst du hier?“

„Nach dir sehen.“

„Woher weißt du, dass ich krank bin?“ Meine Aufregung legt sich. Dann ist er jetzt halt in meinem Schlafzimmer. Darauf kommt es auch nicht mehr an. Immerhin hab ich gerade ganz andere Sorgen. Ich kämpfe gegen das Schwindelgefühl und den aufsteigenden Brechreiz an.

„Kombiniert. Gestern ging es dir nicht so gut und du bist früher nach Hause und …“

„Du hast versprochen, nicht mehr zu stalken!“, falle ich ihm ins Wort.

„Ich hab dich nicht gestalkt.“ Levy klingt überzeugt, nicht so als würde er sich verteidigen. „Ich habe doch geklingelt und bin jetzt offiziell hier.“

Ich will ihm antworten, aber die Übelkeit überkommt mich erneut. *Wenn du ihm vor die Füße kotzt, bist du für immer unten durch ...*

„Wo ist die Leine von deinem Hund?“ Seine Frage reißt mich aus meinen Gedanken.

„Flur.“

„Ich gehe mal eben mit ihm raus. Du schläfst weiter.“ Levy geht aus dem Zimmer, pfeift kurz durch die Zähne und mein treuloser Hund rennt ihm hinterher. Wenn mir nicht so schwindelig gewesen wäre, dann hätte ich jetzt fassungslos den Kopf geschüttelt. Aber das geht nicht, deswegen sitze ich einfach mit offenem Mund da und versuche zu begreifen, was hier gerade geschieht. Ich schaffe es nicht, vernünftig darüber nachzudenken, weil sich eine bleierne Müdigkeit wie ein schwerer Vorhang über mich legt und mich nieder drückt.

Bleib wach! Du kannst nicht einfach einschlafen, solange er *hier ein- und ausgeht.* Verzweifelt versuche ich, die Augen offen zu halten. Das allein kostet mich so viel Kraft, dass ich nicht mehr denken kann. Schließlich gebe ich doch nach und gestatte mir, für eine Sekunde die Lider zufallen zu lassen.

***

Ich weiß nicht, ob mich der Duft von heißem Kräutertee aufweckt oder das leise Geräusch, als ein Tablett auf meinen Nachttisch gestellt wird.

Langsam öffne ich die Augen und bemerke, dass ich im Sitzen eingeschlafen war.

„Guten Morgen", sagt Levy leise. „Ich habe dir Frühstück hingestellt und was gegen das Fieber."

„Warum?", flüstere ich tonlos.

„Weil du krank bist", flüstert er zurück.

„Aber ich verstehe das alles nicht."

„Ich habe doch gesagt, ich will dir nichts Böses." Levy hebt wieder die Hände in die Luft, um seinen Worten mehr Ausdruck zu geben. „Du hast von mir nichts zu befürchten."

„Danke", sage ich und bin mir nicht sicher, ob ich mich für seine Hilfe bedanke oder für die Tatsache, dass er offenbar nicht vorhat, mich zu töten.

„Gern geschehen."

Es wirkt so vertraut und das nach seiner gestrigen Aktion mit der Lady, die mir siedend heiß wieder einfällt, als ich sein blaues Auge sehe.

„Wie war dein One-Night-Stand?", frage ich gespielt beiläufig, während ich das Frühstück begutachte. Kräutertee, zwei Toasts mit Marmelade und ein Glas Orangensaft.

„Hatte schon bessere, danke der Nachfrage."

„Wie schade für dich." Ich greife nach der Tasse.

„Macht nichts", sagt er und grinst mich provokant an. „Nächste Woche suche ich mir eine andere."

„Viel Erfolg. Ist sonst noch etwas?“ Kaum habe ich diesen Satz ausgesprochen, tut es mir leid, dass ich so unhöflich zu ihm bin. Schließlich war er gerade für mich mit meinem Hund Gassi und hat mir Frühstück gemacht. Aber die Müdigkeit meldet sich zurück und ich möchte nichts anderes als schlafen.

„Ja, eine Sache noch.“

„Und was?“

„Ich werde heute Abend deine Bar übernehmen.“

„Bitte was?“ Ich schreie fast, so erschrocken bin ich.

„Nicht übernehmen im Sinne von mir aneignen.“ Levy spricht langsam, als müsste er mir etwas sehr schwer Verständliches erklären. „Ich bin heute Abend deine Aushilfe.“

„Niemals.“

Er grinst schief. „Du hast kaum eine andere Wahl. Schau dich doch an.“

„Wow, danke“, sage ich sarkastisch. Für eine Sekunde bin ich wirklich beleidigt. Schlimm genug, dass er mich so sieht, er macht auch noch spitze Bemerkungen darüber.

„Bitte, Ana!“ Levy tritt zu mir ans Bett und geht in die Hocke, um mich besser anschauen zu können. Langsam streckt er die Hand nach mir aus. Für eine Sekunde glaube ich, dass er mich berühren will. Allein der Gedanke jagt mir einen Hitzeschauer in die Glieder. Aber Levy zieht nur meine Bettdecke glatt. „Lass mich dir doch helfen.“

„Warum willst du das?“

Sein Blick wird eindringlich, fast flehend. „Es ist mir wichtig. Bitte.“

Wieder fällt mir sein blaues Auge auf und die schwarzen Fäden, die eine offensichtlich tiefe Wunde zusammenhalten. Ich nehme meine Kraft und meinen Mut zusammen und will ihn noch mal fragen, was ihm passiert ist, aber Shadow stört mein Vorhaben.

Er springt auf und bellt freudig. Eine Sekunde später steht Isobel im Zimmer. Ungläubig starrt sie erst mich an und dann Levy, der halb vor meinem Bett kniet. Dann heftet sie ihre weit aufgerissenen Augen wieder auf mich.

„Oh Gott“, haucht sie. „Was ist hier los?“

Levy richtet sich auf und tritt einen Schritt zurück.

„Hallo Isobel“, grüße ich lahm.

„Soll ich die Polizei rufen?“ Ihr Blick huscht zwischen Levy und mir hin und her. „Oder das Militär? Oder den Katastrophenschutz?“

Levy seufzt und verdreht die Augen.

Mir fällt plötzlich auf, dass er nur Socken anhat. Ein merkwürdiger Moment, das zu merken. Unwillkürlich muss ich kichern.

Ein anständiger Einbrecher! Zieht die Schuhe draußen aus.

Isobel kommt besorgt auf mich zu und setzt sich zu mir aufs Bett. „Ist alles okay bei dir?“

„Levy wird heute die Felia übernehmen“, verkünde ich. „Ich bin krank.“

„Oh Gott, dir geht es nicht gut.“ Isobels kühle Finger legen sich auf meine heiße Stirn. „Das ist doch nicht dein Ernst?“

„Doch.“ Langsam richte ich mich ein Stück weiter auf und lehne mich aus dem Bett, um an meine Jeans zu kommen, die ich gestern Nacht einfach nur auf den Boden hab fallen lassen. Mein Schlüsselbund steckt noch immer in meiner Gesäßtasche. Ich ziehe ihn raus und mache den Schlüssel zur Felia ab. Mit spitzen Fingern strecke ich ihn Levy entgegen.

„Kann er das überhaupt?“ Skeptisch legt Isobel ihre Stirn in Falten. „Ohne Einweisung?“

Levy tritt wieder zu mir ans Bett, nimmt den Schlüssel entgegen und nickt mir kurz zu. Dann legt er für eine Sekunde Isobel die Hand auf die Schulter und sagt leise zu ihr: „Die darfst du jetzt übernehmen. Fahr mit mir hin und zeig mir alles. Ich warte draußen auf dich.“ Ohne ein weiteres Wort verlässt er das Schlafzimmer und wenige Sekunden später höre ich, wie die Haustüre geschlossen wird.

„Ist das dein Ernst, Ana?“, haucht Isobel tonlos. „Soll ich da echt jetzt mit ihm hinfahren und ihm alles erklären?“

„Ja, bitte“, sage ich und lasse mich zurück in die Kissen sinken. „Das wäre lieb von dir.“

„Oh Gott“, stöhnt sie zum wiederholten Mal. „Wenn er mich umbringt und in Einzelteilen verscharrt, dann mache ich dich dafür verantwortlich.“

„Wird er nicht." Ich muss lächeln, weil Isobel plötzlich wie Freya klingt. Ich greife nach ihrer Hand und drücke sie kurz. „Mach dir keine Sorgen. Ich vertraue ihm."

Kaum sind die Worte ausgesprochen, wird mir klar, dass es die Wahrheit ist: Ich vertraue ihm.

Jamie

In meinem Dämmerzustand bekomme ich noch mit, dass Isobel mir eine Nachricht geschrieben hat und mir berichtet, dass sie Levy alles gezeigt und ihn eingewiesen hat.

Den restlichen Tag verschlafe ich. Am Abend reiße ich mich kurz zusammen, lasse meinen Hund ins Freie und werde erst wieder wach, als Isobel am nächsten Tag an meinem Bett sitzt. Dieses Mal ist sie diejenige, die mit dem Hund rausgeht und mir Frühstück hinstellt. Ich bin unglaublich gerührt über so viel Fürsorge.

„Ich war heute Morgen schon in der Felia“, erzählt Isobel. „Levy hat alles sauber hinterlassen. Die Kasse ist voll, die Abrechnung stimmt, die Tür war abgeschlossen.“

„Klingt doch gut. Ich hoffe nur, er bringt mir den Schlüssel wieder.“ Es sollte ein Witz sein, aber kaum habe ich es ausgesprochen, merke ich, dass es durchaus auch ernst gemeint gewesen sein könnte.

„Heute Abend werde ich noch mal übernehmen“, beschließt Isobel. „Du kurierst dich aus und nächste Woche suchen wir eine Aushilfe.“

„Du und Freya, ihr seid die besten Freunde, die es gibt“, sage ich. Meine Worte sind absolut ernst gemeint. Allerdings frage ich mich, ob ich Levy in diese Auflistung nicht irgendwie hätte mit aufnehmen müssen. Nicht weil er über Nacht zu meinem Freund geworden wäre, sondern weil er viel für mich gemacht hat und ich das nicht für selbstverständlich halte.

Isobel äußert sich nicht weiter dazu, dass ich Levy meine Felia überlassen habe. Sie akzeptiert es als die meinige Entscheidung, ohne es in Frage zu stellen. Aber da ist noch etwas, das sich in ihrer Haltung verändert hat. Ich höre es daran, wie sie mir von dem gestrigen Tag berichtet und an der Tonlage ihrer Stimme: *Sie mag ihn.* Zumindest gibt es einen Anflug von Sympathie. Die abfällige Art, mit der sie Levy gestern noch beschimpft hatte, ist verflogen.

„War er nett zu dir?“, will ich wissen, als ich es endlich schaffe, in meinen Toast zu beißen, den Isobel mir dick mit Butter bestrichen hat.

„Er hat mir alle Türen aufgehalten. Zählt das?“

„Hm, ja“, mache ich und spüle den Bissen mit dem mittlerweile fast kalten Kräutertee hinunter. „Denke schon. Immerhin hat er dich nicht im Wald verscharrt.“

„Eben. Ich denke, er ist ganz in Ordnung“, räumt Isobel ein und wirft mir mit erhobenem Zeigefinger einen warnenden Blick zu. „Zumindest, wenn man nicht seine Freundin ist.“

Seine Freundin ... Die er gar nicht will. Auf einmal bin ich mir sicher. Alle Fragen, die ich seit Tagen hin und her wälze, führen plötzlich in dieselbe Richtung und mit einem Mal habe ich die Erkenntnis.

„Er ist es selbst!“ Ich schreie fast, als mir das bewusst wird. „Ich dachte, es ist sein Auftraggeber, aber *er* ist es *selbst*!“

„Wovon redest du?“

„Von Levy!“ Viel zu schnell setze ich mich auf und greife nach dem Ibuprofen, das er mir gestern hingelegt hat. Mit fahrigen Bewegungen drücke ich zwei Tabletten aus dem Blister, stecke sie mir in den Mund und schlucke sie mit Tee hinunter.

„Es geht dir bestimmt gleich besser“, sagt Isobel tröstend und will meine Hand nehmen.

Doch ich ziehe sie weg und schlage die Bettdecke zurück. „Ich muss dir was zeigen. Komm mit.“ Langsam stehe ich auf und gehe ins Wohnzimmer. Isobel folgt mir. Es war nicht geplant, dass ich sie einweihe, aber nun ist sie da und vielleicht kann sie das erkennen, was mir verborgen blieb.

„Wo willst du hin?“

„Nur an den PC.“ Ich setze mich auf die Couch, klappe den Laptop auf und starte ihn. Ungeduldig trommle ich mit den Fingern auf dem Tisch herum und frage mich, warum mir der Gedanke erst jetzt kommt.

Weil es Unsinn ist und insgeheim weißt du es auch ... Wie sehr kann sich ein Mensch in sechs Jahren verändern? So sehr, dass man ihn nicht wiedererkennt? In der Verwandlung vom 20-jährigen Jungen zu einem Mann vielleicht schon …

„Er hat gelogen“, stelle ich trocken fest.

„Levy?“

„Ja.“

„Womit denn?“

Eigentlich mit allem. Weder heißt er Levy, noch kommt er aus den Niederlanden.

„Mit seinem Alter“, sage ich. „Er ist erst 26. Maximal 27.“

„Und was hat er zu dir gesagt?“ Isobel starrt mich verständnislos an.

„29.“

„Oh, meine Güte.“ Gespielt entsetzt legt Isobel die Hände an die Wangen. „Er hat sich zwei Jahre älter gemacht. Das ist … *unverzeihlich*!“

„Du verteidigst ihn.“ Ich weiß nicht, ob ich das gut finde oder ob es mich aufregt. Mein Laptop ist endlich hochgefahren und ich rufe Facebook auf. Mit zitternden Fingern tippe ich *Jamie Hall* in die Suchleiste. Sein Profil öffnet sich sofort. Da wir nicht miteinander befreundet sind, bekomme ich nur zwei Fotos angezeigt. Beide sind nicht frontal, sondern schräg von der Seite, und sie sind sehr unscharf und undeutlich. Es zeigt einen blonden Mann, so viel ist sicher, aber das Gesicht kann man darauf so gut wie nicht erkennen.

Möglicherweise sind die Fotos gewollt unscharf?

Ich klicke auf eins drauf, um es zu vergrößern, und drehe den Bildschirm in Isobels Richtung.

„Ist er das?“, frage ich sie.

„Wer? Levy?“, fragt sie überflüssigerweise.

„Ich kannte ihn. Früher. Zumindest ein bisschen“, erzähle ich. „Er war damals 20 Jahre alt. Also müsste er heute 26 sein.“

„Zeig mal her.“ Isobel kniet sich dicht vor den Bildschirm. Immerhin scheint sie einen zweiten Blick zu benötigen und ist nicht von Anfang an überzeugt, dass er es unmöglich sein kann.

Er ist sein eigener Auftraggeber.

Jamie ist der einzige Mensch auf der Welt, der Grund hätte, wissen zu wollen, wie es mir geht, ohne mich selbst fragen zu wollen. Wir haben nach Felians Beerdigung den Kontakt zueinander abgebrochen. Nicht, weil ich ihm Vorwürfe gemacht hätte, dass er nicht bei uns sein konnte, als Felian starb. Mir war damals schon klar, dass Jamie uns wirklich nicht gefunden hatte und diese Tatsache für ihn unerträglich war. Meine Vorwürfe waren nicht nötig, die machte er sich selbst. Zudem kam er mit dem plötzlichen Tod seines Partners überhaupt nicht klar. Felian war seine erste große Liebe gewesen, der erste Junge, mit dem er zusammen war, nachdem er bei all den Mädchen nie das gefunden hatte, was er suchte …

„Woher kennst du ihn?“, will Isobel wissen. „Wer ist das?“

„Der Freund von meinem Bruder.“ In dem Moment, in dem ich das sage, spüre ich einen Stich in meinem Herzen.

„Du hast einen Bruder?“

Etwas schnürt mir die Kehle zu. Ich schüttle den Kopf.

Isobel ist sichtbar verwirrt.

„Hatte“, presse ich heraus und spüre die erste Träne über meine Wange laufen. Dann eine zweite, dritte – ich kann sie nicht aufhalten und nicht kontrollieren. Es tut zu sehr weh, über ihn zu sprechen.

Isobel scheint das zu verstehen, denn sie zieht mich wortlos in die Arme, streichelt meine Haare und lässt mich weinen. Meine fiebrige Wange glüht an ihrer Schulter, aber sie hat keine Angst, sich bei mir anzustecken. Sie ist einfach da.

„Willst du drüber reden?“, fragt sie leise.

„Ich kann nicht“, sage ich und wische mir die Tränen ab. Ich kann es wirklich nicht. So wie Jamie. Deshalb sind wir uns konsequent aus dem Weg gegangen, damals. Es war ein einziger großer Schmerz, vor dem wir so weit davonliefen, wie es uns nur möglich war. Jeder in eine andere Richtung. Es gab nichts mehr, was uns miteinander verband, nur Dinge, die man nicht sagen wollte.

„Rein optisch könnte er es sein“, beantwortet Isobel meine Frage von vorhin. „Man sieht nicht viel auf den Fotos, aber ich denke, es wäre durchaus möglich.“

„Aber wieso hab ich ihn dann nicht sofort erkannt?“ Schniefend reibe ich mir mit dem Ärmel über die Augen. „Er war der Freund meines Bruders. Ich hätte ihn auf Anhieb erkennen müssen!“

„Aber das ist doch eigentlich logisch“, tröstet mich Isobel. „Es ist ewig her, er hat sich vom Teenager zum Mann gewandelt und du hast überhaupt nicht damit gerechnet ihn wiederzusehen. Schon gar nicht hier in einem anderen Land.“

„Ich weiß überhaupt nichts mehr.“ Seufzend sacke ich in mich zusammen. Zwar halte ich es noch immer für unwahrscheinlich, aber es wäre eine Antwort für vieles. Es würde Sinn ergeben. Zumindest würde es erklären, warum Levy unbedingt wissen will, dass es mir gut geht, und so eine hohe Bereitschaft an den Tag legt, mir zu helfen. „Vielleicht will er die alte Verbundenheit wieder herstellen“, überlege ich laut.

Oder er hat ein schlechtes Gewissen.

Isobel lässt mich los und beugt sich zum Bildschirm. Sie klickt das zweite Foto größer. „Die Haarfarbe stimmt. Kinn und Seitenprofil sind ähnlich. Ich denke auch, es wäre ein großer Zufall, wenn er es *nicht* wäre, oder?“ Prüfend sieht sie mich an. Sie weiß zu wenig von alldem, um sich ein Urteil bilden zu können, und trotzdem versteht sie mich einfach.

„Ich werde ihn drauf ansprechen!“, nehme ich mir vor. „Er soll mir gefälligst die Wahrheit sagen.“

„Warum kontaktierst du ihn nicht einfach?“ Isobel zeigt auf den „Freund/in hinzufügen“-Button.

„Meinst du, ich soll das machen?“

„Ja. Schicke ihm eine Freundschaftsanfrage. Vielleicht hast du Glück und du siehst dann mehr Fotos. Dann schreib ihm und frage ihn direkt, was du wissen willst.“

Das mag ich so an Isobel. Sie ist direkt und versucht, ohne Umschweife zum Ziel zu kommen. Bevor ich es mir anderes überlegen kann, klicke ich auf den Button. „Anschreiben werde ich ihn, wenn er die Anfrage bestätigt hat. Damit die Nachricht nicht im Spam landet.“ Ich werfe einen Blick zu Isobel. Obwohl sie überhaupt nicht weiß, was hier eigentlich passiert, versucht sie mir zu helfen. Wenn ich auch zukünftig ihren Ratschlag möchte, dann werde ich sie einweihen müssen.

„Hast du dich nie gefragt, warum in meinem Schlafzimmer so viele Instrumente stehen, obwohl ich sie nicht spielen kann?“, setze ich an.

„Ehrlich gesagt nicht.“ Sie verzieht einen Mundwinkel. „Ich dachte, es ist ein Projekt von dir und du willst das irgendwann lernen oder so.“

Langsam schüttle ich den Kopf. „Sie gehörten meinem Bruder.“

Levy hat aufgehört Musik zu machen. Vor sechs Jahren.

„War das sein Hobby?“

„Es war sein Leben. Er hatte eine Band, stand jedes Wochenende auf der Bühne, hat gesungen und alle Menschen begeistert.“

Levy hat wegen Felians Tod aufgehört.

„Jamie war in seiner Band?“

„Nein, er war sein Partner. Sie waren zusammen. Ein paar Monate lang. Bis ...“ Meine Stimme wird brüchig und versagt dann ganz.

„Was ist mit ihm passiert?“ Isobels Frage ist vorsichtig.

„Er hatte einen Unfall.“ Automatisch schließe ich die Augen, weil sie wehtun, als würde ich in ein loderndes Feuer starren. Ein heißes Brennen, das in die Kehle hinunterzieht, bis in die Brust hinein und mir die Luft zum Atmen nimmt. „Einen tödlichen Unfall.“

Da sind sie wieder, die Tränen, die ich seit Jahren in mir einschließe. Jetzt ist etwas in mir aufgebrochen und ich beginne zu erzählen.

***

Es ist früher Nachmittag. Ich fühle mich besser. Das mag am Ibuprofen und dem vielen Schlaf liegen oder an der Dusche, die ich inzwischen genommen habe. Vielleicht liegt es aber auch daran, dass ich zum ersten Mal mit jemandem über die Ereignisse von damals gesprochen habe. Obwohl es schmerzhaft war und Isobel mich immer wieder in den Arm nehmen musste, damit ich mich fange, spürte ich so etwas wie Erleichterung. Die Erleichterung, es nicht mehr mit aller Kraft in mir einschließen zu müssen.

Vor knapp zwei Minuten ist Isobel gegangen. Ich habe mich auf die Couch gesetzt und betrachte die öffentlichen Bilder von Jamies Facebook-Profil. In diesem Moment klingelt es an der Tür. Ich gehe öffnen.

Es ist Levy.

„Du hast gewartet, bis Isobel weg ist“, stelle ich trocken fest. „Auch eine Art von stalken.“

„Ich wollte nur nicht stören“, sagt Levy entschuldigend.

„Schon gut, komm rein.“ Ich lasse ihn in der offenen Tür stehen und gehe ins Wohnzimmer. Er folgt mir.

„Setz dich“, fordere ich ihn auf und zeige mit der Hand auf den freien Sessel.

„Danke.“ Levy schaut mich skeptisch an, tut aber, was ich ihm sage.

„Wenn du was zu trinken willst, dann bediene dich einfach. Du kennst dich ja aus bei mir.“

„Alles klar.“ Er hebt skeptisch eine Augenbraue, als versuche er einzuschätzen, wie meine Aussage gemeint ist.

„Wie ist es gelaufen gestern?“ Unauffällig drehe ich meinen Laptop so, dass er nicht auf den Bildschirm schauen kann, ich aber dafür umso besser. Jamie hat meine Freundschaftsanfrage noch nicht angenommen. Vermutlich hat er sie noch nicht einmal gesehen, denn er ist die ganze Zeit offline gewesen. *Weil er nicht zu Hause ist.*

„Es hat alles gut geklappt“, erzählt Levy. „Viele Leute waren da und ganz viele haben nach dir gefragt.“

„Was hast du gesagt?“

„Dass ich dein Verlobter bin und dir deswegen helfe.“ Er grinst schief. „War doch okay, oder?“

„Natürlich.“ Ich nehme mir fest vor, nicht auf seine Sticheleien einzugehen. „Bist du gut klargekommen?“

„Aber sicher.“ Levy nennt mir die Summe, die er gestern erwirtschaftet hat. Es ist deutlich mehr als erwartet.

„Vielen lieben Dank für deine Hilfe.“

„Kein Problem. Freut mich, dass es dir besser geht.“ Er schaut auf Shadow, der seine Schnauze auf die Couch gelegt hat. Ich nutze den Moment, um Levys Seitenprofil zu betrachten. Eine gerade Nase, schmales Kinn und feine Gesichtszüge.

Verstohlen huscht mein Blick zwischen Jamies Profilbild und Levy hin und her. Die Gesichtszüge sind zumindest augenscheinlich gleich und doch kann ich keine entscheidende Ähnlichkeit feststellen.

Levy bemerkt, dass ich irgendwas mache.

Ich lasse mich nicht aus dem Konzept bringen und studiere weiter erst das Foto und dann Levys Gesicht. Es gibt nichts, was meine Vermutung bestätigt. Auch in meiner Erinnerung finde ich nichts. Trotzdem beschließe ich, weiterzumachen und einfach zu pokern. Auf die Gefahr hin, völlig daneben zu liegen …

„Ich gehe jetzt“, verkündet Levy in mein Schweigen hinein und legt den Barschlüssel auf den Couchtisch.

„Kann ich mich bei dir revanchieren? Ich bin dir etwas schuldig.“

„Nein“, wehrt er ab und schickt sich an aufzustehen.

„Warte.“ Mit der Hand gebe ich ihm ein Zeichen, dass er sitzen bleiben soll.

Misstrauisch verschränkt er die Arme vor der Brust.

„Ich möchte dich zum Essen einladen.“ Ich spreche schnell und monoton, weil ich mir nervig und aufdringlich vorkomme. „Ein klassisches Date sozusagen, nur andersherum. Ich lade dich ein.“

Levy mustert mich. Seine grünen Augen scheinen in meinen Kopf hineinzusehen und meine Gedanken zu lesen.

„Hör mal“, setzt er an. „Es tut mir leid, aber ich glaube, du hast da etwas missverstanden.“

Meine Bauchmuskeln krampfen sich zusammen. Nervös knete ich meine Finger und mir ist klar, dass er ablehnen wird. Trotzdem werde ich konkreter, weil ich endlich Klarheit haben möchte. „Du hast also kein Interesse an einem Date.“ Ich mache eine Pause und füge dann ganz direkt hinzu: „Sehe ich das richtig?“

„Das siehst du richtig“, bestätigt er. „Ich habe mich ein einziges Mal darauf eingelassen, weil ich dir die Angst vor mir nehmen wollte. Möglicherweise war das dumm. Es tut mir leid, es wird sich nicht wiederholen.“

„Liegt es an mir? Oder weil du generell kein Interesse an Frauen hast?“

„Was?“ Seine Verwirrung ist echt. „Ich habe dir doch gesagt, es ist ein Job für mich. Mehr nicht.“

„Dein One-Night-Stand-Mädel in meiner Bar. Sie war nur ein Vorwand.“ Es ist keine Frage, sondern eine Feststellung. „Es war Absicht. Um Distanz zu mir zu schaffen und um abzulenken.“

Er kneift ein Auge zu und legt den Kopf schief. „Eine Ablenkung wovon?“

„Von dir und dem, was du verbergen willst.“ Jetzt habe ich ihn dort, wo ich ihn haben wollte. Triumph macht sich in mir breit, als ich sage: „Weil du in Wirklichkeit schwul bist!“

„Was?“ Dann lacht er los. „Ich bin schwul?“

„So ist es.“ Meine Stimme ist fest und selbstsicher. Ich werde mich nicht von ihm beirren lassen.

„Aha“, macht er. Sofort hat er sich wieder gefangen und schaut mich belustigt an. „Und das siehst du woran? An meiner bunten Regenbogenfahne, die ich immer dabei habe?“

„Zieh es nicht ins Lächerliche.“ Ruckartig stehe ich auf, klappe dabei den Laptop zu mache einen Schritt und versperre ihm dadurch den Weg zur Tür. „Ich weiß, wer du bist.“

Für einen Moment steht die Welt still. Er scheint den Atem genauso anzuhalten, wie ich es tue. Ich spüre seine Unsicherheit.

„Ach ja?“, macht er dann höhnisch. Levy steht auf und geht um mich herum zur Tür. „Wer bin ich denn?“

„Du bist Jamie.“ Ich bin mir nicht absolut sicher, aber habe mich dazu entschlossen zu pokern. „Jamie Hall.“

Er zögert. Die Stimmung verändert sich. Entweder ist er geschockt, dass ich die Wahrheit weiß, oder erleichtert, dass ich sie eben nicht weiß. Das Schweigen dauert zu lange.

„Hab ich recht?“, hake ich nach.

„Nein.“ Die Antwort ist zu kurz, um seine Emotionen zu verraten.

„Bitte, Levy.“ Es ist Absicht, dass ich ihn so nenne. Ich mache es bewusst, um ihm deutlich zu machen, dass ich das respektiere, was er mir von sich zeigen möchte. „Ich bin dir nicht böse, ich möchte nur die Wahrheit wissen.“

„Aha.“ Wieder nur ein einziges Wort, um nichts preiszugeben. Er verschränkt die Arme vor der Brust, um mir seine Ablehnung zu zeigen.

„Weißt du“, beginne ich sanft. „Ich mag dich. Vielleicht verstehst du das nicht, aber ich mag dich wirklich gerne. Es ist mir völlig gleichgültig, ob du Levy heißt, oder Jamie oder Claus-Clemens. Ich möchte deine Freundschaft."

„Ich heiße nicht Jamie."

„Okay. Dann ist er dein Auftraggeber?"

„Nein. Ich schwöre, ich habe diesen Namen nie gehört." Levy zieht eine Hand hervor und hebt zwei Finger in die Luft als Zeichen für den Schwur.

Nachdenklich beiße ich auf meine Lippe. Falls er die Wahrheit sagt, dann frage ich mich, warum. Es wäre doch eine gute Vorlage für eine falsche Identität gewesen. *Eine Identität, die er vielleicht nicht will, weil er wirklich Levy heißt.*

„Okay", seufze ich resigniert. „Ich geb's auf." Ich trete einen Schritt zurück. Fast höre ich sein erleichtertes Aufatmen.

„Tut mir leid", sagt er.

„Ich finde, du bist mir die Wahrheit schuldig." Mit diesen Worten gebe ich ihm den Weg endgültig frei und öffne die Tür zum Flur. „Geh. Du kannst dich melden, wenn du bereit bist, mit mir zu reden."

Levy zögert wieder.

„Geh", wiederhole ich und zeige zur Tür hinaus.

Er nickt mir zu und setzt sich in Bewegung. Dann bleibt er noch mal stehen. Mit einer nervösen Geste streicht er sein Shirt über der Brust glatt und steckt die Hände dann in die Taschen seiner Shorts, bevor er fragt: „Wer ist Jamie Hall?"

„Er war der Partner von meinem Bruder."

Erneut scheint die Welt still zu stehen. Mit weit aufgerissenen Augen starrt Levy mich an.

„Du kanntest Felian." Es ist keine Frage. Levys Reaktion ist eindeutig.

Wortlos geht er an mir vorbei, den Flur entlang und verschwindet aus der Haustür, die er mit lautem Knall hinter sich zuschlägt.

Nah

Ich habe den ganzen Tag damit verbracht, nach einer Aushilfe zu suchen. Es gab mehrere Stellenanzeigen, die ich abtelefoniert habe. Zwei Mädels werden am Wochenende jeweils für ein paar Stunden bei mir Probe arbeiten. Nächste Woche ist dann endlich Freya wieder zurück und ich kann gar nicht sagen, wie sehr ich mich auf sie freue.

Ich muss sie unbedingt auf den Stand bringen, den auch Isobel hat ... Ich bin mir nicht sicher, wie Freya das finden wird. Mit Sicherheit wird sie alles andere als begeistert sein. Unabhängig davon, dass ich mich wie gewünscht nicht mit Levy angefreundet habe. Wenn auch eher unfreiwillig nicht, denn ich hätte es gerne getan.

Als ich an diesem Abend auf Facebook online gehe, sehe ich, dass Jamie meine Freundschaftsanfrage angenommen hat. Mit klopfendem Herzen gehe ich auf sein Profil, um mir seine Fotos anzusehen. Er hat sich definitiv verändert in den sechs Jahren, in denen ich ihn nicht gesehen habe. Aber wäre Jamie mir auf der Straße oder irgendwo im Einkaufszentrum spontan über den Weg gelaufen, so hätte ich mit Sicherheit gewusst, wer er ist.

Bleibt also nur noch die Möglichkeit, dass Jamie jemanden beauftragt hat, der in regelmäßigen Abständen einen Blick auf mich wirft, um sicherzustellen, dass es mir gut geht. Ich ziehe meine Tastatur zu mir heran und tippe eine Nachricht: ‚Hallo Jamie, lange nichts von dir gehört. Geht es dir gut???‘

Krampfhaft versuche ich zu rekonstruieren, wie viel Jamie aus meinem Leben nach Felian noch mitbekommen hat. Meine Eltern hatten damals eine Strafanzeige gegen Unbekannt gestellt. Die Polizei sagte allerdings schon nach den ersten Ermittlungsergebnissen, dass es kaum eine Chance gab, den Unfallverursacher zu finden. Auf den Überwachungskameras war kein auswertbares Material gewesen und Zeugen gab es keine. Auch Jamie hat es anstandslos als Unfall verbucht und damit abgeschlossen. Die Jungs von der Band *Droom*, die in den Streit mit Felian verwickelt gewesen waren, spendeten meinen Eltern später eine größere Summe Geld, um ihre Anteilnahme zu zeigen. Schließlich ereignete sich das Unglück unmittelbar nach ihrem Auftritt und die öffentliche Spende war möglicherweise auch eine Art Marketing für sie. Auch wenn es für ihren Erfolg nichts genutzt hatte. Es war eine ausländische und unbekannte Band gewesen, von der ich vorher und hinterher nie wieder etwas hörte. Mir ist bis heute unbegreiflich, wie sie diese hohe Spendensumme zusammenbekommen hatten. Meine Eltern wollten das Geld erst nicht annehmen, da keiner der Jungs etwas für den Unfall konnte, aber taten es am Ende dann doch. Noch heute habe ich ihre Worte im Ohr: *Für dich, Ana. Damit du euren Traum von einer Bar finanzieren kannst. In Erinnerung an unseren Sohn und deinen Bruder ...*

Auch die Mitglieder aus Felians Band *Insanity* spendeten zusammen mit ihrem Manager etwas, bevor sich die Band für immer auflöste.

Ob Jamie das noch mitbekommen hat, weiß ich nicht mehr. Das Letzte, an das ich mich erinnere, ist, dass er die Jungs der Band *Droom* identifizieren musste und sicher ausschließen konnte, dass einer von ihnen Felians Wagen gefahren und letzten Endes auch gestohlen hatte. Die Polizei fand das Auto erst 300 Kilometer weiter Richtung Grenze mit leerem Tank. Die Spuren im Inneren hatten zu nichts geführt. Man geht davon aus, dass ein völlig Unbeteiligter den Streit der Jungs ausgenutzt und den BMW genommen hatte. Ohne Rücksicht auf Verluste.

Ohne Rücksicht auf Felian.

Das Piepsen der Nachricht reißt mich aus meinen Gedanken.

Jamie hat mir geantwortet: ‚Ana! Schön von dir zu hören! Alles gut bei dir?‘

Die Art, wie er schreibt, erinnert mich viel zu sehr an die Weise, wie Levy spricht. Mein Blick huscht zurück zu den Fotos und ich schaue auf die Daten, an denen sie gepostet wurden. Mir fällt auf, dass die meisten nicht aktuell sind. Ich klicke sie weg und entscheide mich dafür, zuerst Jamie zu antworten: ‚Bei mir ist alles gut! Ich lebe jetzt in Schottland. Dort habe ich eine Bar eröffnet, wie Felian und ich es immer wollten.‘

Ich hätte endlos weitererzählen können, und doch breche ich an dieser Stelle ab. Schon sind wir wieder bei dem Thema, das wir immer vermeiden wollten.

Jamie liest die Nachricht und schreibt etwas. Es dauert zu lange für eine kurze Antwort. Vermutlich hat er es sich anders überlegt, denn ein paar Minuten später kommt nur: ‚Das freut mich sehr für dich!'

Ich bin mir sicher, dass er eigentlich etwas anderes hatte sagen wollen, aber es dann entweder aus Rücksicht auf mich oder auf sich selbst doch nicht gemacht hat. Deswegen schreibe ich etwas Unverfängliches: ‚Was ist mit dir? Was machst du so?'

Mir ist nicht bewusst, wohin das Gespräch eigentlich führen soll. Möglicherweise geht es Jamie ebenso, denn nachdem er die Nachricht gelesen hat, dauert es wieder einige Zeit, bis ich die Antwort bekomme.

‚Es geht mir gut. Ich habe seit zwei Jahren wieder einen Freund.'

Minutenlang starre ich diesen Satz an. Ich frage mich, warum er mir das erzählt. Will er mir wirklich nur sagen, dass es ihm gut geht? Oder bedeutet das, er hat mit meinem Bruder abgeschlossen und ich soll ihn in Ruhe lassen? Wut steigt in mir auf. Unbegründete Wut auf Jamie, dass er wieder einen Partner hat und einfach weitermacht, als hätte es Felian nie gegeben. Ich spüre, wie Tränen in meinen Augen brennen, als ich meine Antwort an ihn tippe. ‚Das freut mich für dich!'

Ich benutze die gleichen Worte wie Jamie. Unser Gespräch dreht sich schon jetzt im Kreis. Wie damals kommen wir nicht über diesen Punkt hinaus, sind nicht in der Lage, uns vernünftig auszutauschen. Obwohl wir nur miteinander schreiben und keinen persönlichen Kontakt haben, spüre ich, wie die Stimmung sich ändert. Unsere Unterhaltung ist vorbei, noch bevor sie richtig angefangen hat. Es gibt einfach nichts mehr, das mich mit Jamie verbindet außer Trauer und Schmerz. Leider sind wir nicht in der Lage, dieses miteinander zu vereinen und gemeinsam zu bekämpfen. Im Gegenteil. Sobald unsere Emotionen aufeinandertreffen, werden sie unerträglich. Wir müssen jeder für sich alleine damit umgehen, wie wir es schon die ganzen Jahre gemacht haben.

Trotzdem: Es geht nicht anders. Ich werde keine Ruhe finden, bevor ich ihn nicht darauf angesprochen habe.

‚Darf ich dich was fragen?', schreibe ich.

Dieses Mal kommt Jamies Antwort, ohne zu zögern: ‚Ja, klar. Jederzeit.'

Meine Hände werden kalt und ich überlege hin und her, wie ich diesen Satz nun am besten formulieren soll. ‚Es klingt vielleicht etwas merkwürdig, aber ich würde gerne wissen, ob du dir Sorgen um mich gemacht hast und vielleicht jemanden nach mir hast schauen lassen?'

Jamies Antwort ist kurz und klingt ehrlich verständnislos: ‚Wie meinst du das?'

Ich entscheide mich, einfach frei heraus zu sagen, was ich vermute. ‚Hast du jemanden beauftragt, der mich ausspioniert, um zu wissen, wie es mir geht?'

Wieder antwortet er, ohne zu zögern. ‚Nein, natürlich nicht. Wurdest du ausgefragt?'

Jamie scheint es falsch verstanden zu haben. Vermutlich denkt er, dass mich jemand virtuell angeschrieben hat und sich nach mir erkundigt hat und ich nun denke, es sei ein Freund von ihm gewesen. Das war natürlich nicht das, was ich gemeint habe, aber ich finde seine Aussage glaubwürdig. Vermutlich weiß er tatsächlich nichts von Levy. *Außer natürlich, er ist es doch selbst.* Was ich für unwahrscheinlich halte, aber doch nicht vollkommen ausschließen will.

Ich seufze tief und tippe meine Antwort an Jamie: ‚Okay, danke dir. Lebst du noch in London?'

‚Ja, wir leben da noch. Komm uns doch mal besuchen.'

Jamie hat es mit Sicherheit lieb gemeint und es freut mich riesig für ihn, dass er wieder einen Partner hat, und dennoch tut dieses eine Wort weh.

Uns.

Mir ist vollkommen klar, dass ich ihn und seinen neuen Freund nicht besuchen werde. Damit ist unser Gespräch endgültig am Ende angelangt und ich schreibe meine Verabschiedung.

‚Das mache ich! War schön, mal wieder mit dir geredet zu haben!'

‚Hat mich auch gefreut, Ana. Bitte pass auf dich auf. Alles Gute und bis bald.'

Nachdenklich starre ich auf seinen letzten Satz und lese ihn wieder und wieder. Dann klappe ich meinen Laptop zu.

***

Ich habe mich dafür entschieden, Teresa einzustellen. Sie ist 19 Jahre alt und möchte dringend Geld verdienen, um für einen Tanzkurs zu sparen. Nach einem Probetag hat sie mich überzeugt. Mit ihrer offenen und sympathischen Art dürfte sie bei allen gut ankommen, außerdem scheint sie zuverlässig und ehrlich zu sein.

Wir haben uns darauf geeinigt, dass sie aushilft, wenn Feiern oder Geburtstage anstehen, und auch spontan einspringt, falls ich krank oder anderweitig verhindert sein sollte.

An diesem Samstag arbeitet sie das erste Mal offiziell in meiner Felia. Dieses Mal noch mit mir zusammen, aber ich habe mich in die Küche zurückgezogen, um ihr genügend Freiraum zu geben. Jetzt entschließe ich mich, nachzuschauen, ob alles klappt. Vielleicht ist es auch nur ein Vorwand, um ein weiteres Mal Ausschau zu halten. Seit Levy letzte Woche mit Türenknallen aus meiner Wohnung gerauscht ist, habe ich ihn nicht mehr gesehen. Es wundert mich dennoch nicht, dass er plötzlich wieder an seinem Platz am Fenster sitzt. Was mich aber überrascht, ist die weiße Rose, die er in seiner Hand hält. Ein leichtes Lächeln umspielt meine Lippen, als ich mich ihm gegenübersetze.

„Hallo“, grüße ich und schaue auf die Blume. „Für mich?“

Er grinst und schüttelt dann den Kopf. „Nein. Für Teresa. Sie ist toll. Ich stehe auf rothaarige Mädels.“

Ich bin mir nicht sicher, ob er seine Erklärung ernst meint. Manchmal ist es schwierig, mit Levys zynischer Art und seinem schwarzen Humor umzugehen.

„Oh, ihr habt euch schon kennengelernt“, stelle ich trocken fest.

„Natürlich.“

„Ich hole Teresa“, sage ich freundlich. „Dann kannst du ihr die Blume geben.“ Ich stehe auf und stütze mich dabei für einen Moment auf dem Tisch auf. Levy greift nach meiner Hand. Überrascht sehe ich auf und unsere Blicke treffen sich. Obwohl seine Augen grün sind, wirken sie warm, freundlich. Und irgendwie magisch.

Wie gebannt starre ich ihn an. Er umschließt meine Hand mit den Fingern und zieht sie zu sich heran. Ein angenehmes Gefühl, das sich heiß in meinem Körper ausbreitet. Bevor ich nachspüren kann, was genau es ist, lässt Levy mich schon wieder los und reicht mir die Rose.

„Natürlich ist sie für dich. Für wen denn auch sonst?“

„Ich dachte für Teresa“, stammle ich, noch immer verwirrt darüber, was gerade passiert ist.

„Unsinn.“ Er lächelt schief. „Sie ist viel zu jung für mich.“

„Danke.“ Ich nehme die Rose entgegen. Mittlerweile habe ich meine Selbstbeherrschung zurück und kann auch wieder klar denken. „Du hast dich also dazu entschlossen, mit mir zu reden?“

„Nein!“

„Wie nein? Ich hab gesagt, komm erst wieder, wenn du mir die Wahrheit sagst.“

„Tja“, macht er und lehnt sich zurück. Fast provokant verschränkt er die Arme vor der Brust. „Und ich hab mich nicht dran gehalten.“

„Toll.“ Wieder einmal hat Levy es geschafft, mich aus dem Konzept zu bringen. „Und was willst du dann jetzt von mir?“

„Ein Date.“

„Was?“ Meine Verwirrung ist komplett.

„Ja, ich weiß, ich hab gesagt, es gibt kein Date mehr“, räumt er ein. Levy gibt seine Position auf und lehnt sich ein Stück zu mir rüber. Er sucht meinen Blick. „Aber ich hab’s mir anders überlegt.“

„Oh.“ Mein Herz macht einen Sprung und das warme Gefühl von vorhin ist wieder da. Krampfhaft versuche ich, es zu verdrängen. Es hat hier nichts zu suchen. „Warum denn das?“

„Weil ich dich mag“, sagt er. „Reicht dir das als Grund?“

„Ich denke, das ist ein guter Grund.“

„Prima, dann haben wir ein Date.“ Levy grinst schon wieder. „Dieses Mal lässt du dir etwas einfallen!“

„Okay“, sage ich.

„Okay“, wiederholt er.

„Gib mir deine Adresse und ich hole dich ab.“

Plötzlich herrscht Schweigen. Dann schüttelt Levy den Kopf. „Ich bin um sechs bei dir. Dann starten wir von dort aus.“

Wieder einmal ist die Stimmung von einer auf die andere Sekunde komplett anders geworden. Als hätte jemand die Heizung runtergedreht und mitten im Winter alle Fenster sperrangelweit geöffnet.

„Warum darf ich nicht wissen, wo du wohnst?“

„Darfst du. Ich werde es dir zeigen. Irgendwann.“

Ich presse die Lippen zusammen und versuche, die aufkeimenden Gefühle in mir zu bekämpfen. „Du kanntest Felian, oder? Ich möchte eine Antwort darauf.“

„Nicht persönlich.“ Levys Worte sind leise, fast respektvoll. „Aber ich kannte die Band *Insanity* und ich habe von ihm gehört.“

„Woher?“ Es ist eine dumme Frage. Felian stand in der Öffentlichkeit, viele Tausende Menschen kannten ihn und folgten ihm in den sozialen Medien.

Levy antwortet mir trotzdem: „Weil ich selbst eine Band hatte früher. Man kennt seine Kollegen in dieser Branche. *Insanity* war unser Vorbild.“

„Wart ihr auch so bekannt?“

„Wir waren eher Newcomer. Aber wir haben viel gemacht, hatten jedes Wochenende einen Auftritt.“

Ich beobachte ihn. Levy schaut auf seine Finger, während er spricht. Das Thema scheint nicht zu seinen liebsten zu gehören. Es gefällt mir, dass er trotzdem mit mir darüber redet, und ich versuche, das Gespräch am Laufen zu halten: „Und bevor du die Band hattest, bist du allein aufgetreten?“

„Ja, genau.“

Irgendwie muss ich es schaffen, bessere Fragen zu stellen, die ihn zu einer ausführlicheren Antwort animieren. Während ich überlege, schaue ich mich suchend nach Teresa um. Ihre roten Haare sind leicht zu entdecken. Sie steht an einem Tisch und unterhält sich angeregt mit einem Gast. Beruhigt darüber, dass sie alles im Griff zu haben scheint, wende ich mich wieder Levy zu und bemühe mich um ein freundliches Lächeln. „Felian und die anderen Jungs konnten sich kaum retten vor den ganzen Mädels. Alle wollten ihn kennenlernen und daten.“ Mein Lächeln wird noch aufgesetzter. „War das bei dir auch so?“

Levy lächelt auf die gleiche Art zurück. Übertriebene, fast schon affektierte Freundlichkeit. „Ist das eine Fangfrage? Um deine *Ich-bin-Jamie-und-schwul*-Theorie zu bestätigen?“

„Nein“, grinse ich mit säuselnder Stimme. „Ich würde diese Theorie gerne ausschließen!“

„Verstehe.“ Er bleibt bei seinem übertriebenen Grinsen. „Ja, das war bei mir auch so. Die Auswahl an Mädels war quasi endlos.“

Ich höre auf zu grinsen. Nicht weil es mich stört, was Levy sagt, sondern weil es mir zu anstrengend wird. „Das hast du natürlich ausgenutzt und alle Mädels mitgenommen.“

„Ja, hab ich.“ Auch er hört auf zu grinsen. Seine Tonlage wird ernst, fast nachdenklich. „Wir waren sehr oberflächlich damals und sehr überheblich. Weißt du, wenn du auf der Bühne bist und Tausende Menschen stehen unter dir und kreischen und jubeln dir zu, dann macht das etwas mit einem. Wir dachten, uns gehört die Welt, und so haben wir uns auch verhalten.“

„Inwiefern genau?“ Offenbar bin ich mit meinen Fragen auf dem richtigen Weg, ihn zum Erzählen zu bringen.

„Wir sind von einer Party zur nächsten gegangen. Wir haben uns gefühlt, als wären wir Superstars.“ Levy seufzt, hebt kurz den Blick zu mir und schaut dann wieder auf seine Finger. „Wir haben uns genommen, was wir wollten. Wir haben die Mädels ausgenutzt, ohne Rücksicht auf deren Gefühle. Auch anderen Menschen gegenüber haben wir uns teilweise echt daneben benommen. Ich denke, ich war ein ziemliches Arschloch früher. Arrogant und eingebildet und unbelehrbar.“

„Und heute nicht mehr?“

Erneut hebt er den Blick. „Ich bin sehr hoch geflogen damals. Und sehr tief gefallen.“

„Was ist passiert?“ Plötzlich habe ich das Bedürfnis, seine Hand zu nehmen und sie zu drücken, so wie er es vorhin bei mir gemacht hat. Ich starre auf seine Finger und traue mich nicht.

„Es ist etwas passiert, das mich auf den Boden der Tatsachen zurückgebracht hat."

„Und was?"

„Nein." Levy schüttelt den Kopf. Wieder spüre ich diese imaginäre Wand, die er zwischen uns aufrichtet, um sich abzuschotten und sich vor meinen Fragen zu schützen.

Plötzlich gebe ich mir einen Ruck und lege meine Hand auf seine. Er schaut mich an. Seine Augen sind wässrig und an seinem Mundwinkel sehe ich ein leichtes Zucken. Schnell presst er die Lippen aufeinander, um es zu unterdrücken.

„Ist okay", flüstere ich. Mit dem Daumen streichele ich kurz über seinen Handrücken. „Du musst nicht darüber reden. Ich werde nicht weiter nachfragen."

„Dann sehen wir uns morgen?", will er wissen. Er zieht seine Hand nicht zurück, darum mache ich es. „Schickst du mich weg? Ich hab Zeit, Teresa erledigt die Arbeit. Sie braucht mich nicht."

„Aber *sie* braucht dich." Levy wendet seinen Blick von mir ab, als er mit Kopf Richtung Tür nickt. Ich drehe mich in diese Richtung und da sehe ich sie …

„Freya!", rufe ich und springe auf. Mit ausgestreckten Armen laufe ich auf meine Freundin zu. „Was machst du denn schon hier? Ich dachte, du kommst erst nächste Woche?"

„Ich wollte mal nach dem Rechten schauen", sagte sie und drückt mir rechts und links einen Kuss auf die Wange. Dann schielt sie über meine Schulter zu dem Tisch, an dem ich bis eben noch saß. „Mit gutem Grund, wie ich sehe!"

„Freya", sage ich und straffe die Schultern. „Das ist Levy."

Sie nickt zu ihm rüber und er hebt kurz die Hand. Dann fällt ihr vorwurfsvoller Blick auf mich. Freya öffnet den Mund und holt tief Luft, aber ich unterbreche sie.

„Bitte akzeptiere das jetzt einfach so." Ich löse mich aus ihrer Umarmung. „Ich werde dir alles erklären, aber jetzt lass uns was trinken und du erzählst mir, wie eure Kur war."

Näher

DA Levy ohnehin zu mir nach Hause kommt, um mich abzuholen, habe ich mich dazu entschlossen, nicht auszugehen, sondern das Date hier bei mir zu machen. Ich habe mir vorgenommen, etwas zu kochen und auf der Veranda mit ihm gemeinsam zu essen. Damit es nicht allzu romantisch wird, finde ich Fingerfood genau das Richtige. Zu meiner Überraschung möchte Freya mir helfen. Wir wollen gemeinsam Dips vorbereiten, ein paar Spieße und Gemüsesticks.

„Womit fangen wir an?“, frage ich und schaue nachdenklich auf die große, braune Papiertüte, die ich eben auf die Küchenanrichte gestellt habe. Shadow sitzt neben mir, legt den Kopf schief und lässt meine Einkäufe nicht aus den Augen.

„Wir müssen auf jeden Fall auch die Veranda etwas schmücken“, stellt Freya fest und stemmt die Hände in die Hüften. „So kannst du deinen Typen nicht empfangen!“

„Danke, dass du mir hilfst.“ Ich finde das wirklich unglaublich lieb von ihr. „Ich weiß, dass du von alldem nicht begeistert bist.“

„Es ist ohnehin zu spät“, sagt sie. „Das Schicksal nimmt bereits seinen Lauf und es ist nicht mehr aufzuhalten.“

„Vielleicht endet es gar nicht so dramatisch.“ Aufmunternd grinse ich sie an. Ihre Worte können mir keine Angst mehr machen. Zu sehr freue ich mich darauf, Levy wiederzusehen.

Freya lächelt zurück und schweigt. Mit zusammengebissenen Zähnen beginnt sie, die Veranda von altem Gerümpel zu befreien.

Während ich noch überlege, ob ich nachfragen soll, klingelt mein Telefon. Auf dem Display steht ‚Unbekannte Nummer‘. Ich will das Handy wieder einstecken, ohne den Anruf entgegenzunehmen, da sehe ich Freyas Blick.

„Geh ran“, formt sie mit den Lippen.

Mein Herz schlägt plötzlich laut, als ich den grünen Hörer drücke.

„Hallo?“

„Ana?“ Levy klingt irgendwie gehetzt. „Ich muss dir für heute Abend absagen.“

„Was ist los?“ Es steht außer Frage, dass etwas passiert ist. Ich höre es an seiner hektischen Atmung.

„Ich muss nach Hause.“

„In die Niederlande?“

„Ja.“ Seine Antwort kommt kurz und abgehackt. Er ist unterwegs. Ich höre den Wind ins Telefon pfeifen. „Meine Schwester hatte einen Unfall.“

Schwester ... Niederlande ... Er hat nicht gelogen!

„Wie geht es ihr?“

„Sie liegt auf der Intensivstation und wird notoperiert.“

„Sie ist in Lebensgefahr?“, frage ich nach.

Levy antwortet nicht. Es ertönt ein leises Knacken, dann ist die Verbindung unterbrochen.

„Was ist los?“, will Freya wissen.

„Levys Schwester“, stammle ich. „Sie liegt auf der Intensivstation.“

„Warum hast du aufgelegt?“

„Das habe ich nicht, die Verbindung war plötzlich weg.“

... weg ...

Ratlos starre ich auf mein Handy.

„Und jetzt?“, will Freya wissen. Fragend zieht sie die Augenbrauen zusammen und kräuselt die Nase.

„Levy braucht mich“, stelle ich fest. Er hat kein Wort davon gesagt, aber ich spüre, dass es so ist. „Er hat mir so oft geholfen, jetzt möchte ich für ihn da sein.“

„Dann geh zu ihm!“

„Ich weiß doch gar nicht, wo er jetzt ist.“

„Er wird gleich noch mal anrufen.“

„Woher weißt du das?“ Meine Verwirrung ist komplett. „Und ich kann doch nicht einfach gehen. Was ist mit meiner Bar und dem Hund?“

„Wir machen das.“

„Freya, das kann ich nicht annehmen ...“

„Wir machen das!“, wiederholt sie in einem Ton, der keine Widerrede duldet. „Ich möchte es so! Ich *will* mich revanchieren! Und Levy braucht dich.“

Mein Handy klingelt erneut.

„Wo bist du jetzt?“, schreie ich ins Telefon, um die störenden Nebengeräusche zu unterdrücken.

Plötzlich kommt Bewegung in mich. Fast wäre ich über Shadow gestolpert, der sich auf einmal zwischen meinen Füßen befindet. Eilig schiebe ich ihn zur Seite und stürme in mein Schlafzimmer. Ich lasse mich auf die Knie fallen und ziehe mit einer Hand meinen Koffer unter dem Bett hervor. Shadow steht dicht neben mir und hechelt laut.

„Am Flughafen. Ich versuche, ein Last-Minute-Ticket zu bekommen.“

„An welchem?“ Wahllos stopfe ich ein paar Klamotten in meinen Koffer.

„Edinburgh.“ Levy klingt verwundert. „Warum?“

„Kaufe zwei Tickets.“ Hastig reiße ich die nächste Schublade auf. „Ich komme mit.“

„Was meinst du? Wohin?“

„Zu deiner Schwester. Warte in der Abflughalle auf mich. Ich beeile mich. Bis gleich.“ Ich lege auf, bevor er nein sagen kann. Allerdings auch, bevor er okay sagen kann. Deshalb habe ich nun keine Ahnung, ob Levy die zwei Stunden auf mich warten wird, die ich zum Flughafen brauche. Trotzdem werde ich hinfahren. Ich stopfe einen weiteren Haufen Kleidung in den Koffer, klappe ihn zu und schließe den Reißverschluss.

Ich entscheide mich für die schwarzen Sneakers und schlüpfe hinein. Mit zitternden Fingern nehme ich meinen Autoschlüssel vom Haken. Dann bleibe ich kurz vor Freya stehen und schaue sie an. „Sag Teresa Bescheid. Ich weiß nicht, wann ich zurück bin. Danke, Freya. Für ganz viel!“

„Wir machen das“, verspricht mir Freya. „Meiner Meinung nach bleibt dir keine andere Wahl, als mit ihm mitzugehen. Aber ich habe ehrlich gesagt Angst, dass du es hinterher bereuen wirst. Das wollte ich dir noch schnell sagen.“

„Okay“, sage ich. Schnell drücke ich ihr einen Kuss auf die Stirn. „Ich werde ihn trotzdem begleiten.“

„Ich weiß. Lass was von dir hören.“

Mein Blick fällt auf den nachtschwarzen Hund zu meinen Füßen. Er winselt leise. Flehend sehe ich Freya an.

„Ja, natürlich“, verspricht sie mir. „Ich nehme ihn mit zu mir. Du kannst dich auf uns verlassen!“

„Danke“, wiederhole ich, beuge mich zu Shadow und kraule ihm für einen Moment die Ohren. Dann umarme ich Freya, schnappe meinen Koffer und renne zu meinem Auto.

***

Die ganze Zeit während der Fahrt habe ich mir Gedanken darüber gemacht, was passiert sein könnte und wie ich mich Levy gegenüber verhalten soll. Nachdem ich mein Auto am Flughafenparkplatz abgestellt und das Parkticket gelöst habe, ist in meinem Kopf noch immer ein einziges Chaos. Mein Herz klopft, als wäre ich gerade einen Marathon gelaufen, obwohl ich die ganze Zeit bewegungslos im Auto saß. Ständig muss ich meine schwitzigen Hände an den Jeans abwischen und meine Sorge wächst mit jeder Minute.

Bitte lieber Gott, lass sie nicht sterben. Levy hat nie das Wort Lebensgefahr gesagt und dennoch geht genau dieses nicht aus meinem Kopf.

Es ist die Hölle, seinen Bruder oder seine Schwester zu verlieren!

Mit jedem Herzschlag wird meine Brust enger, zieht sich zu und raubt mir den Atem.

Levy!

Ich sehe ihn mitten in der kleinen Abflughalle stehen. Er hat einen schwarzen Rucksack zu seinen Füßen liegen, seine Miene ist ausdruckslos und der Blick ist starr auf die Tür gerichtet. Als er mich sieht, zuckt ein Lächeln um seinen Mundwinkel.

„Levy!“, rufe ich. „Du hast gewartet!“ Sofort stürme ich auf ihn zu. Ich schlinge die Arme um ihn, drücke mein Gesicht an seine Schulter und halte ihn fest. Ein warmes Gefühl der Erleichterung durchströmt mich. Levy erwidert meine Umarmung und zieht mich noch fester an sich. Erst nach einigen Augenblicken schiebt er mich sanft von sich. Er nickt mir kurz zu, nimmt mir meinen Koffer ab und hängt sie sich über die Schulter.

„Ich habe zwei Tickets gekauft“, sagt er anstelle einer Begrüßung. „Sicher, dass du mitmöchtest? Ich weiß nicht, wie lange ich bleiben werde.“

„Meine Mädels übernehmen meine Arbeit“, erkläre ich. „Ich bin sicher, dass ich mitwill.“

„Okay, dann komm.“ Unvermittelt greift er nach meiner Hand und zieht mich durch die Menschenmenge in Richtung Gepäckaufgabe. Ich weiß nicht, ob er das Bedürfnis dazu hat, mich festzuhalten, oder einfach nur Sorge, mich in dem Getümmel zu verlieren und seinen Flug zu verpassen.

Wir stellen unser Gepäck auf das Förderband, gehen durch einen kleinen Gang und checken ein. Erst als wir den Flieger betreten, lässt Levy meine Hand wieder los. Obwohl er am Schalter Last-Minute-Tickets gekauft hat, haben wir Plätze nebeneinander bekommen. Schweigend sitzen wir nun Schulter an Schulter da. Ich wage nicht, etwas zu sagen oder ihn zu fragen, was genau passiert ist. Die Aussicht auf einen stummen Zwei-Stunden-Flug macht mich noch unruhiger, als ich es ohnehin schon bin.

„Hast du Flugangst?“ Skeptisch schielt Levy zu mir rüber, weil ich nervös auf die Armlehne trommle.

„Angst um deine Schwester“, murmle ich. „Es ist so schrecklich, nichts tun zu können.“

Levy sagt nichts.

Vorsichtig schaue ich zu ihm rüber.

Er sieht mich noch immer an. Eine kleine Träne sammelt sich an seinen unteren Wimpern und läuft lautlos seine Wange hinunter. „Es tut mir leid, Ana. Es tut mir so unendlich leid.“

Seine Stimme zittert. In seinen Augen liegt unendlich viel Schmerz. Ein eisiger Schauer läuft mir den Rücken hinunter und bringt etwas tief in meinem Bauch zum Flattern. „Es ist nicht schlimm, ich bin gerne hier und …“

„Nein!“ Er unterbricht mich, indem er mir den Zeigefinger auf die Lippen legt. Sein Blick bohrt sich so tief in mich hinein, dass er mein Herz berührt. „Hör mir zu!“

Stumm nicke ich.

Levy fixiert mich weiter. „Es tut mir leid!“, wiederholt er. „Ich habe einen großen Fehler gemacht. Einen Fehler, den ich nie wieder korrigieren kann. Es tut mir unendlich leid.“

Langsam löse ich meine Hand von der Armlehne, hebe sie hoch, um seine Finger von meinem Gesicht zu nehmen und sie mit den meinen zu umschließen. Ich weiß nicht, warum er es so schlimm findet, dass ich nun mit ihm zu seiner Schwester fliege. Vielleicht spürt er, wie sehr es mich belastet …

Er weiß alles über Felians Unfall!

Diese Eingebung schlägt wie ein Blitz in meine Gedanken und breitet sich wie ein Lauffeuer in meinem Kopf aus.

Fast grob zieht er seine Hand vor mir weg. Er dreht sich zum Fenster, vergräbt den Kopf in den Armen und schweigt. Seine Schultern zucken.

„Levy …“ Ich klinge so hilflos, wie ich mich fühle. So dicht, wie es die Flugzeugsitze zulassen, rutsche ich zu ihm hin, streichele seinen Rücken und rede beruhigend auf ihn ein: „Mach dir keine Gedanken. Für mich ist alles in Ordnung, und deiner Schwester wird es bald wieder gutgehen …“

Insgeheim frage ich mich, ob das alles ist, worum es hier geht. Ich erinnere mich an den Schmerz in seinen Augen. Levy trägt irgendeine Last mit sich herum. Eine Last aus einer längst vergessenen Zeit, unfähig sie loszuwerden. Eine schwache Stimme tief in meinem Kopf zischt mir zu, dass ich diesen Schmerz kenne …

„Alles in Ordnung bei Ihnen?“ Eine blonde Stewardess beugt sich zu mir hinunter.

„Ja, vielen Dank“, antworte ich ihr knapp, um ihr zu verstehen zu geben, dass sie uns in Ruhe lassen soll.

„Bitte schnallen Sie sich an.“ Sie deutet auf Levy. „Wir starten gleich.“

„Machen wir.“ Meine Hand liegt noch immer auf Levys Rücken. Ich warte, bis die Stewardess weitergegangen ist. Dann schiebe ich meine Hand auf Levys Schulter hoch und drehe ihn langsam zu mir um.

Er gehorcht meiner Aufforderung und setzt sich gerade in den Sitz. Mit dem Ärmel seines Pullovers wischt er sich die Augen trocken. Seine Unterlippe zittert leicht. Es dauert einen Moment, bis er sich wieder unter Kontrolle hat.

„Wir sollen uns anschnallen“, sage ich und schließe den Gurt vor meinem Bauch.

„Ja.“ Mehr sagt er nicht, sondern schaut auf seine Knie. Deswegen schweige ich ebenfalls.

Stumm sitzen wir nebeneinander, spüren, wie das Flugzeug startet und immer mehr an Höhe gewinnt. Langsam geht der Flieger in die Waagerechte und die Anschnallzeichen erlöschen. Hinter den runden Fensterscheiben ist der Himmel strahlend blau und irgendwie friedlich. Nichts deutet auf Freyas düstere Voraussage hin.

Das Flugzeug befindet sich bereits auf elf Kilometer Höhe, wie das Display vor mir verrät, als Levy ohne Vorwarnung das Schweigen bricht.

„Es war kein Autounfall“, erklärt er.

Verwirrt drehe ich mich zu ihm um. Er sitzt mit stocksteifem Rücken und starrt auf die Rückenlehne seines Vordermanns, als befände er sich in einer weit entfernten Erinnerung.

„Ein Reitunfall?“ Levy hatte erzählt, dass seine Eltern ein Gestüt haben. Möglicherweise hat er auch da die Wahrheit gesagt und da liegt ein Reitunfall nahe.

Falls es stimmt, was er mir erzählt hat.

„Sie heißt Elea“, antwortet er völlig aus dem Kontext gerissen. Er dreht sich zu mir und sein Blick klärt sich. „Meine jüngste Schwester. Sie ist eine Mauer hinuntergestürzt und hat sich ein paar Rippen gebrochen.“

„Wie ist das denn passiert? Vom Pferd gefallen?“

„Nein.“ Er schüttelt den Kopf. Eine blonde Strähne fällt ihm in die Stirn und sein Mundwinkel zuckt. „Sie war auf dem Weg vom Bus nach Hause. Ich vermute, sie wurde gestoßen.“

„Oh Gott, warum denkst du denn, dass jemand so etwas machen würde?“

Levy verschränkt die Finger ineinander und schweigt.

„Du kannst mit mir darüber reden, Levy. Egal, was es ist. Du kannst mir vertrauen.“

Er presst die Lippen zusammen und nickt. „Okay. Vielleicht mache ich das sogar irgendwann.“

Ich beschließe, das Thema zu wechseln. „Ist sie in Lebensgefahr?“

„Nein“, wiederholt er. „Aber ich muss mit ihr reden. Ich will wissen, ob sie jemand angegriffen hat und ob es diejenigen waren, von denen ich es vermute.“

Ich spare mir die Frage, was er vermutet. Mir ist klar, dass ich zumindest in diesem Augenblick keine Antwort darauf bekommen werde. Immer deutlicher dringt die Erkenntnis in meinen Verstand, dass Levy nicht nur einen tiefen Schmerz mit sich herumträgt, sondern auch ein Geheimnis hat. Vermutlich ein sehr dunkles.

Stumm lege ich meine Hand auf seinen Arm, um ihm zu zeigen, dass alles in Ordnung zwischen uns ist. So sitzen wir da, jeder für sich, und trotzdem nicht allein.

Elea

Niederlande

DAS Taxi, das uns vom Flughafen abgeholt hat, hält genau vor einem großen Krankenhaus. Levy beugt sich nach vorn und gibt dem Fahrer einige Anweisungen auf Niederländisch.

„Wir lassen das Gepäck im Auto“, erklärt mir Levy. „Der Fahrer bringt es zu meinem Elternhaus und wir rufen uns später ein neues Taxi.“

„Ja, in Ordnung“, willige ich ein. Ich nehme meine Handtasche vom Rücksitz, als ich aussteige, und folge Levy. Gemeinsam gehen wir zum Empfang der Klinik, der fast menschenleer ist.

„Hallo“, grüßt Levy. Den Rest verstehe ich nicht mehr, obwohl ich ganz genau zuhöre. Niederländisch ist eine seltsame Sprache für mich. Sie ist so schnell und scheint nur aus einem einzigen Wort zu bestehen. Plötzlich sagt Levy einen Namen: „Elea Van Leeuwen.“

Die Dame an der Pforte nickt und tippt auf ihrer Tastatur herum.

Van Leeuwen ... Ich wiederhole den Namen im Kopf. Irgendwie komme ich mir vor wie ein Eindringling, der versehentlich Dinge erfährt, die er eigentlich gar nicht wissen sollte.

Levy bekommt die Information, die er haben wollte, und geht Richtung Fahrstuhl. Wir steigen ein. Nachdenklich beobachte ich ihn. Obwohl er stumm in der Ecke steht, merkt man ihm seine Unruhe an.

Warum ist er so nervös?

Ist es wegen seiner Schwester oder wegen seiner Vermutung bezüglich ihres Sturzes? *Oder weil ich seinen Nachnamen erfahren habe?* Plötzlich empfinde ich Mitleid mit ihm. Am liebsten hätte ich ihn in den Arm genommen und fest an mich gedrückt.

Die Aufzugtüren öffnen sich und wir gehen einen breiten Flur entlang, an dessen Ende ein kleiner Wartebereich liegt.

„Levy?“ Vorsichtig zupfe ich ihn am Ärmel.

„Hm?“

„Ich werde dort hinten auf dich warten. Geh du zu Elea. Bis später.“ Mit diesen Worten gehe ich zu der kleinen Sitzecke, ziehe mein Handy aus der Tasche und schreibe eine Nachricht an Freya, um ihr zu sagen, dass ich angekommen bin.

***

Ich habe mich auf eine lange Wartezeit eingestellt, aber nach einer knappen Stunde kommt Levy aus dem Zimmer. Sofort springe ich auf und gehe ihm entgegen. „Wie geht es ihr?“

„Ganz gut“, sagt er. „Sie ist wach und ansprechbar. Wir haben ein bisschen geredet.“

„Wird sie wieder ganz gesund werden?“ Besorgt schaue ich ihn an. Seine Gesichtszüge sind deutlich entspannter als vorhin. Er wirkt etwas erschöpft, aber nicht mehr so besorgt.

„Ja, es wird nichts zurückbleiben. Es sind vier Rippen gebrochen und das Schienbein. Sie wurde am Bein operiert und der Knochen mit einer Platte fixiert.“ Levy macht eine Pause, bevor er fortfährt. „Sie würde dich gerne kennenlernen. Aber ich habe ihr gesagt, wir kommen morgen noch mal. Ich finde es zu viel für heute. Meine andere Schwester war auch schon da.“

„Okay, ja, gerne morgen.“ Mein Puls beschleunigt sich bei dem Gedanken, dass Levy mich seiner Familie vorstellen will. Ein Lächeln schleicht sich auf meine Lippen. Er sieht es und lächelt zurück. In diesem Moment wird mir bewusst, wie sehr ich Levy mag und wie froh ich bin, dass er mich mit hierhergenommen hat.

Ich bin gerne in seiner Nähe. Eine Tatsache, die mein Herz schon lange gemerkt hat und die jetzt auch bis zu meinem Verstand durchdringt.

„Gehen wir zu mir nach Hause?“

Du wirst es nicht schaffen, dich von ihm fernzuhalten.

Ich höre Freyas Stimme so klar in meinem Kopf, als würde sie neben mir stehen und mir diese Worte ins Ohr flüstern. *Er wird dich in den*

Bann ziehen ... Ein leichter Schauer läuft mir den Rücken hinab und kriecht in meine Glieder.

Levy streckt mir seine Hand hin. „Du wolltest doch sehen, wo ich wohne."

„Ja, das wollte ich." Entschlossen nehme ich seine Hand und verschränke meinen Finger mit seinen.

... und gefangen nehmen ...

Gemeinsam gehen wir den Flur entlang, Hand in Hand, Seite an Seite.

„Was hast du deiner Schwester gesagt, wer ich bin?"

„Ähm." Er zögert und ich ertappe mich dabei, wie ich die Luft anhalte.

„Ja?"

„Ich habe gesagt, du bist meine Freundin." Levy lächelt mich entschuldigend an. „Alles andere wäre viel zu viel zu erklären."

„Verstehe." Ich bin mir nicht sicher, ob das stimmt. „Irgendwann musst du mir das auch alles erklären."

Er wird das größte Leid in dir erzeugen ...

Plötzlich bleibt er stehen, neigt den Kopf und mustert mich. Seine Augen wirken dunkler als sonst und irgendwie traurig. „Ich hab keine Ahnung, wie ich aus dieser Nummer wieder rauskommen soll."

„Es ist völlig egal, was es ist." Ich drücke seine Hand fester und hebe unsere verschränkten Finger in sein Sichtfeld. „Ich habe mich längst entschieden!"

Levy schnaubt durch die Nase, lässt mich aber nicht los.

„Elea wurde angegriffen", sagt er. Es wundert mich nicht, dass er schon wieder so abrupt das Thema wechselt. Es scheint seine Strategie zu sein, wenn er über etwas nicht reden will.

„Bist du sicher?"

„Ja", knurrt er. Seine Miene wird plötzlich finster. „Und ich weiß, wer es war und warum sie es gemacht haben."

„Müssen wir zur Polizei?"

„Vielleicht", gibt er zurück. „Ich muss nachdenken." Er setzt sich wieder in Bewegung. Seite an Seite gehe ich neben ihm her, ohne zu wissen, wohin mein Weg mich führen wird, und doch fest entschlossen, ihn zu Ende zu gehen.

Gebannt

Es ist bereits dunkel, als wir das Gestüt der Van Leeuwens erreichen. Fasziniert gehe ich den breiten Weg entlang, der schwach vom gelben Schein der Straßenlaternen beleuchtet wird. Links und rechts von mir befinden sich große, weitläufige Koppeln, ein Reitplatz und ein Longierzirkel. Ein paar Grillen zirpen und der Kies knirscht unter meinen Schuhen, ansonsten ist es ganz still. Nur hin und wieder dringt ein dumpfes Schnauben aus dem Stallgebäude zu uns hinüber.

„Wow", staune ich. „Was für eine Idylle."

„Schön, nicht wahr? Hier bin ich aufgewachsen."

„Von so etwas hab ich als Mädchen geträumt. Leben auf dem Ponyhof." Automatisch steuere ich auf die Pferdeboxen zu. Die Fenster sind unvergittert und weit geöffnet. Ein braunes Pferd mit schwarzer Mähne streckt seinen Kopf hinaus und wiehert. Ich streichle die samtweiche Nase.

„Das ist Roos", stellt Levy vor. „Wenn du möchtest, können wir zusammen reiten gehen, bevor wir zurückfliegen."

„Oh, wirklich?" Ein warmes Gefühl der Freude durchströmt mich.

„Natürlich."

Aus einem Impuls heraus drehe ich mich zu Levy um und falle ihm um den Hals. Ich umarme ihn, als wäre er mein bester Freund und als hätte ich nie etwas anderes getan. Es fühlt sich so verdammt richtig an.

Levy zieht mich an sich, und ich spüre, wie er seine Wange gegen meinen Kopf legt. So stehen wir einfach da, eng umschlungen wie ein Liebespaar, mitten unter dem Sternenhimmel. Tief in mir beginnt sich etwas zu regen. Etwas, das schon lange da ist, sucht sich seinen Weg nach draußen. Wie ein Schmetterling, der die ganze Zeit eng verpuppt in seinem Kokon geschlafen hat und sich nun ins Freie kämpft.

Ich versuche, Levys Geruch in mir aufzunehmen und für immer zu speichern, für den Fall, dass sich dieser Moment nicht wiederholen sollte. Tief atme ich ein, bis hinunter in den Bauch, hin zu dem Schmetterling, der mit diesem Atemzug zu fliegen beginnt.

Zeitgleich spüre ich, wie Levy sich von mir löst. Er tritt ein Stück zurück, lässt aber eine Hand auf meiner Taille liegen. Mit der anderen streicht er mir sanft mit Zeige- und Mittelfinger über die Wange. Die Berührung ist federleicht, wie ein Windhauch, und jagt mir eine Gänsehaut über den Rücken. Der Schmetterling flattert aufgeregt in meinem Bauch hin und her und scheint sich plötzlich vervielfacht zu haben.

„Ana", flüstert Levy. Es ist nur ein einziges Wort, und doch füllt es meinen gesamten Körper mit Wärme. Leise redet er weiter. „Ich weiß nicht, was ich jetzt machen soll. Was *wir* jetzt machen sollen." Levy kommt wieder auf mich zu, seine Lippen sind so nah bei mir, dass sie meine Haut streifen, während er spricht.

Sein Atem vermischt sich mit meinem, als ich ihm antworte: „Mit uns beiden?"

„Ja, mit uns beiden", wiederholt er. Das dunkle Grün seiner Augen fesselt meinen Blick. „Es ist unmoralisch. Und es ist falsch."

Warum?

Dieses Wort erfüllt meinen Kopf, mein Herz und meine Gedanken. Doch ich spreche es nicht aus. Ich verdränge es in kindlichem Trotz.

„Es ist mir egal." Ich versuche, entschlossen zu klingen. Meine Hand sucht die seine und unsere Finger verschränken sich. „Es ist ohnehin schon zu spät."

„Ich weiß." Seine Worte sind ein Seufzen. Levy schlägt den Blick nieder.

„Es ist mir egal", wiederhole ich. Dieses Mal sind meine Worte nur noch ein Hauch. Langsam neige ich mein Kinn ein Stück zur Seite, dorthin, wo ich eben noch seinen Atem gespürt habe. Meine Lippen berühren die seine. Für einen Moment spüre ich sein Zögern. Er hält die Luft an und versteift sich. Ich küsse ihn. Langsam, vorsichtig, fast zaghaft und plötzlich erwidert Levy meinen Kuss. Ein heißes Gefühl bereitet sich in meinem Bauch aus und droht, all die Schmetterlinge darin zu verbrennen.

Er ist nicht der Teufel, er ist das Feuer.

Noch bevor ich Freyas Stimme aus meiner Erinnerung verscheucht habe, löst sich Levy von mir. Er schaut mich kurz an. In seinem Blick liegt eine Mischung aus Zuneigung und Schmerz. Liebevoll streicht er mir eine Haarsträhne aus der Stirn.

„Ana", flüstert er. Wieder nur diese eine Wort, das so vielsagend ist, dass man ganze Bücher mit ihm hätte füllen können. Levy holt noch mal Luft und schweigt dann doch.

„Sollen wir reingehen?", frage ich und deute auf das riesige Haus, das am Ende des Weges liegt.

„Ja." Er nimmt mich an die Hand und wir gehen die drei Stufen zur Haustür hinauf, während er seinen Schlüssel aus der Tasche kramt.

„Meine Eltern sind nicht da", erklärt er. „Sanne hat unser Gepäck angenommen und deines bestimmt schon ins Gästezimmer gebracht."

„Sanne? Ein Dienstmädchen?" Mir ist vollkommen klar, dass die Van Leeuwens ein Dienstmädchen haben. Vermutlich mehrere, und ein paar Stallburschen, Gärtner und vermutlich auch einen Koch.

„Meine zweite Schwester", sagt er. „Wir gehen gleich zu ihr. Sie wohnt im Ostflügel."

Im Ostflügel. Natürlich ...

„Wo sind deine Eltern?"

„Auf Geschäftsreise. Sie versuchen, morgen oder übermorgen hier zu sein, um Elea zu besuchen." Er öffnet mir die Haustür und ich trete in die riesige Diele ein. Die Decken sind mindestens zwei Meter hoch und im offenen Kamin lodert ein Feuer. Auf dem Teppich davor liegt eine Siamkatze und leckt sich die dunklen Pfoten.

„Wolltest du deswegen heute so dringend zu Elea?", will ich wissen. „Weil deine Eltern nicht nach ihr schauen konnten?"

„Auch", sagt er und legt seinen Schlüssel auf die Garderobe. Im selben Moment kommt ein asiatisches Mädchen um die Ecke und nickt uns freundlich zu. Sie hat einen langen, schwarzen Zopf und ich erkenne sofort, dass sie das Dienstmädchen ist. Levy grüßt sie freundlich und sagt zwei Sätze zu ihr, die ich nicht verstehe. Sie nickt wieder und verschwindet.

„Ist es nicht blöd, dass du mit mir in einer fremden Sprache reden musst?“, frage ich ihn. Ich stelle es mir anstrengend vor, alles immer übersetzen zu müssen. Nichts, was man auf Dauer machen möchte.

„Nein“, antwortet er, während er neben mich tritt. „Das stört mich nicht. Englisch ist wie meine Muttersprache.“

„Warum wolltest du sonst noch heute unbedingt herkommen?“ Mein Blick fällt auf den lackschwarzen Flügel in einer Ecke der Diele. Ich gehe darauf zu und berühre fast ehrfürchtig die weiß glänzenden Tasten. „Wegen deiner Vermutung?“

„Kannst du Klavier spielen?“

Fast muss ich lachen, weil er schon wieder so plump das Thema wechselt. „Nein, das kann ich nicht. Du?“

„Ja. Soll ich mal?“

„Wolltest du wegen deiner Vermutung herkommen?“, wiederhole ich und trete ein Stück zur Seite, sodass er auf der Klavierbank platznehmen kann.

„Ja. Ich werde morgen zu jemandem fahren und etwas klären müssen.“ Er hält die Finger vor die Tasten und schielt über die Schulter zu mir nach hinten. „Pop oder klassisch?“

„Das ist mir völlig egal. Ich mag alles.“ *Vor allem, wenn du es spielst.* „Ich weiß bis heute nicht mal, wo welche Taste liegt.“ Fast muss ich schmunzeln, als ich mich daran erinnere, wie oft ich versucht habe, mir das zu merken. „Die sehen doch alle gleich aus.“

Levy lacht leise in sich hinein. Mit dem Daumen spielt er eine Taste in der Mitte an. „Das hier ist das C. Von hier aus geht die Tonleiter rechts rauf und links runter. Ganz einfach zu merken.“

„Ja, super einfach.“ Ich trete hinter ihn. „Spiel mir Titanic.“

Ohne zu überlegen, spielt er los. Mit einer Eleganz und einer Leichtigkeit, mit der auch Felian das konnte. Während Levy spielt, setze ich mich zu ihm auf die Bank. Ganz dicht, sodass wir uns berühren, so wie ich es von Kindheit an auch mit Felian gemacht hatte, wenn er am Klavier geübt hat. Plötzlich fühle ich mich in eine Zeit zurückversetzt, die ich so schrecklich vermisse, weil sie so unglaublich wunderbar gewesen ist. Mir wird schlagartig bewusst, wie sehr mich Levy an Felian erinnert.

Schon von Anfang an ...

Derselbe Typ Mann, so viel Ähnlichkeit im Wesen. Dieselbe zurückhaltende und abwartende Art, die gleiche nachdenkliche Sanftmut, ein ähnlich schwarzer Humor, die Leidenschaft zur Musik. Vor allem haben sie aber eine Sache gemeinsam: Ich fühle mich wohl in ihrer Gegenwart. Sicher und beschützt. Möglicherweise kam Levy mir deswegen so vertraut vor ...

Meine Gedanken enden mit seiner letzten Note. In einer eleganten Bewegung zieht Levy die Hand von den Tasten zurück.

„Wundervoll", sage ich und blinzle die Tränen in meinen Augenwinkeln weg, bevor er sich zu mir umdreht. „Wirklich toll."

„Ich bringe dich jetzt auf dein Zimmer", verkündet er. „Dann hast du kurz Zeit, dich auszuruhen und frisch zu machen, während ich zu Sanne gehe. Ich hole dich dann in einer halben Stunde ab, ist das okay?"

„Ja, das passt." Das Bedürfnis, ein Badezimmer aufzusuchen, meldet sich plötzlich. „So machen wir das."

Er steht auf und geht durch die Diele. Wir nehmen die hinterste Tür, die zuerst in ein hohes Treppenhaus mit steinernen Stufen führt, die ich hinter ihm hochsteige. Im nächsten Stock gibt es ebenfalls eine Diele mit verschiedenen Türen.

„Sanne und Elea wohnen rechts", erklärt er. „Meine Eltern haben links den Westflügel. Dort ist auch mein Zimmer. Die Gästezimmer sind im Süden."

„Eine richtige Villa", stelle ich fest.

„Das stimmt." Er führt mich einen kleinen Gang entlang und öffnet dann die letzte Tür. „Ich hole dich in einer halben Stunde ab. Bis später."

Irgendwie scheint er es plötzlich eilig zu haben. Ich weiß nicht, ob es daran liegt, dass er sich freut, seine Schwester wiederzusehen, oder an etwas anderem.

„Bis später", erwidere ich, warte, bis er außer Sichtweite ist, und trete dann in das Gästezimmer.

Van Leeuwens

DAS Wiehern eines Pferdes weckt mich auf. Es dauert ein paar Augenblicke, bis ich begreife, wo ich bin. Langsam setze ich mich auf und gehe dann zum Fenster. Ich ziehe die dicken, braunen Vorhänge zur Seite und werfe einen Blick hinaus. Die Sonne geht gerade hinter den Hügeln auf und taucht die grünen Wiesen in ein malerisches Licht.

Welch ein wundervoller Ort.

Wenn ich das Glück gehabt hätte, hier statt mitten in London aufzuwachsen, ich hätte meine Heimat niemals verlassen. Nicht so wie Levy.

Sofort sind meine Gedanken bei ihm. Wir haben gestern Abend noch unten im Speisesaal gemeinsam ein paar Brote gegessen, die das Dienstmädchen Koko für uns hergerichtet hatte. Es war nur ein kurzes Zusammensitzen gewesen, bevor ich hundemüde in das Bett im Gästezimmer gefallen bin und bis eben durchgeschlafen habe.

Levy hat in seinem ehemaligen Zimmer geschlafen. Seit unserem spontanen und irgendwie auch flüchtigen Kuss gestern Abend ist er abweisend geworden. Er ist nicht nur körperlich auf Distanz gegangen, sondern auch emotional.

Seine Mauern sind wieder oben, stelle ich in Gedanken fest, als ich in das geräumige Bad trete, mir die Zähne putze und mich anziehe. Ich nehme mir fest vor, Levy heute darauf anzusprechen, was genau ihm dieses schlechte Gewissen verursacht. Vermutlich findet er es unprofessionell, weil ich doch eigentlich nur ein Job bin.

Um hinter das Ganze zu kommen, muss ich herausfinden, wer sein Auftraggeber ist. *Möglicherweise ist hier die beste Umgebung, um etwas zu spionieren ...*

Sofort verwerfe ich den hässlichen Gedanken. Levy hat mich in einer Ausnahmesituation hierher mitgenommen und ich möchte sein Vertrauen nicht ausnutzen. Irgendwann wird er von allein zu mir kommen und mir alles erzählen. Dessen bin ich mir ganz sicher. Solange werde ich warten.

Ein Klopfen an der Tür lässt mich zusammenzucken. Schnell schließe ich den Knopf meiner Jeans und ziehe im Laufen meinen Pullover an. Notdürftig streiche ich meine Haare glatt und öffne die Türe.

„Guten Morgen“, sagt Levy. Er drückt mir eine dampfende Tasse Kaffee in die Hand. „Hast du Lust auf eine kleine Überraschung vor dem Frühstück?“

„Eine Überraschung für mich?“ Neugierig betrachte ich ihn. Er trägt eine dunkle Jogginghose und einen grauen Kapuzenpullover. Sein Outfit ist die Bestätigung für mich, dass auch ich passend angezogen bin. Wofür auch immer.

„Ja, für Sie, Miss Adams.“ Mit einer angedeuteten Verbeugung und einer ausladenden Bewegung streckt er mir die Hand hin. „Darf ich Sie bitten, mir zum Fenster zu folgen, damit ich es Ihnen zeigen kann?“

Ich nicke und gehe zum Fenster.

„Nicht dieses“, hält er mich zurück.

„Okay. Darf ich mir dann die Schuhe anziehen?“

„Na gut“, brummt er. Ich stelle den Kaffee ab, schlüpfe in meine Sneakers und trete in den Flur. Dort ergreife ich die Hand, die er mir noch immer hinhält. Gemeinsam gehen wir zu dem bodentiefen Fenster im Flur.

„Augen zu!“, befiehlt Levy. Gespannt folge ich seiner Anweisung und presse die Lider fest zusammen, um nicht zu spicken. Er stellt sich hinter mich, legt seine Finger rechts und links auf meine Schultern und schiebt mich ein Stück nach vorne. Ich höre, wie das Fenster geöffnet wird, dann schiebt er mich noch etwas weiter nach vorne, bis ich mit dem Bauch an das Geländer stoße.

„Bereit?“, will er wissen.

„Ähm … ja.“

„Dann Augen auf.“

Zuerst schaue ich geradeaus. Das Fenster liegt an der anderen Seite des Hauses als das, aus dem ich heute Morgen geschaut habe. Ich sehe einen strahlend blauen Himmel und sonst nichts.

Ein gellender Pfiff zerreißt die Luft und mein Blick geht nach unten. Ein rotblondes Mädchen steht unten auf dem Hof und winkt mir fröhlich zu. Sie ist mir auf Anhieb sympathisch und selbst von hier oben erkenne ich die Ähnlichkeit zu Levy.

Neben ihr stehen drei gesattelte Pferde an einem Balken angebunden. Zwei braune und ein schwarzes.

„Was für wunderschöne Tiere", staune ich. Es ist beeindruckend, wie sehr ihr Fell in der Sonne glänzt. „Was ist das für eine Rasse?"

„Meine Eltern züchten Koninklijk Warmbloed Paard Nederland, kurz KWPN genannt. Aktuell haben wir zwölf Pferde, davon zwei tragende Stuten, die bald Fohlen bekommen."

„Levy", setze ich an. „Ich weiß nicht, ob ich gut genug reiten kann, für das, was ihr mit mir vorhabt."

„Sanne nimmt dein Pferd an eine Leine. Das geht schon." Aufmunternd lächelt er mich an. „Du hast zehn Minuten, deinen Kaffee zu trinken, dann treffen wir uns unten."

***

Der Ausritt klappt überraschend gut und auch mit Sanne verstehe ich mich auf Anhieb. Sie ist ein liebes, aber wildes Mädchen, das ganz viel Lebensfreude versprüht. Ich erfahre, dass sie mit ihren 24 Jahren die mittlere Schwester ist. Elea ist 21. Levys Alter kommt nicht zur Sprache, aber ich finde, dass seine angegebenen 29 ganz gut zu den restlichen Geschwistern passen.

Sanne erzählt mir von den Pferden und ihrem Leben auf dem Gestüt. Anschließend frühstücken wir und sie fährt mit uns ins Krankenhaus. Es wundert mich nicht, dass sie ein schickes, weißes Cabrio besitzt, dessen Wert meinen Antara vermutlich um das Zehnfache übersteigt.

Levy hält mich die ganze Zeit an der Hand, als wolle er vor seiner Familie keinen Zweifel aufkommen lassen, dass wir zusammengehören.

Wir gehen gemeinsam zu Elea ins Zimmer. Sie liegt blass und müde im Bett, die rötlichen Haare über das Kissen gefächert. Ein Lächeln breitet sich in ihrem Gesicht aus, als wir in den Raum treten.

„Wie schön, dich kennenzulernen, Ana“, sagt sie, als hätte sie schon ewig auf diesen Moment gewartet. Elea sieht aus wie die etwas jüngere Ausgabe von Sanne. Sie hat dieselben rötlichen Haare und ebenfalls ein paar Sommersprossen. Levy scheint der einzige der Geschwister zu sein, der keine abbekommen hat. Möglicherweise liegt es an seinen blonden Haaren. Eins haben allerdings alle Van Leeuwens gemeinsam: die strahlend grünen Augen. Ich bin wahnsinnig gespannt darauf, morgen die Eltern kennenzulernen und zu schauen, ob sie es von der Mutter oder dem Vater vererbt bekamen.

Wir reden ein paar oberflächliche Sätze miteinander. Ich erzähle Elea, dass ich heute Morgen beim Ausritt die braune Stute Zon Libel geritten habe und dass ich mich nicht dran erinnern kann, wann ich das letzte Mal so viel Freude hatte und mich so frei fühlen konnte. Ich erzähle auch kurz von Shadow und dass eine Freundin zu Hause auf ihn aufpasst. Elea hört mir aufmerksam zu, aber ich merke, dass sie nach wenigen Sätzen bereits müde wird und ihr die Augen zufallen. Deswegen beschließen wir, sie schlafen zu lassen und nach Hause zu fahren.

Gefahr

WIR haben gemeinsam im Speisesaal zu Abend gegessen. Koko hat für alle holländische Waffeln mit Ahornsirup gemacht. Auch Koko sitzt mit uns am Tisch und wir lachen und reden mit ihr. Es rührt mich irgendwie, dass die Van Leeuwens sie wie eine Freundin und nicht wie eine Angestellte behandeln. Auch scheint es selbstverständlich zu sein, dass Englisch gesprochen wird, damit ich alles verstehe.

Nachdem wir den Tisch abgeräumt haben, beugt sich Sanne zu Levy hinüber und sagt leise etwas zu ihm. Es ist das erste Mal, dass sie auf Niederländisch sprechen. Levy nickt und nimmt sie kurz in Arm.

„Ich bin mit Koko bei mir im Zimmer“, sagt sie, schaut mich an und deutet dann auf Levy. „Wenn er nachher geht, dann komm doch auch zu mir rüber. Dann machen wir etwas gemeinsam.“

„Ja, okay, sehr gerne.“ Ich hebe die Hand und winke, als die beiden Frauen den Speisesaal verlassen.

„In zwei Stunden muss ich los“, sagt Levy an mich gerichtet. „Sollen wir vorher noch eine Runde Spazierengehen?“

„Wohin spazieren wir denn?“, will ich wissen und spare mir die Frage, was genau er heute Abend erledigen muss. Ich habe ein ungutes Gefühl bei der Sache und würde ihn gerne darauf ansprechen, aber ich weiß, dass es zu nichts führen würde.

„Ich zeige dir unser Anwesen.“ Er steht auf und streckt mir die Hand hin.

Gemeinsam verlassen wir das Haupthaus und treten hinaus in eine so klare und frische Luft, wie ich sie von London nicht kenne. Wir gehen den knirschenden Kiesweg entlang und verlassen das Gelände durch das große Schiebetor hinaus.

„Oh“, staune ich. „Ihr habt noch mehr Koppeln als die direkt am Haus?“

„Noch einige mehr.“ Er verschränkt seine Finger mit meinen auf dieselbe Weise, wie er es auch schon gestern getan hat. Ich dränge mich ein Stück dichter an ihn heran, als der Weg in einen schmalen Graspfad mündet.

„Da unten haben wir sogar einen Tennisplatz.“ Levy bleibt stehen und deutet mit dem Finger zu einem dunkelblauen Bach. Ich schaue hinunter und sehe das braune Feld in der Wiese liegen.

„Wer von euch spielt Tennis?“

„Mein Vater. Und ich früher auch, aber dann hab ich aufgehört, um mehr Zeit meiner Musik widmen zu …“

Mitten im Satz verstummt er. Suchend schaut er sich um.

„Was ist?“, will ich wissen.

Er antwortet mir nicht. Stattdessen lässt er meine Hand los, legt seinen Arm um meine Schultern und zieht mich dicht zu sich heran.

Schützend.

Das ist mein erster Gedanke zu seiner Handlung. „Was hast du gehört?“ Fragend sehe ich ihn an.

Sein Blick wandert ins Gebüsch und wieder auf den Weg. „Lass uns umdrehen.“ Ruckartig zieht Levy mich mit in die andere Richtung, den Pfad zurück, den wir eben gekommen sind. Ich spüre, wie er seinen Schritt beschleunigt.

Im selben Moment stellen sich uns zwei Männer in den Weg. Sie scheinen aus dem Nichts aufgetaucht zu sein und bauen sich bedrohlich vor uns auf. Aus dem Augenwinkel sehe ich, dass sich zwei weitere hinter uns positionieren. Levy drückt mich fest an sich. Seine Brust hebt sich, als er tief Luft holt.

Einer der beiden Typen tritt vor. Er ist groß, mit breiten Schultern. Er trägt ein schwarzes Halstuch um die Stirn gebunden und schwarze, fingerlose Handschuhe. Nur wenige Meter vor uns bleibt er stehen. Mein Herz schlägt hart gegen meine Brust. Levy scheint es zu merken und hält mich noch fester.

„Was wollt ihr?“, fragt Levy. Sein Tonfall ist ruhig und verrät nichts von seiner Aufregung. Er redet Englisch, vermutlich damit ich auch verstehen kann, worum es geht. „Wir waren für später verabredet.“

Der Typ mit dem Kopftuch grinst schief und antwortet dann: „Hallo, Max.“

„Max?“ Verwirrt schaue ich Levy an.

Er seufzt tief. Dann löst er sich von mir und geht dem anderen einen Schritt entgegen. Dabei positioniert er sich so, dass er direkt vor mir steht.

„Hör mal", setzt er an. Er spricht noch immer Englisch, aber nicht mehr so ruhig, eher bestimmt und mit einer deutlichen Spur Wut. „Ich habe gesagt, ich komme später zu euch. Also nimm deine Hilfstruppe und verpiss dich." Noch bevor er ausgesprochen hat, greift er meine Hand, setzt sich in Bewegung und zieht mich hinter sich her. Wir sind fast an dem Typen mit dem Kopftuch vorbei, als der vorschnellt, Levy heftig nach hinten stößt und irgendwas brüllt.

Sofort sind die anderen Männer da. Innerhalb von wenigen Sekunden haben sie uns eingekreist.

Levy reißt die Arme hoch und schlägt die Hände des anderen von sich weg. „Hast du das auch mit Elea gemacht, du Wichser?", schreit er ihn plötzlich an. „Hast du sie angefasst?"

Der andere grinst. Obwohl ich nicht verstehe, was er dabei sagt, ist dieses falsche und widerliche Grinsen Antwort genug. Levy lässt die Arme sinken und für eine Sekunde glaube ich, er würde einfach in die andere Richtung davongehen. Doch er dreht sich ruckartig um die eigene Achse und tritt seinem Gegenüber in den Bauch. In dem Moment, in dem er sich nach vorne krümmt, hält Levy ihn am Genick fest und reißt das Knie nach oben. Der fremde Typ gibt einen unterdrückten Aufschrei von sich. Levy ignoriert es und schreit ihn an: „Wenn du noch einmal meiner Schwester auflauerst, dann bringe ich dich um!"

Ein weiteres Mal will Levy sein Knie in das Gesicht des Typen rammen, aber zwei der anderen kommen dazu. Sie packen Levy rechts und links am Arm, halten ihn fest und ziehen ihn nach hinten weg. Auch der dritte Kerl, ein junger Mann mit feuerroten Locken, kommt dazu. Er stellt sich vor Levy, schlägt ihm einmal mit der Faust ins Gesicht und gibt ihm lautstark zu verstehen, was er tun soll. Sogar für mich ist es unmissverständlich. Levy hört auf sich zu wehren. Blut läuft aus seiner Nase und tropft vor ihm auf den Boden. Es gibt einen heftigen Wortwechsel, den ich nicht verstehe. Der Rothaarige brüllt Levy an und dieser schreit wütend zurück, während der Typ mit dem

Kopftuch Blut auf den Boden ausspuckt und sich dann neben den anderen stellt.

Am liebsten wäre ich ein Stück von den fremden Männern weggegangen, da ich aber an Levys Seite bleiben möchte, stehe ich einfach nur hilflos da. Ich kann Levys Gesicht nicht sehen, aber aus den Augenwinkeln nehme ich wahr, wie er mit dem Kinn auf mich deutet und eindringlich etwas zu den anderen sagt. Er hat in seine Muttersprache gewechselt, trotzdem kapiere ich, dass es um mich geht. Mein Herz klopft mir bis zum Hals. Gerne hätte ich wieder Levys Hand genommen, aber die anderen beiden halten ihn noch immer an den Armen fest.

Plötzlich kommt der Rothaarige zu mir. „Okay", sagt er zu mir mit sanfter, fast melodischer Stimme. „Du kannst gehen."

Stumm stehe ich da und starre in mausgraue Augen, die in einem fast freundlich wirkenden Gesicht liegen.

Ich kenne ihn!

„Geh zu mir nach Hause, Ana", ruft Levy mir zu.

„Aber …?" Verwirrt schaue ich von einem zum anderen.

„Kein Aber", beharrt Levy. „Geh zu Sanne, aber sag ihr nichts."

„Und du?"

Er lächelt schief. „Ich regle das hier und komme nach."

Ängstlich starre ich ihn an. Er ist nicht in der Position, irgendetwas regeln zu können, und es sieht auch nicht so aus, als würde sich das ändern.

„Zeit zu gehen." Der Rothaarige kommt zu mir und packt mich am Ellbogen. Ich höre Levys wütenden Aufschrei, drehe mich aber nicht zu ihm um. Zu beschäftigt bin ich, mir die Gesichtszüge des Mannes einzuprägen, der mich von den anderen wegführt. Es gibt keinen Zweifel, dass ich ihn schon mal gesehen habe.

„Lauf heim", sagt er zu mir. „Und tu deinem Freund den Gefallen und rufe *nicht* die Polizei." Er stößt mich grob von sich weg.

Sofort laufe ich los. Ich renne den grasigen Trampelpfad hinunter, den breiten Kiesweg entlang und werde erst langsamer, als ich das große Haus erreicht habe.

Tu deinem Freund den Gefallen und rufe nicht die Polizei.

Mit zitternden Fingern drücke ich mehrfach hintereinander auf die Klingel. Es dauert einen Augenblick, bis Koko mir öffnet.

„Bitte bring mich zu Sanne“, keuche ich atemlos. Sie nickt und führt mich ohne weitere Fragen mit schnellen Schritten durch das riesige Haus.

Ich kenne ihn!

Doch mir fällt beim besten Willen nicht ein, wer es ist oder wo ich ihn schon mal gesehen haben könnte.

Koko klopft kurz an die Zimmertür, zu der sie mich gebracht hat, und tritt dann den Rückweg an. Ich warte nicht, bis Sanne mir die Türe öffnet, sondern platze einfach ins Zimmer.

„Wir sind angegriffen worden“, rufe ich. „Sie haben Levy.“

Oder Max.

Sie starrt mich verständnislos an und für eine Sekunde frage ich mich, ob sie vielleicht mit dem Namen nichts anfangen kann, bis mir wieder einfällt, dass ich ihn den ganzen Tag so genannt habe.

Entweder spielt sie mit oder die Typen kennen seinen echten Namen nicht.

Entschlossen schüttle ich den Kopf, um die wirren Gedanken zu vertreiben. Das alles spielt jetzt keine Rolle.

„Wo ist er jetzt?“, will Sanne wissen.

„Oben an den Koppeln. Du musst die Polizei rufen und …“

„Was waren das für Kerle? Kannst du sie beschreiben?“

Mit wenigen Worten erzähle ich von dem Typen mit dem schwarzen Kopftuch und dem Rothaarigen. Die anderen beiden habe ich nicht richtig gesehen, aber Sanne scheint das schon zu reichen.

„Levy kennt die Kerle“, sagt sie. „Sie haben eine … ähm … private Angelegenheit zu regeln. Das ist kein Fall für die Polizei. Er wird gleich nach Hause kommen.“

„Bist du sicher?“

„Ganz sicher.“ Sie geht mit schnellen Schritten in die kleine angrenzende Küche und öffnet eine Mini-Bar. Ihre Bewegungen sind hektisch und verraten ihre Nervosität.

„Bitte, wir müssen doch irgendwas tun.“ Ungeduldig laufe ich in dem großen Zimmer auf und ab.

„Wir werden ihn suchen und schauen, ob alles in Ordnung ist. Trink schnell was und komm.“ Sanne weiß ganz offensichtlich mehr als ich und scheint in alles involviert zu sein. Ich erinnere mich an das blaue Auge, das Levy einmal in meiner Bar hatte, nachdem er hier in den Niederlanden gewesen war.

Was immer Levy mit diesen Typen zu schaffen hatte, es war nicht ihre erste Auseinandersetzung.

Wegen mir ...

Völlig unbegründet ist dieser Gedanke plötzlich da, ohne dass ich sagen könnte, woher er kommt. Geistesabwesend schüttle ich den Kopf und verweigere das Glas Wasser, das Sanne mir entgegenstreckt. „Ich muss zurück.“ Ohne ein weiteres Wort verlasse ich das Zimmer und renne den Flur entlang.

„Ich komme mit.“ Sanne folgt mir.

Ob alles in Ordnung ist ... Das Bild von Levys blutender Nase erscheint in meinem Kopf, als ich ins Freie laufe. Überhaupt nichts ist in Ordnung. Ein Gefühl ganz tief in meinem Bauch sagt mir, dass ich gerade Levys Auftraggeber kennengelernt habe.

Liebe

WIR verlassen das Gelände der Van Leeuwens durch das große Tor. Noch bevor wir den breiten Kiesweg erreicht haben, kommt uns Levy entgegen. Automatisch beginne ich zu rennen und Sanne tut es mir gleich.

„Es ist alles okay“, sagt er, als ich ihn erreiche. Erleichtert falle ich ihm um den Hals, dann rücke ich ein Stück von ihm ab und begutachte ihn. Seine Nase blutet noch immer. Auf seinem blauen Shirt sind dunkle Flecken und auch auf seinem Handrücken klebt Blut. Seine Hose ist über dem Oberschenkel ebenfalls schmutzig und an einer Stelle zerrissen.

„Geht es dir gut?“, frage ich besorgt und suche nach weiteren Verletzungen.

„Hervorragend“, knurrt er. „Sieht man das nicht?“

„Sind sie weg?“ Sanne stellt sich dicht neben Levy und schaut sich suchend um.

„Ja, sie sind weg. Es ist eskaliert.“

„Wegen Elea …?“ Sanne wirft Levy einen vielsagenden Blick zu und bricht mitten im Satz ab. Vermutlich, um zu verhindern, dass ich den Zusammenhang verstehe.

„Ja“, sagt er und nickt knapp. „Aber das hört jetzt endgültig auf. Mit mir nicht mehr.“

„Bist du standhaft geblieben?“

Er nickt wieder und sein Blick huscht zu mir. Augenblicklich verstummt Sanne und scheint ihre nächste Frage hinunterzuschlucken.

„Musst du zum Arzt?“, werfe ich schwach ein.

„Nein“, gibt er zurück. „Es ist nur Nasenbluten. Ich brauche etwas Wasser und alles ist gut.“

„Komm mit.“ Seine Schwester hakt sich bei ihm ein und führt ihn zum Haus, als könne er plötzlich nicht mehr alleine laufen. Ich fühle mich wie das fünfte Rad am Wagen, als sie mit ihm ins Badezimmer geht, ihn wie ein kleines Kind ans Waschbecken führt und ihm einen nassen Waschlappen und ein sauberes Handtuch reicht.

Levy ignoriert den Waschlappen und lässt sich das Wasser direkt in die Hände laufen. Sorgfältig wäscht er sich das Blut aus dem Gesicht, während ich im Türrahmen stehe und zuschaue.

Sanne sagt etwas auf Niederländisch zu ihm und Levy antwortet in derselben Sprache. Das ist zu viel für mich. Ich fühle mich ausgeschlossen und übergangen. Ich bin wegen Levy hier, in einem fremden Land, und die beiden sprechen absichtlich so, dass ich sie nicht verstehe.

Wut steigt in mir auf. Kalte Wut, entstanden aus allen Emotionen der letzten Stunde. Aus der Angst, die ich vorhin in der Gruppe dieser fremden Männer empfand, der Sorge um Levy, den gesamten aufgestauten Gefühlen der letzten Monate …

Mein Hals wird plötzlich eng. Irgendwas in meinem Bauch krampft sich schmerzhaft zusammen und ich spüre, wie meine Augen brennen. Ich drehe mich um und gehe davon. Es ist unmöglich für mich, mein Tempo langsam zu halten, ich beginne zu laufen. *Was hast du erwartet, Ana? Er war noch nie ehrlich zu dir.* Automatisch beschleunige ich meinem Schritt, um auch diesen Gedanken hinter mir zu lassen.

„Ana!“, ruft Levy mir hinterher, aber ich ignoriere ihn, renne einfach weiter, den Flur entlang. Hastig reiße ich die Tür zu meinem Zimmer auf und stürme hinein. Tränen strömen mir die Wangen hinunter und plötzlich will ich nur noch weg, weil ich mich so ausgeschlossen fühle. Ich möchte nach Hause in meine geliebte Bar und zu meinem Hund …

Es klopft an meiner Tür, aber ich reagiere nicht darauf. Ich bin fest entschlossen, meine Sachen zu packen und einfach zurück nach Schottland zu fliegen.

Ohne auf eine Aufforderung zu warten, tritt Levy ins Zimmer. „Ana!“, sagt er atemlos. Sein Blick fällt auf meinen Koffer, den ich eben hervorgeholt habe. „Wo willst du hin?“

„Nach Hause.“ Meine Stimme klingt so müde, wie ich mich fühle. „Es war ein Fehler herzukommen.“

Ich bin hier überflüssig.

„Hör mal, Ana“, setzt er an und kommt auf mich zu. Seine Nase blutet nicht mehr und ansonsten scheint er tatsächlich unverletzt zu sein. „Es tut mir leid, dass du das mitbekommen hast. Das hätte nicht passieren dürfen. Ich wollte ohne dich hin und das alles klären und …“

„Wer waren diese Typen?“

„Das ist nicht wichtig.“

„Du sagst mir jetzt sofort, wer das war!“, fauche ich ihn an. Auf einmal kommt Leben in mich. Ich baue mich vor Levy auf und brülle ihn an. „Ich gehe mit dir spazieren und wir werden angegriffen und du willst mir nicht mal sagen, was los ist?“

„Es bestand keine Gefahr für dich. Sie wollten nur etwas von mir.“

„Und offenbar nicht das erste Mal. Scheint am laufenden Band vorzukommen.“

„Das ist meine Sache.“

„Mir reicht es!“ Wütend klappe ich meinen Koffer auf, um meine Sachen zu packen, aber Levy klappt den Deckel wieder zu.

„Du bleibst hier. Wenn du nach Hause möchtest, dann bringe ich dich zurück. Aber lauf nicht einfach blindlings davon.“

Ich will den Koffer wieder öffnen, aber Levy hält ihn zu. Zorn steigt in mir auf. „Lass mich gehen oder ich rufe die Polizei.“

Kaum habe ich den Satz ausgesprochen, tut es mir leid, aber Levy reagiert prompt. Sofort zieht er seine Hand zurück, hebt die Arme in die Luft und tritt einen Schritt zurück. „Dann geh.“

„Was hast du bloß ausgefressen, dass du solch eine Panik hast vor der Polizei?“

„Ich lasse dich doch nicht aus Angst vor der Polizei gehen, sondern weil ich dich hier nicht gegen deinen Willen festhalten will. Verstehst du das nicht?“

Wortlos setze ich mich aufs Bett. Meine Hände zittern, als ich sie vors Gesicht schlage. Am liebsten hätte ich einfach geweint. „Was soll das alles? Ich verstehe überhaupt nichts mehr.“

Levy seufzt tief. Er schlägt die Zimmertür zu und geht nervös im Zimmer auf und ab. Plötzlich bleibt er stehen. Sein Atem geht hektisch. „Ich werde erpresst.“

„Von diesen Typen.“ Es ist keine Frage, sondern eine Feststellung.

„Ja."

„Womit erpressen sie dich? Was wissen sie von dir?" Kaum habe ich meine Frage ausgesprochen, ist mir klar, dass er sie nicht beantworten wird.

„Unwichtig. Sie tun es." Er setzt sich wieder in Bewegung. Nervös fährt er sich mit der Hand immer wieder durch die Haare. „Schon seit ein paar Jahren."

„Aber du kannst nicht zur Polizei, ohne dich selbst zu verraten." Auch das ist eine Feststellung. Mir ist mittlerweile klar, dass Levy etwas zu verbergen hat, sonst würde er sich nicht so verhalten.

„Richtig. Und jetzt habe mich geweigert, das Schweigegeld zu zahlen. Deswegen sind sie auf Elea losgegangen. Das ist der Grund, warum ich so dringend hierher kommen musste. Um das mit denen zu regeln."

„Du hast zu Sanne gesagt, dass jetzt Schluss damit ist. Was bedeutet das?"

„Dass ich mich nicht mehr länger erpressen lasse. Es ist genug. Sie haben mit dem Übergriff auf Elea versucht, uns Angst zu machen, aber sie haben jetzt selbst gemerkt, dass sie einen Schritt zu weit gegangen sind."

„Du denkst, sie hören auf?", frage ich skeptisch.

„Ich denke, dass sie nicht noch mal an meine Familie gehen. Sie wissen, dass ich zur Polizei gehen werde. Ungeachtet der Konsequenzen für mich, weil es um meine Familie geht. Das hab ich denen eben klar gemacht und das werden sie nicht riskieren, weil auf Erpressung hier sehr hohe Strafen stehen."

„Der Rothaarige …", sage ich nachdenklich. Ich komme einfach nicht drauf, woher ich ihn kenne. „Wer war das?"

„Ich möchte dich da raushalten. Bitte lass mich das alleine regeln."

„Levy, bitte", setze ich an, aber er unterbricht mich.

„Nein."

„Was nein?"

Er schüttelt den Kopf und presst die Lippen zusammen. „Nicht Levy."

„Max", stelle ich fest.

„Maximilian Van Leeuwen."

„Warum hast du einen falschen Namen gesagt? Was kann ich über dich finden?"

Er schweigt.

Ich merke, wie ich wieder mit den Tränen kämpfe.

Er merkt es auch. Traurig schaut er mich an. Sein Mundwinkel zuckt und in seiner Stimme liegt echter Schmerz: „Es tut mir alles so leid."

„Sag mir einfach die Wahrheit." Fast flehend schaue ich ihn an. Ich habe keine Lust mehr auf Spielchen. „Bitte. Ich möchte einfach nur die Wahrheit wissen."

„Okay." Seufzend setzt er sich zu mir aufs Bett. „Die Wahrheit ist …" Er macht eine Pause und greift nach meinen Händen. Sein Blick fesselt meinen.

„Ja?", frage ich. Das Grün seiner Augen fasziniert mich. Ich kann nichts anderes machen, als ihn anzuschauen und zu warten, bis er endlich weiterspricht.

„Ich habe mich in dich verliebt, Ana." Seine Stimme ist nur ein Hauch. „Tief und unwiderruflich."

Mein Herz klopft laut. Es überschlägt sich geradezu. Nur langsam dringt das Gesagte bis in meinen Verstand durch. Seine Worte und seine Bedenken dahinter.

„Ist das so schlimm?", flüstere ich.

„Es ist eine Katastrophe!" Fast verzweifelt schaut er mich an. „Niemals hätte das passieren dürfen. Aber ich kann es nicht mehr ändern."

„Ich kann es auch nicht ändern." Ich löse meine Hände aus seinem Griff, aber nur um meine Finger mit den seinen zu verschränken und ein Stück an ihn heran zu rutschen. Noch immer erwidere ich seinen Blick. „Und ich will es auch gar nicht."

„Weil du keine Ahnung hast, was …"

Ich drücke meine Lippen auf seine. Er verharrt reglos. Zwar schiebt er mich nicht von sich, aber er erwidert meinen Kuss auch nicht. Deswegen höre ich auf, ihn zu küssen, und lege stattdessen meine Hand an seine Wange.

„Was immer es ist, Levy …"

„Max.“

Ein Schmunzeln huscht über mein Gesicht. „Wie ich bereits sagte, es ist mir völlig egal, ob du Jamie heißt oder Max oder Clemens. Für mich bleibst du einfach Levy.“

„Von mir aus.“

„Was immer es ist, von dem du denkst, es könnte uns hindern, es spielt für mich keine Rolle.“ Meine Hand liegt noch immer an seiner Wange. Ich schaue ihm tief in die Augen, als könnte ich ihn von meinen Worten überzeugen. „Ich spüre deinen Schmerz. Ich weiß, dass du nur lügst, weil du mich schützen willst. Vor der Wahrheit. Es ist mir bewusst. Aber was immer es ist, es ändert nichts an der Tatsache, dass ich mich bereits entschieden habe. Für dich.“

„Warum?“

„Weil ich eine tiefe Verbundenheit zu dir spüre. Weil ich das erste Mal seit vielen Jahren mich wieder bei jemandem wohlfühle und jemandem vertrauen kann.“ Ich mache eine kurze Pause und füge dann hinzu: „Wenn du das mit uns beiden abbrichst, um mich zu schützen, dann wird genau das passieren, was du vermeiden willst. Du wirst mich tief verletzen.“

„Verstehe …“

Ich lasse meine Hand unter sein Kinn gleiten und hebe es an, damit ich ihn anschauen kann. „Also überleg dir gut, was du machst. Mich verletzen, ohne zu wissen, ob ich mit der Wahrheit klarkommen würde, oder uns eine Chance geben. Wie du schon selbst erkannt hast, du kommst aus der Nummer nicht mehr raus.“

Für einen Moment verharrt Levy und schaut mich einfach an. Ich spüre bereits, wie die Schmetterlinge in meinem Bauch wieder zum Leben erwachen, sich befreien und wild umherfliegen.

Mit einem Ruck entzieht Levy sich meinen Griff. Im ersten Augenblick fürchte ich, er würde einfach aufstehen und weggehen. Stattdessen beugt er sich zu mir vor. Für eine Sekunde sieht er mich an, dann küsst er mich. Weiche Lippen berühren die meinen. Seine Zunge findet die meine. Levy spürt meine Überraschung, aber er lässt mir keine Zeit nachzudenken. Sanft aber bestimmt drückt er mich mit seinem Gewicht nach hinten aufs Bett. Sein Kuss wird drängender, leidenschaftlicher …

Wieder ist die glühende Hitze in meinem Bauch. Sie lässt alle Schmetterlinge dort in Feuer aufgehen und unkontrolliert mit den Flügeln schlagen. Alles in mir ist ein einziges heißes Flattern …

Plötzlich verharrt Levy. Seine Nasenspitze berührt die meine, sein warmer Atem streift mein Gesicht. Wortlos schaut er mich an. Sein Blick ist offen, voller Zuneigung und doch unergründlich.

„Nein“, flüstere ich. „Fang jetzt nicht an nachzudenken.“ Ich möchte seinem Zögern keinen Raum geben, seine Zweifel nicht unterstützen. Deswegen greife ich nach seinem Shirt und zerre es ihm über den Kopf. Bevor ich es mir anders überlegen kann, ziehe ich auch mein Top aus und werfe es auf den Boden.

„Mach dir keine Sorgen“, sage ich mit einem herausfordernden Lächeln. „Kondome brauchen wir nicht. Ich verhüte mit der Spirale.“

Levy hat nichts in diese Richtung gesagt oder angedeutet, und mir ist vollkommen klar, dass sein Zögern nicht an der ungeklärten Frage der Verhütung lag.

Wortlos nimmt er meine Information hin und verrät nicht, ob er sich sonst um dieses Thema kümmert oder es generell den Frauen überlässt, ein Kondom bereitzustellen. Aber ich möchte ihm auch zeigen, dass ich genau das nicht brauche, mehr noch: nicht will. Weil ich mich sicher bei ihm fühle und weil ich kein One-Night-Stand bin. Zumindest hoffe ich das.

Erneut küsse ich ihn. Erst vorsichtig, um seine Reaktion abzuwarten. Er öffnet sofort die Lippen. Unsere Zungen berühren sich, erst langsam und dann immer leidenschaftlicher.

Levy legt seine Fingerspitzen an meine Wange, lässt sie meinen Nacken hinab gleiten, bis sie meine Brust finden. Die Berührungen sind federleicht und siedend heiß, wie glühende Funken, die auf ausgedörrten Zunder treffen. Sie flammen sofort auf und laufen wie ein Buschfeuer über meinen Körper. Die Hitze nimmt zu, als er mir die Hose auszieht und erst seine Hände und dann seine Lippen meine Oberschenkel berühren. Sein Atem streift meine nackte Haut. Am Schenkel, am Bauch, am Hals und schließlich wieder auf meiner Wange, als er seine Stirn an meine lehnt. Meine Hände legen sich auf Levys Schultern, wandern über seinen Bauch nach unten zu seinem Hosenbund. Ich finde seinen Gürtel und ziehe dran, um ihn zu öffnen.

Etwas unbeholfen schiebe ich seine Jeans nach unten, lege meine Beine um seine Taille und ziehe ihn an mich.

Dieser Moment ändert alles. Levy drückt sich mit seiner Hüfte fest an mich. Ich spüre, dass er seine Zweifel abgelegt hat und dass es kein Zurück mehr gibt.

Er zieht seine Shorts aus, legt meine Beine zurück auf seine Taille.

Plötzlich ist die Hitze in meinem Unterleib, facht sich noch weiter an, wie ein Feuer, das immer höher lodert. Die Funken schlagen bis in den Himmel, während die Flammen alles umschließen, einwickeln und für immer festhalten.

Meine Finger wandern über seinen Bauch, auf den Rücken, ziehen ihn näher an mich heran, weiter in mich hinein, um noch mehr von dieser Hitze spüren zu können. Levy legt sich auf mich, berührt mit dem Oberkörper den meinen. Ich rieche sein Aftershave, fühle seine heiße, verschwitzte Haut und seine Nähe. Mein Blick fällt über seine blonden Haare hinweg aus dem Fenster. Das letzte Licht des Tages verschwindet mit der Sonne, die hinter den Wäldern untergeht.

Das Blau des Himmels und das Grün der Bäume vermischen sich, verbinden sich miteinander und werden eins. Vereint bis zum nächsten Morgen, wenn die Sonne aufgeht und ihr gleißendes Licht die beiden wieder voneinander trennen wird …

Automatisch lege ich meine Arme um Levys Rücken, halte ich fest, wie um zu demonstrieren, dass das bei ihm und mir nicht passieren wird. Ich spüre seine Lippen auf meinem Mundwinkel, eine leichte Berührung, die wie zufällig wirkt aber vielleicht ganz bewusst war.

Auf einmal geht Levys Atem stoßweise, vermischt sich mit meinem, wird schneller und heißer, während draußen die letzten Sonnenstrahlen sanfte und schillernde Muster in die Baumwipfel malen. Das Lichtspiel reicht bis hin zum Horizont, dessen orangene Farbe verschwimmt und auf die Erde zu tropfen scheint.

Die Hitze in mir nimmt zu, erreicht ihren Höhepunkt, lodert alles verschlingend, alles andere auslöschend und überstrahlend. Ein Aufbäumen der Flammen …

… dann das erschöpfte Abklingen. Das Feuer sinkt in sich zusammen, wird zur Glut. Heiß und beständig. Der Flügelschlag eines einzigen Schmetterlings wird ausreichen, um sie erneut zu entfachen.

In dieser wohligen Wärme verharren wir. Mit einem zufriedenen Seufzer lässt er sich neben mich sinken, aber er schaut mich an dabei. Ich mag das dunkle Grün seiner Augen. Es ist warm und vermittelt ein Gefühl von Geborgenheit. Zuhause.

Obwohl ich nichts mache, außer Levy anzusehen, spüre ich, wie sich mein Herzschlag beschleunigt. Ein Gefühl des Wohlbehagens liegt in der Luft, wie der Schein eines Feuers, der uns einhüllt.

„Ana", flüstert Levy. Er seufzt tief.

„Sag nichts. Bitte. Es ist, wie es ist. Und es ist gut so."

Mit den Fingern streicht er mir eine Haarsträhne aus dem Gesicht und steckt sie mir hinter das Ohr. Dann küsst er mich sanft auf die Stirn und die Wange. Genüsslich schließe die Augen und kuschle mich noch dichter an seine nackte Haut. Hinter mir zieht Levy die Decke über uns und legt sich in Schlafposition. Zufrieden lasse mich fallen, bereit, ins Land der Träume zu gleiten.

Seine Stimme holt mich zurück in die Realität. „Darf ich dich um einen Gefallen bitten, Ana?"

„Hm?", mache ich.

„Ich nehme das mal als Ja." Er legt seinen Arm um meine Taille und schiebt seine Hand so weit nach oben, bis er die meine findet. Unsere Finger verschränken sich ineinander. „Frage mich nie wieder nach der Wahrheit. Du würdest sie nicht verkraften."

„Doch, das würde ich." Für nichts auf der Welt werde ich diese Nähe und dieses Gefühl der Geborgenheit wieder aufgeben. „Nichts kann so schlimm sein, dass es mich von dir abhalten würde."

Levy schnaubt leise durch die Nase. Er schweigt einen Moment, dann redet er weiter. Seine Stimme ist leise, fast warnend. „Frage mich niemals danach. Sobald ich die Wahrheit einmal ausgesprochen ist, wird alles zerstört sein. Und dann gibt es kein Zurück mehr."

Ich bin zu schläfrig, um zu begreifen, dass Levys Worte eine echte Warnung darstellen. Zu schläfrig und zu eingelullt von seiner Wärme, seiner Nähe und dieser Sicherheit, in der ich mich wiege. Für einen Moment schließe ich die Augen und lasse mich einfach fallen, in ein Wohlfühlen und eine Zufriedenheit, die ich so lange nicht mehr gespürt und so unendlich vermisst habe.

Macht

LEVY beugt sich über mich und stupst mir mit der Nase gegen die Wange.

Ich öffne die Lider und mein Blick trifft auf seinen. Seine Augen sind so grün wie ein Smaragd und sie funkeln auf ähnliche Weise. Ich kann nicht aufhören hineinzustarren, das Farbenspiel zu beobachten und danach zu suchen, was unter der Oberfläche verborgen liegt.

„He", flüstert er. „Nicht einschlafen. Es ist doch noch viel zu früh zum Schlafen."

„Hm", mache ich. Meine Müdigkeit, die mich vorhin für eine Sekunde überkam, ist längst verflogen. Ich bin viel zu aufgeregt, um einzuschlafen. Am liebsten wäre ich jetzt wieder aufgestanden und mit Levy zusammen nach draußen gegangen, hätte mir die Umgebung angeschaut, die Pferde, den Himmel.

Die Zeit mit Levy verbringen …

Was für ein berauschender Gedanke.

Das Lächeln, das er mir zeigt, ist aufrichtig und offen und steht im krassen Gegensatz zu seinem abweisenden Verhalten vor noch gar nicht langer Zeit.

„Komm", sagt er zu mir und pikst mir sanft mit dem Finger in die Seite. „Steh auf. Ich weiß doch, dass du viel lieber nach draußen möchtest."

Ich kann nicht leugnen, dass es mir gefällt, dass er mit seiner Aussage komplett richtig liegt. Es sind nur kleine Dinge, aber sie sagen so viel über ihn aus. Mich beschleicht das Gefühl, dass er mich mittlerweile in- und auswendig kennt und ich ihm nichts mehr verheimlichen könnte, selbst wenn ich es wollte. Ich kann Levy nicht täuschen. Vielleicht sollte mich etwas an dem Gedanken unruhig werden lassen. So durchschaubar zu sein, macht einen angreifbar, verletzlich. Aber ich bin nicht unruhig, denn ich weiß, dass alles von mir bei ihm sicher ist und er niemals etwas gegen mich verwenden würde.

Es ist ein schönes Gefühl, ein vertrautes und warmes. Diese Sicherheit ist wie eine rosa Wolke, die uns einhüllt, uns schützt und wärmt …

„Ana!“ Das Piken in meiner Seite wird so stark, dass ich ein quietschendes Geräusch von mir gebe und erschrocken aufspringe.

„Ist gut, ich stehe ja schon auf.“ Mit den Fingern taste ich nach Slip und meinem Top und schlüpfe in beides hinein. Erst dann schlage ich die Bettdecke zur Seite und stelle meine nackten Füße auf den Boden. „Ich gehe nur schnell ins Bad.“

Levy steht ebenfalls auf und folgt mir zu der weißen Tür, die ins Badezimmer führt. Irritiert schiele ich über die Schulter zu ihm nach hinten. Eigentlich wollte ich allein sein, mich ein wenig waschen und frisch machen und …

Er öffnet die gläserne Schiebetür, die in die bodentiefe Dusche führt, und dreht das Wasser an. Dann macht er eine einladende Handbewegung hin zu dem sanft herabrauschenden Wasser.

Regendusche. Natürlich …

„Nach dir“, sagt er und grinst mich herausfordernd an, während er seine Boxershorts über die Schenkel nach unten streift.

Kurz zögere ich. Es ist etwas anderes nackt zu sein, während man mit einem Mann schläft, der halb auf einem liegt, als bei hellem Deckenlicht neben ihm im Bad zu stehen. Ich unterdrücke den Impuls, mich von ihm wegzudrehen, erinnere mich stattdessen an mein Gefühl des völligen Vertrauens und beschließe, dass es egal ist. Ich ziehe meinen Bauch ein bisschen ein, streife Slip und Top ab und gehe hochaufgerichtet in die Dusche. Levy folgt mir und schließt die Glastüren.

Hier drinnen gibt es genug Platz für uns beide, und die Düsen der Regendusche sind so angeordnet, dass wir zeitgleich beregnet werden. Es fällt mir schwer, Levy nicht anzustarren. Seine Haare sind dunkler und strähniger durch die Nässe. Von seiner Nasenspitzen tropft das Wasser, perlt von seiner Lippe, rinnt seine Brust hinunter zu den Leisten. Mein Blick bleibt an seinem Bauch hängen. Er ist fest und straff und unter der Oberfläche zeichnen sich leichte Ansätze der

Muskeln ab. Ich drehe mich etwas zur Seite, um mich von diesem Anblick zu lösen.

Levy greift hinter sich zu der kleinen Ablage, nimmt das Duschgel und drückt sich etwas davon in die Hand. Er verteilt es zuerst auf seinen Armen und seinem Bauch und legt dann seine Finger vorsichtig auf meine Schulter. Mit leichtem Druck beginnt er meinen Nacken zu massieren. Ein warmes Gefühl dringt in meine Muskeln, macht sie weich und geschmeidig. Immer mehr fällt die Anspannung von mir ab. Er lässt seine Hände meinen Rücken hinuntergleiten. Überall dort, wo er mich berührt, senden seine Finger heiße Stoßwellen in meinen Körper, die sich bis in meinen Kopf ausbreiten und mir das Denken schwermachen. Immer wieder küsst er meinen Nacken und mein Schlüsselbein und lässt seine nassen Hände auf meinen Bauch gleiten und dann hinunter zu meinen Oberschenkeln. Dort greift er fester zu, lässt eine Hand dort liegen, legt die andere um meine Taille und zieht mich fest an sich. Zeitgleich drückt er seine Hüfte an meinen Hintern. Ich kann nicht vermeiden, dass ich kurz aufstöhne. Langsam drehe ich meinen Kopf zu Levy, öffne meinen Mund und warte, bis seine Lippen die meinen finden. Für mehrere Herzschläge stehen wir einfach nur so da, reglos, verharrt in dieser innigen Berührung.

Dann beginnt er, mich zu küssen. Ganz langsam, fast schon vorsichtig. Durch meine halbgeschlossenen Lider schaue ich ihn an, sehe, dass er die Augen geschlossen hat und sich voll und ganz auf diesen Moment und unseren Kuss konzentriert. Sein Atem streift meine Wange und löst ein prickelndes Gefühl in mir aus. Nicht nur dort, wo er auf meine Haut trifft, sondern auch irgendwo ganz tief in meinem Bauch.

Ich greife nach hinten, um ihn anzufassen, aber Levys hält mich davon ab. Er verschränkt seine Finger mit meinen, massiert sie kurz und legt dann sanft, aber bestimmt meine Handflächen an die Fliesen der Duschkabine. Ohne seinen Kuss zu unterbrechen, tritt er noch ein Stück näher zu mir und hebt mein rechtes Bein an. Automatisch schließe ich die Augen, lasse den warmen und sanften Regen auf mein Gesicht und warte auf das, was gleich passieren wird …

***

Die Sonne scheint durch die geschlossenen Gardinen, erhellt das Zimmer und weckt mich auf. Fast bin ich ein wenig überrascht, dass Levy noch immer da ist. Wir hatten uns nach dem Duschen noch einmal angezogen und sind hinaus zum See gelaufen, Hand in Hand, um ihn einmal komplett zu umrunden. Es war weit nach Mitternacht gewesen, als wir wieder hier im Zimmer waren und schließlich schlafen gegangen sind.

Levy liegt in dunklem Shirt und weiten Boxershorts neben mir. Einen Arm unter den Kopf geschoben, den anderen auf meiner Hüfte. So als würde er verhindern wollen, dass ich ihm mitten in der Nacht weglaufe. Seine Augen sind noch geschlossen, aber meine Intuition sagt mir, dass Levy bereits wach ist. Trotzdem kann ich nicht aufhören, ihn anzusehen. Es ist eine völlig andere Seite, die ich so noch nicht kenne. Er sieht friedlich aus und irgendwie verletzlich.

Ohne mich zu rühren, schiele ich auf den Wecker auf dem Nachtisch. Nur mit Anstrengung gelingt es mir, ein Seufzen zu unterdrücken. Es ist Zeit aufzustehen. Viel zu früh, denn ich hätte noch stundenlang so liegen können, in Levys Arm, begleitet von seinen tiefen Atemzügen, während ich ihn beobachte.

Aber wir müssen aufstehen. Levys Eltern werden demnächst hier ankommen und wir wollen gemeinsam zu Elea ins Krankenhaus fahren.

„Guten Morgen“, sage ich deswegen und berühre sanft mit den Fingerspitzen Levys Arm. Sofort öffnet er die Augen und ist erstaunlich fit, für jemanden, der anscheinend eben erst aufgewacht ist. Viel länger, als nötig gewesen wäre, schaut er mich an.

„Gut geschlafen?“, will er wissen und richtet sich langsam auf. Er haucht mir einen Kuss auf die Stirn.

„Sehr gut sogar“, antworte ich. „Wann genau werden deine Eltern hier sein?“

„Sie sind schon da.“

Verblüfft starre ich ihn an. „Woher weißt du das?“

„Weil ich das Taxi gehört habe.“ Levy gibt mir noch einen Kuss auf die Stirn und steht dann auf. „Mach dich fertig, dann gehen wir ihnen Hallo sagen.“

Ich beobachte ihn. Sogar kurz nach dem Aufstehen sieht er unverschämt gut aus. In diesem Moment wird mir bewusst, wie sehr ich ihm verfallen bin.

Freya hatte recht. Er schlägt mich in seinen Bann und ich kann nichts dagegen tun. Kopfschüttelnd vertreibe ich diese Gedanken, schlüpfe in meine Klamotten und folge ihm ins Bad. Gemeinsam machen wir uns fertig und gehen schließlich ins Esszimmer.

Levys Eltern sind bereits da. Sie sitzen zusammen mit Sanne an dem großen hölzernen Tisch, in der Mitte eine Kanne dampfenden Kaffee und einen Korb frischer Brötchen. Beide stehen auf, als wir ins Zimmer kommen. Levys Mutter ist hochgewachsen, mit einem hellen, fast weißen Pferdeschwanz. Sofort fallen mir ihre grünen Augen auf.

Der Vater ist ebenfalls groß und schlank, allerdings mit dunklen Haaren.

„Guten Morgen“, grüßt Levy gutgelaunt. „Darf ich euch Ana vorstellen? Meine Freundin.“

„Sehr erfreut, mein Name ist Elizabeth“, sagt Levys Mutter und streckt mir die Hand hin.

Ich brauche einen Moment, um mich zu fangen und zu verstehen, was ich gerade gehört habe. *Meine Freundin.* Diese Worte machen etwas mit mir. Sie schaffen eine Verbundenheit zu dem Mann, mit dem ich gestern Nacht mein Bett teilte. Während ich Elizabeths Hand schüttle, wird mir klar, welchen Platz Levy mir soeben in seinem Leben eingeräumt hat, mit welcher Selbstverständlichkeit er dies getan hat und welche Glücksgefühle das in mir auslöst.

Welche Macht er über mich hat ...

„Sehr erfreut. Es ist mir eine Ehre, Sie beide kennenzulernen“, sage ich und fühle mich angekommen.

Verbundenheit

DER Tag war unheimlich lang, da wir nach dem Krankenhausbesuch bei Elea mit Levys Eltern noch gemeinsam in die Stadt gefahren sind, um da etwas zu essen und die Gegend anzusehen. Wir alle waren unheimlich erleichtert, als wir gesehen hatten, dass es Elea gut ging. In wenigen Tagen würde sie entlassen werden.

Es hat überraschend viel Spaß gemacht, mit Levys Eltern unterwegs zu sein. So als wäre man mit guten Freunden zusammen. Trotzdem bin ich froh, dass wir jetzt wieder zurück sind.

„Eigentlich hatte ich vor, noch eine Runde mit dir reiten zu gehen", sagt Levy und blickt mich mit einer Mischung aus Enttäuschung und Herausforderung an. „Aber wir können es auch auf morgen verschieben."

„Nein, das schaffe ich noch." Entschlossen erwidere ich Levys Blick. Ich möchte hier alles mitnehmen, was sich mir bietet. Dafür gehe ich gerne das Risiko ein, im Halbschlaf vom Pferd zu fallen.

„Also dann, zieh dich um, ich hole die Pferde."

Ich bekomme wieder die braune Stute vom letzten Mal. Mit weichen Bürsten säubern wir ihr Fell und legen anschließend den Sattel auf. Levy hält Zon Libel fest, bis ich aufgestiegen bin. Mit der Fußspitze angle ich auch den zweiten Steigbügel und schlüpfe hinein. Erst als ich sicher oben sitze, legt Levy den Führstrick über den kräftigen Hals der Stute und geht zu seinem eigenen Pferd. Es ist lackschwarz und um einiges höher als meines, trotzdem kommt Levy mit unverschämter Eleganz hinauf.

„Bereit?", fragt er mich. „Willst du es dieses Mal alleine versuchen?"

„Ja, okay", antworte ich. Vorsichtig lege ich meine Beine an den runden Pferdebauch und Zon Libel tritt sofort an. Levy lenkt seinen Rappen dicht neben mich, vermutlich, um im Zweifel in meine Zügel greifen zu können. Nebeneinander reiten wir vom Hof, in Richtung See.

„Wann möchtest du nach Hause fliegen, Ana?“, fragt er mich.

„Ich würde sehr gerne noch ewig mit dir hierbleiben“, sage ich und es ist die Wahrheit. Ich habe es nicht eilig, nach Hause zu kommen. Mir gefällt es hier auf diesem Hof, in diesem Land. „Aber ich muss zurück. Ich hab jetzt schon so ein schlechtes Gewissen, dass ich die ganze Arbeit anderen überlasse.“

„Wäre übermorgen okay für dich?“

„Okay, einverstanden.“ Noch zwei Tage mit ihm. Dann geht mein Alltag wieder los. In meinem wunderschönen Steinhäuschen, mit meinen zwei besten Freundinnen, meinem tollen Hund und meiner geliebten Arbeit.

Auch mit Levy?

Ich wage es nicht, diese Frage auszusprechen. Zu viel Angst habe ich vor seiner Antwort.

„Siehst du den Hügel da?“ Levy deutet mit dem Finger einen breiten Pfad hinauf bis zu einer grasbewachsenen Kuppe.

„Ja. Es sieht sehr schön aus.“

„Da galoppieren wir jetzt hoch!“ Er grinst mich an. Ein offenes, fröhliches Lachen, voller Lebensfreude und Energie, so ansteckend, dass es sofort auf mich überspringt. Ich kann nicht anders als ebenfalls zu lächeln, obwohl mein Herz bis zum Hals schlägt bei dem Gedanken an einen Galopp.

„Ich weiß nicht, ob ich das kann“, sage ich.

„Oh doch, du kannst! Ich reite vor. Du lässt die Zügel einfach lang, stellst dich in die Bügel und hältst dich am Sattel fest. Lass das Pferd einfach rennen. Tritt die Steigbügel fest aus und lass Libel einfach unter dir laufen. Dann wirst du nicht runterfallen.“

„Und wie bekomme ich sie wieder zum Stehen?“ In der Theorie ist mir vollkommen klar, wie man ein Pferd anhält. Ich habe aber keine Ahnung, ob ich das auch in die Praxis umsetzen kann.

„Das macht sie automatisch, sobald wir oben angekommen sind“, verspricht er mir. „So kennt sie es, und wenn mein Pferd anhält, dann tut sie es auch.“

„Okay“, willige ich ein. „Versuchen wir es.“

Er lacht mich erneut an und drückt seinem Pferd die Fersen in die Flanken. Sofort springt es an.

Zon Libel macht einen Satz und galoppiert los. Ich unterdrücke einen Aufschrei, halte mich mit beiden Händen vorne am Sattel fest und stemme mein Gewicht fest in die Bügel. Das Pferd streckt sich unter mir zu seiner vollen Länge und ich spreize meine Unterschenkel ein bisschen ab, um besser aufstehen zu können. Es ist ein unbeschreibliches Gefühl, die Kraft des Pferdes zu spüren, den Wind im Gesicht, der mir die Tränen in die Augen treibt.

Levy ist auf seinem Rappen weit voraus, hält aber wie versprochen oben auf dem Hügel an. Noch bevor wir die beiden erreicht haben, wird meine Stute langsamer und bleibt schließlich stehen. Atemlos und überwältigt starre ich Levy an, der völlig entspannt auf seinem Pferd sitzt. Er hat die Füße aus den Steigbügeln gezogen und lässt sie locker baumeln. Seine blonden Haare und das helle Shirt wehen im Wind und stehen im krassen Kontrast zu der flatternden nachtschwarzen Mähne. Jeder Fotograf der Welt hätte Herzklopfen bekommen vor Freude über so ein Motiv.

„Na?“, sagt er, als er sieht, wie überwältigt ich bin. „War es gut?“

„Wahnsinn“, hauche ich. „Ein Gefühl von Freiheit. Atemberaubend.“

„Wir können das morgen noch mal machen, wenn du möchtest.“

Ich nicke und blinzle die Tränen weg, die der Wind hervorgerufen hat. „Sehr gerne.“

Levy lenkt sein Pferd wieder dicht neben mich. Bei ihm sieht das so einfach aus. Mühelos. Ein leichtes Gewichtverlagern, den Zügel in einer Hand, die Beine locker herunterhängend und sein Pferd macht jede Bewegung, die er vorgibt.

Als er ganz dicht bei mir ist, streckt er die Hand aus. Ich will ihm meine Zügel in die Hand drücken, aber er nimmt sie nicht. Stattdessen greift er nach meiner Hand. Wir verschränken die Finger.

Mein Pferd folgt dem seinen. Hand in Hand reiten wir den Hügel auf der anderen Seite wieder hinunter, hin zum See, der in malerischem Glanz vor uns liegt. Am Horizont geht bereits die Sonne unter und taucht den Himmel in ein helles Rot. Die weißen Schäfchenwolken schimmern rosa. Wir reiten an riesigen Tannen vorbei, deren Wurzeln sich fest in den Boden graben und deren Wipfel bis in den Himmel zu reichen scheinen. Levy bemerkt, dass ich sie staunend von unten nach oben anschaue.

„Ich liebe diese Bäume“, sagt er leise. „Früher bin ich oft hier hergekommen und saß stundenlang in ihrem Schatten und habe den Sonnenuntergang über dem See beobachtet. Damals, als ich so berühmt und begehrt war, haben diese Bäume mich oft davor bewahrt abzuheben.“

„Wie das?“, frage ich. Endlich habe ich wieder die Gelegenheit bekommen, meine Fragen zu stellen.

Levy zuckt mit einer Schulter. „Ich weiß nicht genau. Allein dadurch, dass sie da waren. Bodenständig und stabil. Sie haben mir gezeigt, dass man sowohl den Himmel berühren, als auch auf dem Boden bleiben kann.“

„Es sieht tatsächlich aus, als würden sie den Himmel mit der Erde verbinden“, sage ich.

„Ja genau. Das hat mich fasziniert. Diese Verbundenheit der Elemente. Erde und Luft, die sich zudem im Wasser spiegeln.“

Und du bist das Feuer.

Unwillkürlich drücke ich seine Hand fester, verschränke meine Finger noch mehr mit seinen, als wolle ich mit ihm eine ähnliche Verbundenheit erstellen. „Fehlt nur noch das Feuer“, sage ich lächelnd, ohne zu verraten, dass ich bei Feuer unwillkürlich an ihn denke.

„Das brauchen wir nicht extra“, erwidert Levy leise. „Wir haben das Feuer in uns.“

Ich schweige, ohne zu ahnen, wie recht er mit seiner Aussage hat.

***

Die Sonne ist bereits untergegangen, als wir die Pferde zurück in den Stall bringen und Levy mit einer Decke unter dem Arm und einem kleinen Rucksack aus der Sattelkammer kommt.

„Sollen wir draußen noch eine Kleinigkeit essen?“, fragt er mich.

Meine Müdigkeit ist längst vollständig verflogen. Aber selbst wenn ich so müde gewesen wäre, dass ich im Stehen hätte einschlafen können, hätte ich dieses Angebot niemals abgelehnt.

„Hier?“ Ich zeige auf ein Stück Wiese, so dicht bei den Pferdeställen, dass man das leise Schnauben hören kann, und doch so weit vom Haus entfernt, dass seine Beleuchtung nicht zu uns rüberkommen kann.

Levy breitet die dunkelrote Decke aus und ich lasse mich darauf nieder. Mit hinter dem Kopf verschränkten Armen schaue ich in den Himmel.

„So viele Sterne gibt es in London nicht, richtig?“, stellt er fest.

„Nein“, gebe ich zu. Ich bin fasziniert von dem Nachthimmel über uns. „Und auch diese wundervolle Ruhe kenne ich nicht von dort.“

„Aber von Schottland“, stellt Levy fest. Er setzt sich dicht hinter mich, je ein Bein rechts und links an meiner Hüfte vorbei auf der Decke ausgestreckt. „Willst du für immer dort bleiben?“

„Ja, das will ich“, antworte ich. Irgendetwas tief in mir sagt mir, dass ich in diesem Land meinen Frieden finden werde. Irgendwann. „Schon allein wegen meiner Bar.“

„Dann bleibe ich auch dort.“

Seine Aussage kommt abrupt und unvermittelt. Sie reißt mich aus meinen Träumereien.

„Weil ich bleibe?“

Levy greift in die Tasche und zieht ein Sandwich hervor. Er legt es neben mich auf die Decke und holt noch eine Handvoll Trauben, die er daneben legt. Eine davon nimmt er und steckt sie mir in den Mund. Sie schmeckt ungewöhnlich süß. Gerade als ich mir überlege, ob ich meine Frage von eben wiederholen soll, antwortet Levy mir: „Ich bleibe, weil du bleibst.“

„Das musst du nicht.“

„Ich möchte es aber.“

Aus einem Impuls heraus richte ich mich auf und schaue ihm so tief in die Augen, wie die Dunkelheit es zulässt.

„Warum, Levy? Weil du mich magst? Oder aus einem anderen Grund, den du mir nicht sagen willst oder kannst?“

„Weil ich dich mag." Er erwidert meinen Blick, legt seine flache Hand an meine Wange und gibt mir einen Kuss auf die Lippen. „Sehr sogar."

„Und was noch? Warum sagst du mir nicht einfach die ganze Wahrheit?"

„Eh", macht Levy gespielt entrüstet. „Du hast mir versprochen, nie wieder nach der Wahrheit zu fragen."

„Aber ich …"

„Nichts aber!" Levy zieht mich auf seinen Schoß und legt seine Hand auf meinen Oberschenkel. Ganz weit nach oben … Dann zieht er mich zu sich nach unten und küsst mich erneut. Wilder und leidenschaftlicher als zuvor.

Er will ablenken und mich zum Schweigen bringen ...

Ich muss zugeben, dass es ihm problemlos gelingt. Seufzend lasse ich mich auf ihn sinken, erwidere seinen Kuss und stöhne kurz auf, als ich seine Finger unter meinem Shirt spüre. Vergessen sind die Sterne, die Pferde und der Himmel, ab diesem Moment konzentriere ich mich nur noch auf ihn.

Träume

DEN Körper voller wohliger Schauer und das Herz voller Liebe, rutsche ich von ihm hinunter und kuschele mich in seinen Arm. Nun bin ich wirklich zu müde, um mich wachzuhalten.

Müde und zufrieden ...

Es dauert lange, bis ich in den Schlaf gleite. Aber irgendwann tue ich es doch. Es ist ein unruhiger und oberflächlicher Schlaf, und ohne dass es irgendeinen Grund dazu gegeben hätte, falle ich mitten in einen Traum, den ich so oft geträumt habe, dass ich ihn auswendig kenne.

Erschrocken starre ich Felian an. Er blutet aus der Nase. Verzweifelt versucht er, einen anderen Typen von seinem Freund zu ziehen, der ihn zu Boden geworfen hat.

„Auseinander“, bellt der Sicherheitsmann, der hinter mir ins Freie tritt. „Die Polizei ist auf dem Weg!“

Plötzlich kommt Bewegung in die Sache. Die raufenden Jungs lassen voneinander ab. In kleinen Gruppen hasten sie in ihre Autos und fahren vom Parkplatz. Ein paar springen über den Zaun und verschwinden in die Nacht.

Auch Felian haut ab, wohlwissend, dass er sich nicht erlauben kann, vor seinem eigenen Konzert in eine Schlägerei zu geraten. Im Laufen zieht er seinen Autoschlüssel aus der Tasche, öffnet seinen BMW und steigt ein. Er schafft es noch, den Wagen zu starten, als ihn ein rothaariger Typ aus dem Auto zerrt. Der Rothaarige möchte selbst einsteigen, aber Felian hindert ihn daran. Sie verkeilen sich ineinander, rollen ein paar Meter von dem BMW mit dem laufenden Motor weg, während auf der anderen Seite die Sicherheitsleute angerannt kommen.

Mein Blick huscht hin und her, zwischen den sich schlagenden Jungs und den Männern, von denen ich hoffe, dass sie den Kampf beenden werden.

Plötzlich fährt der BMW los ...

Ich habe nicht gesehen, wer eingestiegen ist, aber ich erkenne Felians Überraschung.

„He“, ruft Felian. „Das ist mein Auto!“

Die Situation gerät völlig außer Kontrolle.

Ruckartig reißt sich Felian von dem Rothaarigen los, springt auf und rennt seinem Auto hinterher.

„Bleib hier!“, brülle ich Felian nach. Aber er hört mich nicht. Er holt den startenden Wagen ein, greift ins offene Wagenfenster und versucht, den Schlüssel durch das Fenster aus dem Zündschloss zu ziehen.

Doch der BMW hält nicht an. Der fremde Typ fährt unbeirrt weiter, während Felian halb mitläuft, halb mitgezogen wird.

„Nein!“, kreische ich, als der schwarze Wagen vom Parkplatz rast und mit meinem Bruder in der Nacht verschwindet. „Halt an!“

Verzweifelt renne ich dem Auto hinterher, ohne Chance, es einholen zu können.

„Bitte nicht!“ Meine Worte sind voller Schmerz, als ich dem Typen in Felians Auto hinterher brülle: „Nimm mir nicht meinen Bruder weg!“

Schlagartig bin ich wach. Stocksteif bleibe ich liegen, in den Armen des Mannes hinter mir, den ich zu kennen glaube. Meine Gedanken drehen sich plötzlich, mein Herz schlägt so laut gegen meine Brust, dass ich fürchte, Levy wird jeden Moment aufwachen.

Der Rothaarige!

Ich atme tief ein und aus, zwinge mich zur Ruhe und versuche, meine Gedanken zu ordnen.

Ist er es? Spielt mir meine Erinnerung Streiche? Ich muss es wissen.

Vorsichtig schiebe ich Levys Arm von mir runter. Er bemerkt es sofort, öffnet die Augen und schaut mich fragend an.

„Bin gleich wieder da“, sage ich und hoffe, er merkt nicht, wie nervös ich bin. Es ist unmöglich für mich, noch länger im Stillstand zu verharren. Ich muss weg von ihm, mich bewegen, sonst drehe ich durch.

Levys Blick ist skeptisch, aber er rührt sich nicht, als ich mir meine Jacke überwerfe und ohne Schuhe quer über die Wiese Richtung Haus renne. Die Haustür ist unverschlossen und lässt sich ohne Schwierigkeiten öffnen. Atemlos betrete ich die Diele, schaue mich kurz um und gehe weiter. Kaum bin ich auf dem Flur, beginne ich wieder zu rennen. Es wird nicht lange dauern, bis Levy mir nachkommt. Er wird erst denken, dass ich nur ins Bad gehe, um mich frisch zu machen, aber dann wird er bemerken, dass etwas komisch ist.

Barfuß renne ich den Gang entlang. Ich habe keine Ahnung, ob Levy sein Zimmer unverschlossen gelassen hat, geschweige denn, was ich dort überhaupt zu finden hoffe. Ich weiß nur, dass ich Klarheit brauche, über etwas, das ich selbst noch nicht benennen kann. Es ist etwas in meinen Gedanken, das ich nicht greifen kann … Kurz zögere ich, aber ich bekomme die Bilder von dem rothaarigen Typen nicht mehr aus dem Kopf.

In der Diele bleibe ich einen Moment stehen, um mich neu zu orientieren. Es ist mittlerweile stockdunkel draußen und ich traue mich nicht, das Licht anzumachen, aus Angst, jemanden zu wecken. Hastig schaue ich mich um und renne dann weiter in den Westflügel. Levys Eltern sind bestimmt längst in ihrem Flügel und schlafen tief, sodass ich kaum Gefahr laufen werde, ihnen hier zu begegnen. Meine Finger zittern leicht, als ich sie auf die Türklinke lege und den Griff nach unten drücke …

Offen.

Leise schlüpfe ich ins Zimmer, schalte das große Deckenlicht an und schließe die Tür wieder sorgfältig hinter mir. Der Raum ist riesig und sehr ordentlich. Man erkennt sofort, dass es einst Levys Jugendzimmer gewesen ist. In der einen Ecke steht eine rote Ledercouch, an deren Enden sich große Bassboxen befinden. Vier oder fünf Gitarren stehen sorgfältig neben einem Keyboard, einer Mikrofonstation und einem kleinen Schlagzeug. An der Wand hängen überall Platten.

Er hat alles aufgehoben ...

Die andere Seite sieht eher aus wie ein Gästezimmer. Das sorgfältig gemachte Bett, das mit einer schlichten grauen Bettwäsche bezogen ist, die überhaupt nicht zu dem eher flippigen Rest passt. Rechts daneben steht ein kleines Nachtkästchen mit einer Touch-Lampe darauf. Eine fast leere Wasserflasche aus Plastik, Levys Autoschlüssel und ein Geldbeutel befinden sich daneben. Mein Herz klopft laut, als ich ihn an mich nehme und öffne. Sofort finde ich das Fach für die Ausweise und ziehe seinen Personalausweis heraus.

Maximilian Van Leeuwen.

Meine Augen huschen über die Plastikkarte und ich finde das Geburtsdatum. *Er hat gelogen.* Seine angegebenen 29 stimmen nicht. Levy ist in diesem Jahr 26 geworden. Für mich ergibt es wenig Sinn, dass er sich drei Jahre älter macht. Ich hätte ihn jünger genauso gemocht, zumal er auf mich deutlich älter und reifer wirkt.

Vielleicht lügt er, weil ich über sein Geburtsdatum leichter die Wahrheit herausfinden kann.

Schnell stecke ich den Ausweis zurück und lege die Geldbörse wieder auf ihren Platz. Mein Blick fällt auf den Schreibtisch unter dem großen Fenster mit den zugezogenen Gardinen. Die Oberfläche ist aufgeräumt und ordentlich. Es stehen weder ein PC noch irgendwelche Schreibunterlagen darauf. Lediglich drei Schubladen auf jeder Seite sind darunter angeordnet. Ich ziehe die erste auf.

Es befinden sich Briefe darin, Postkarten, ein Ladekabel für das Handy. Leise schließe ich sie und ziehe die nächste Schublade auf. Ein ganzer Stapel Zeitungen, Ordner und Mappen liegen darin. Wahllos nehme ich einen Schnellhefter heraus und öffne ihn. Er enthält Rechnung und Quittungen. Hastig stopfe ich die Mappe zurück und nehme mir den nächsten Ordner, in dem ein Umschlag steckt. Ich öffne ihn und befördere eine Handvoll Fotos hervor. Sie zeigen eine Gruppe junger Männer, die gemeinsam Musik machen. Der Junge am rechten Rand sitzt an einem Schlagzeug und lacht in die Kamera. Er hat feuerrote Haare … Es ist unverwechselbar der Typ, dem ich heute begegnet bin.

Der Typ, der zu Levys Erpressern gehört.

Hendrik!

Seit meinem Traum eben ist mir sein Name wieder präsent und mir ist vollkommen klar, wer er ist. Hendrik Shouten, der Schlagzeuger der Band *Droom.* Auch er musste damals eine Aussage wegen Felians Unfall machen, weil er aktiv am Streitgeschehen beteiligt gewesen war.

Unfall …

Meine Augen brennen, als sie zurück auf das Foto huschen. Jetzt erkenne ich auch die anderen Jungs wieder. Alle sind Mitglieder von *Droom*. Alle bis auf einen. Er sitzt mit seiner Gitarre in der Hand im Schneidersitz auf dem Boden.

Maximilian Van Leeuwen. Levy ...

Die anderen Fotos sind ähnlich. Sie zeigen die Band oder einzelne Mitglieder davon gemeinsam mit Levy. Entweder beim Musikmachen oder bei irgendwelchen Freizeitaktivitäten. Die Zusammengehörigkeit der Jungs ist nicht zu übersehen. Sie scheinen einmal enge Freunde gewesen sein.

Ein Bild erregt besonders meine Aufmerksamkeit: Levy steht auf der Bühne, das Mikrofon in der Hand, um ihn herum ein paar Jungs, die ich nicht kenne.

Seine eigene Band.

Nervös stopfe ich das Foto zurück und ziehe einen Stapel Zeitungsausschnitte hervor, die ich eilig durchblättere, während ich die Überschriften überfliege.

Einige von ihnen verstehe ich nicht, weil sie auf Spanisch oder Niederländisch sind. Manche sind aber auch auf Englisch, oder ich kann mir die Bedeutung herleiten. Es geht immer um seine musikalische Karriere:

Der Sänger Maximilian Van Leeuwen geht mit der Band Droom *auf Tour*

Sänger und Lead-Gitarrist Maximilian Van Leeuwen gründet eine Band

Newcomer Band De Feniks *geht auf Tournee*

Interview mit Max von De Feniks

Open-Air Live Auftritt von De Feniks *und* Droom *im Lichterpark*

Die Band Droom *geht nach London auf Tournee*

Die Zeitungsartikel hören überhaupt nicht auf. Es sind Ausschnitte aus Magazinen, Tagesblättern und Ausdrucke aus dem Internet. Levy war zumindest hier in den Niederlanden und in Spanien weit berühmter, als er das vor mir zugegeben hatte. Eindeutig zu sehen ist auch seine enge Freundschaft mit der Band *Droom,* die mit Felians Band *Insanity* ständig in kleinere Machtkämpfe geriet.

Meine Finger schwitzen und färben sich schwarz von der Zeitung. Mein Herz klopft immer noch als, würde es gleich zerspringen.

Was tue ich hier eigentlich? Ich will das alles gar nicht wissen!

Für eine Sekunde schließe ich die Augen.

Mach dir nichts vor, du musst *es wissen. Du musst …*

Ich öffne die Augen wieder und in diesem Moment sehe ich es: *Frontsänger der Band* De Feniks *taucht unter*

Kurz glaube ich, mich übergeben zu müssen. Mein Magen rebelliert und die Buchstaben verschwimmen vor meinen Augen. Es kostet mich alle Anstrengung, meinen Blick zu fokussieren und die nächsten Zeilen zu lesen.

Die erfolgreiche Newcomerband De Feniks *löst sich auf, nachdem der Frontsänger und Lead-Gitarrist Max (20) seinen Rückzug aus der Öffentlichkeit bekannt gegeben hat.*

Verstehen kann es wohl niemand. Am wenigsten die Mitglieder der Band selbst.

„Max hat es nicht einmal für nötig gehalten, diese Entscheidung mit uns zu besprechen", erzählt Bandkollege Vince (22, Rhythmus-Gitarre).

Auch der Schlagzeuger der Band, Adam (24), zeigt sich ähnlich enttäuscht. „So haben wir Max weder kennengelernt noch eingeschätzt. Die Musik war sein Leben. Irgendwas muss passiert sein." Eine Erklärung von Max liegt nicht vor.

Was genau passiert ist, wird nicht nur den Jungs, sondern auch ihren Hunderttausenden Fans wohl für immer ein Rätsel bleiben.

Ich weigere mich vehement, zu begreifen, und zugleich tobt die Erkenntnis mit rasender Wucht durch meinen Kopf, meinen Bauch, meinen ganzen Körper. Wie ein Feuerball schießt das schmerzende Wissen durch meinen Verstand und brennt sich dort unauslöschlich ein.

Das Zimmer beginnt sich zu drehen. Langsam erst und dann schneller und immer schneller. Ein wilder Strudel, der mich erfasst, mich mitnimmt und in die Tiefe reißt.

Wahrheit

DIE Zimmertür wird von außen geöffnet und ich springe auf die Füße. Mein Atem geht hektisch und meine Lungen brennen, als wäre ich einen Marathon durch die Antarktis gelaufen. Für einen Wimpernschlag spiele ich mit dem Gedanken, mich unter dem Schreibtisch zu verstecken, aber mein Herz schlägt so laut, dass ich fürchte, es würde mich sofort verraten.

Die Tür ist jetzt offen und ich erkenne Levy. Der Impuls wegzurennen, die Angst, die ich bis eben verspürt habe, wandelt sich in Wut. Sie jagt durch meine Adern wie glühende Lava, die mich von innen verbrennt. Meine Haut beginnt zu kribbeln, weil sich die Luft um mich herum plötzlich anfühlt wie Eiswasser.

„Ana", beginnt Levy leise. „Hast du gefunden, was du suchst?"

Ich öffne den Mund, um etwas zu sagen, aber es ist nichts da. In mir ist nur Leere, gefüllt mit heißer, brennender Wut. Alles in mir zittert.

Spring aus dem Fenster, Ana! Spring einfach raus!

Hastig blicke ich über die Schulter nach hinten. Die Jalousie ist zugezogen.

„Ana."

„Bleib weg von mir!", kreische ich. Meine Stimme ist hysterisch und schrill, als wäre sie nicht von dieser Welt. Aus dem Augenwinkel sehe ich, wie Levy einen Schritt auf mich zukommt, und etwas in mir explodiert.

„Du warst es!" Mit einem Satz bin ich bei dem Mann, der mir alles genommen hat, das Wichtigste in meinem Leben von mir gerissen hat. Ohne Vorwarnung schlage ich ihm mit der flachen Hand ins Gesicht. Er bleibt einfach stehen, rührt sich nicht, und ich schlage ein weiteres Mal zu. Plötzlich formt sich meine Hand zu einer Faust, ich boxe ihm in die Seite, gegen die Schulter, immer und immer wieder. Meine Fingerknöchel schmerzen und doch höre ich nicht auf, bis die Kraft aus mir entweicht wie Luft aus einem Ballon.

„Ana, hör mir zu.“ Kühle Finger umschließen mein Handgelenk, halten es fest und schieben mich ein Stück von ihm weg.

„Lass mich los“, brülle ich ihn an. Ich trete mit voller Kraft mit meinem nackten Fuß gegen Levys Schienbein und heule auf vor Schmerz. Aus dem Heulen wird ein Weinen, ein Schreien. „Lass mich los! Du warst es! *Du* warst es!“

Levy lässt mich nicht los. Er legt seinen Arm um meine Schultern, zieht mich dicht an sich und versucht, mich zu halten. Panik steigt in mir auf und etwas anderes, das ich nicht gleich zuordnen kann.

Abscheu ...

Mein Blick huscht wild durch das Zimmer, während ich immer wieder nach ihm trete. Er muss sich breitbeinig hinter mich gestellt haben, denn meine Tritte gehen ins Leere.

Sein zweiter Arm legt sich um mich. „Bitte lass uns reden. Ich kann dir alles erklären.“

Sobald die Wahrheit ausgesprochen ist, wird es kein Zurück geben.

„Lass mich los!“ Ich beuge mich vor und beiße ihn in den nackten Unterarm. Kurz schreit er auf. Für diese winzige Sekunde lockert sich sein Griff. Die Zeit reicht mir aus. Ohne nachzudenken, schnappe ich mir die Plastikflasche, die noch immer auf dem Nachtkästchen steht, und schlage ihm damit auf die Fingerknöchel. Erschrocken zieht Levy einen Arm weg und ich renne los, die Flasche noch immer fest in der Hand. In wilder Panik stürme ich den Flur entlang, kämpfe gegen die auf mich einstürzenden Gedanken und eine Wahrheit, die mich zu verbrennen droht. Ich bin bereits in der Diele, als ich kurz langsamer werde und mich umdrehe. Levy hat mich fast erreicht. Er bleibt nicht stehen, als er sieht, dass ich mein Tempo drossle.

„Hau ab!“, schreie ich und werfe die Flasche in seine Richtung. Damit hat er nicht gerechnet. Ich höre einen dumpfen Aufprall. Levy steht vornüber geneigt da, hält die Finger über Auge und Stirn, aber ich sehe dennoch das rote Blut auf den Boden tropfen.

Oh Gott, ich hab ihn getroffen ...

Die Wut in mir verschwindet. Sie löst sich auf wie Rauch im Wind und plötzlich sehe ich wieder den Mann, in den ich mich verliebt habe.

Dem ich vertraut habe ...

Ich will meine Hand nach ihm ausstrecken, ihn berühren, ihn fragen, ob ich ihm helfen kann. Aber ich tue es nicht. Wortlos wende ich mich von ihm ab und gehe weiter in mein Zimmer.

Hinter mir erscheint Sanne in der Diele. Sie muss unseren Streit mitbekommen haben und eilt nun auf den blutenden Levy zu.

Ohne die beiden weiter zu beachten, gehe ich in mein Zimmer. Der Koffer steht noch auf dem Boden, so wie Levy ihn hingestellt hat. Meine Finger zittern, als ich ihn aufklappe und alle meine Sachen hineinwerfe. Erst als ich mit dem Packen fertig bin, stelle ich fest, dass ich mit diesem Shirt, in dem ich geschlafen habe, nicht zum Flughafen kann. Seufzend öffne den Koffer wieder und ziehe mir einen frischen Pullover drüber. Dann hole ich meine Utensilien aus dem Bad und stecke sie in meine Handtasche. Der ganze Ablauf geschieht wie in Trance. Nichts denken, nichts fühlen. Levy und seine blutende Wunde sind längst aus meinem Verstand verdrängt, genauso wie diese schreckliche Wahrheit, die ich realisiert habe. Sie ist zwar da, aber nicht mehr greifbar, sondern tief in mir vergraben, eingenebelt in dem Schock, unter dem ich stehe. Alles wird später aus mir herausbrechen, wenn ich allein bin und sich die Realität an die Oberfläche kämpft. Aber jetzt bin ich ruhig und gefasst, abgeklärt und emotionslos.

Das ändert sich auch nicht, als Levy plötzlich im Türrahmen steht. Er drückt einen Waschlappen auf die Wunde, die offensichtlich immer noch blutet.

„Ich muss zum Arzt“, sagt er leise. „Das muss genäht werden.“

„Mir egal“, gebe ich zurück. Ich stelle mich vor den Spiegel und binde einen Pferdeschwanz. Ja, so müsste es gehen. Ordentlich genug für einen Flug nach Hause.

„Hab ich eine Chance, dich zum Bleiben zu bewegen?“ Levy redet leise, fast vorsichtig, so als hätte er Sorge, ich könnte jeden Moment wieder ausrasten.

Aber das tue ich nicht. Ich habe nicht vor, ihm zu zeigen, wie viel Macht er über mich und meine Gefühle hat. Schweigend nehme ich meinen Koffer und meine Jacke vom Haken und warte, dass er mir aus dem Weg geht. Das Beben in mir kehrt zurück. Lange wird es nicht mehr dauern, bis alles aus mir herausbricht.

„Kann ich dich zum Flughafen bringen?“, fragt er, als er einen Schritt zur Seite geht. „Dich nach Hause begleiten? Bitte?“

„Nein.“ Mehr kann ich nicht sagen. Jedes weitere Wort würde meine Haltung ins Wanken bringen, den Sturm in meinem Inneren entfachen. Meine Knie zittern und der Boden schwankt, als ich an ihm vorbei gehe.

„Es ist okay, wenn du mich verrätst“, sagt er leise, aber gefasst. „Ich bin hier.“

Schweigend gehe ich weiter, öffne die Haustür und trete hinaus in die Nacht. Ich weiß noch nicht einmal, wo ich jetzt hinmöchte, was ich tun soll oder wie mein Leben von nun an weitergehen wird. Mit diesem Wissen, das ich nicht haben will und nicht ertrage, und ohne den Mann an meiner Seite, den ich liebe.

Feuer

DIE Sonne geht auf. Warm und angenehm scheint sie mir ins Gesicht und zeigt mir, dass ich noch lebe. Das Holz der Parkbank ist hart und genauso feucht wie meine Klamotten, aber auch das spielt keine Rolle. Ich will nicht aufwachen, nicht denken, nicht fühlen und nicht begreifen. Krampfhaft halte ich die Augen geschlossen und möchte zurück in meinen Traum, in dem ich bis eben noch war. Doch es gelingt mir nicht. Mit der Wärme der Sonne, die in meine Glieder dringt, macht sich auch die Wahrheit in meinem Verstand breit.

Levy hat Felian getötet.

Jetzt ist es raus. Nicht ausgesprochen, aber gedacht. Der Satz wurde geformt, gebildet, in die Welt geworfen. Unwiderruflich, unumkehrbar. Nichts, was er jetzt noch sagen, machen oder tun könnte, würde irgendetwas ungeschehen machen.

Die Wahrheit ist wie ein Lauffeuer, das sich seinen Weg bahnt ...

Ein Feuer, so glühend heiß wie das in der Hölle, breitet sich in meinem Körper aus und tötet alles, was in mir ist. Wild um sich schlagend lodern die Flammen durch mein Inneres und drohen mich zu zerreißen, während ich reglos auf der Parkbank liege. Niemand von außen sieht, was in mir passiert. Die Hitze ist so allumfassend, dass ich nicht einmal mehr weinen kann. Jede Träne in mir ist im Feuer verdampft.

Mein Handy vibriert in Dauerschleife, aber ich ignoriere es. Bald würde der Akku leer sein und für Ruhe sorgen.

Wir gehen davon aus, dass es ein Landstreicher war.

Ein Satz, der meinen Eltern und mir vor vielen Jahren gesagt wurde. Eine Aussage, die uns Frieden geben sollte. Die dafür gesorgt hat, dass ich aufhörte, mich umzuschauen und überall den Mörder meines Bruders zu sehen.

Wir gehen von einem Unfall aus.

Ein Unfall. Kein Vorsatz. Schon gar kein Mord. Ein dummer Zufall. Zur falschen Zeit am falschen Ort. Ein Landstreicher, der eine Gelegenheit ergriffen hat, ein Auto zu stehlen. In London gibt es mehr als genug Obdachlose, die sich bei großen Events auf den Parkplätzen tummeln, nach Dingen suchen, für die es ein Pfand gibt, Essen stehlen.

Oder auch Autos, wenn sie offen mit laufendem Motor dastehen, während der Besitzer einige Meter weiter auf dem Boden liegt und sich prügelt …

Es wäre nicht tragisch gewesen. Ein Autodiebstahl, mehr nicht. Ärgerlich, aber zu verschmerzen. Felian hat mit seiner Musik genug Geld verdient, um sich ein neues zu kaufen, ohne dass es ihm ein Loch in seine Finanzen gerissen hätte. Wäre der Typ mit dem Auto einfach davongefahren, wäre es kein Drama gewesen. Kein Weltuntergang. Nicht das Ende.

Hätte Felian nicht versucht, den Dieb aufzuhalten.

Er hat versucht, durch das offene Fenster an den Autoschlüssel zu kommen, und wurde mitgeschleift. Alles andere kann man nur vermuten. Die Polizei ging davon aus, dass der Wagen irgendwann zu schnell wurde und Felian den Halt verlor und auf den Asphalt knallte. Das Einzige, was sicher festgestellt werden konnte, war, dass die Todesursache eine Hirnblutung war. Eine Ader in seinem Kopf war geplatzt, höchstwahrscheinlich durch den Aufprall auf dem Boden. Ob der Autodieb das überhaupt mitbekommen hatte, sei unklar.

Fest steht nur, dass der Täter das Auto 300 Kilometer weiter mit leergefahrenem Tank an einer Flussmündung stehenlassen hatte. Dadurch entstand die Vermutung, dass es ein Landstreicher war, der eine spontane Gelegenheit ergriffen hatte, denn er verfügte offenbar nicht über das nötige Geld, das Auto zu betanken und damit über die Grenze zu fahren. Also hat er es einfach stehenlassen, vielleicht noch eine Nacht darin geschlafen und sich dann aus dem Staub gemacht.

Aber es war kein Landstreicher.

Es war Levy. Er war bei dem Streit dabei gewesen und hat mit den anderen meinen Bruder geärgert und ihm gedroht.

Du bist deine Fangirls los, wenn das die Runde macht …

Worte, die ich plötzlich ganz deutlich in meinem Kopf höre.

Kam dieser Satz von Levy?

Ich weiß es nicht. Mein Kopf tut weh, droht zu explodieren wegen der sengenden Hitze, die in mir ist. Ein brennender Schmerz, der wie ein Lauffeuer durch meinen Körper jagt, mein Herz umschließt und gefangen nimmt.

Er hat meinen Bruder getötet!

Auch dieser Satz geht durch meine Gedanken, ohne dass ich mich bewege. Noch immer liege ich auf der Parkbank, auf der ich geschlafen habe. Eine Bank irgendwo in einem fremden Ort, einem fremden Land. Ich weiß nicht, wo ich bin, und auch das spielt keine Rolle. Denn ich weiß, *wer* ich bin.

Ich hatte Sex mit dem Mörder meines Bruders.

Mein Magen dreht sich. Ich setze mich auf und kotze auf den Boden. Wieder und wieder, bis mein Bauch so leer ist, wie ich mich fühle, und nur das brennende Gefühl bleibt.

Er wird seine Strafe bekommen.

Langsam stehe ich auf, greife in meine Hosentasche und ziehe eine Packung Papiertaschentücher und mein Handy hervor. Ein Blick auf das Display zeigt mir, dass es ausgegangen ist.

Akku leer ...

Mit einem der Tücher wische ich mir den Mund sauber, streiche meine nassen Klamotten glatt und nehme meinen Koffer.

Maximilian Van Leeuwen, Giethoorn, Niederlande.

Mehr muss ich nicht wissen. Für einen Moment zögere ich, weil ich überlege, ob ich zuerst zur Polizei oder zum Flughafen gehen soll. Dann setze ich mich in Bewegung.

Zerrissen

Schottland

DER Rückflug zieht sich endlos hin. Drei unglaublich lange Stunden, in denen ich einfach nur dasitze, bemüht, nicht schreiend gegen irgendwas zu treten, weil ich so voller Wut bin. So voller Schmerz. All die Jahre habe ich es geschafft, nur positive und gute Gedanken an Felian zuzulassen, das Unsagbare auszublenden und Erinnerungen nur dosiert anzunehmen. Nun stürmt alles auf einmal auf mich ein.

Ich bin unglaublich froh, als ich das Flugzeug endlich verlassen kann.

Schottland. Endlich.

Mit schnellen Schritten haste ich zu meinem Auto, werfe meinen Koffer auf den Rücksitz und steige ein. Ich gebe Freyas Adresse in mein Navi ein. Weil ich Shadow plötzlich unglaublich vermisse und er bei ihr zu Hause ist. Meine Finger krampfen sich um das Lenkrad, während ich versuche, mich irgendwie auf die Straße zu konzentrieren. Immer wieder driften meine Gedanken ab. Dieses Mal in eine Richtung, die mir überhaupt nicht gefällt.

Levy.

Ich kann nicht verhindern, dass ich mich frage, was er gerade macht. Ob er bei einem Arzt gewesen ist und die Platzwunde an seiner Augenbraue hat nähen lassen. Schon wieder. Schließlich war es noch nicht lange her, dass er dort schon einmal genäht wurde, nach der damaligen Prügelei mit seinen Erpressern. Möglicherweise hatte ich sogar dieselbe Wunde wieder getroffen.

Du hast ihn verletzt.

Fast hätte ich laut aufgelacht über den Gedanken. Seine Wunde wird zuwachsen und es wird nichts zurückbleiben als eine dünne und bedeutungslose Narbe. Meine Wunde hingegen wird niemals heilen.

Max.

Leise wiederhole ich diesen Namen. Seinen echten Namen.

Ich bin sehr hoch geflogen und sehr tief gefallen ...

Seine Worte ergeben plötzlich einen Sinn. Er war bekannt und berühmt, stand in der Öffentlichkeit, wurde bejubelt. Dann gab es den Streit zwischen den beiden Bands, in den Levy irgendwie hineingeraten war, und dann nahmen die Dinge ihren Lauf.

Er hatte Angst.

Die Erkenntnis ist plötzlich da. Es steht außer Frage, warum Levy Felians offenes Auto genommen hat und damit fortfahren wollte. Um nicht erwischt zu werden, seinen Ruf nicht zu gefährden, seine Karriere nicht anzukratzen. Vermutlich hätte er das Auto einfach wenige Meter weiter stehenlassen, sobald keine Gefahr mehr von den Sicherheitsleuten drohte. Aber sein Vorhaben hat nicht funktioniert.

Weil Felian ihm vors Auto gesprungen ist.

„Hör auf!“ Mein Schrei ist so laut, dass er mir in den Ohren weh tut. „Hör auf, Ana! Sei ruhig! Halt’s Maul! Denk nicht weiter! Sei einfach ruhig!“

Meine Hände zittern so sehr, dass ich anhalten muss. Ohne den Blinker zu setzen, fahre ich links ran und beginne zu weinen. Jetzt ist der Moment gekommen, in dem alles aus mir herausbricht, es kein Halten mehr gibt.

Weil Felian ihm vors Auto gesprungen ist.

Der Gedanke lässt meinen Magen zusammenkrampfen. Wie konnte ich so über meinen Bruder denken, als würde ihn auch nur einen Funken Mitschuld treffen?

„Es ist allein deine Schuld, Max!“, schreie ich gegen die Windschutzscheibe. „Deine ganz alleine! Ich hoffe, du kommst in die Hölle dafür!“

Aber vorher würde er in den Knast gehen. Dafür würde ich sorgen. Schlimm genug, dass ich bisher gezögert habe, zur Polizei zu gehen. Sobald ich zu Hause bin, werde ich das nachholen. Ich werde aufs Polizeirevier gehen mit der Aufforderung, einen ganzen Suchtrupp loszuschicken, notfalls das ganze Land abzuriegeln. Sein Vorsprung wird ihm nichts nützen. Max wird nirgendwo mehr hinkönnen, ohne

Angst haben zu müssen, entdeckt und erkannt zu werden. Sie werden ihn finden, dafür werde ich sorgen, und wenn es das Letzte ist, was ich in meinem bedeutungslosen Leben noch tue.

***

Freya kommt mir bereits entgegengelaufen, als ich mein Auto bei ihr in der Einfahrt abstelle. Ihr Blick ist hektisch, ihre Haare stehen wild nach allen Seiten ab. Noch bevor ich den Motor abgestellt habe, hat sie schon meine Fahrertür aufgerissen.

„Ana, was ist passiert?“, fragt sie atemlos.

Schweigend starre ich sie an.

Sie greift nach meiner Hand und zieht mich aus dem Auto. „Oh nein, wie siehst du aus? Was ist passiert? Ich hab seit gestern so ein Scheißgefühl gehabt, ich hab mir so Sorgen gemacht.“ Wenn Freya so viel redet, ist sie nervös. Sie legt einen Arm um meine Schultern und führt mich zum Haus. „Komm erst mal rein. Ich bin so froh, dass du da bist. Ich hab tausendmal angerufen, aber du bist nicht rangegangen, und dann war dein Handy aus. Ich bin fast gestorben vor Sorge.“

„Es tut mir leid“, murmle ich. Kaum bin ich im Haus, kommt mir Shadow entgegen. Er winselt leise und wedelt so heftig mit dem Schwanz, dass es mir an meinem Bein weh tut. „Mein Akku war leer.“

Erschöpft lasse ich mich auf den Boden fallen. Shadow drückt sich dicht an mich, ich spüre seinen hechelnden Atem auf meinem Gesicht. Wie sehr hat mir das gefehlt.

Freya setzt sich neben mich und nimmt mich in den Arm. Ein weiteres Mal bricht alles aus mir heraus. Tränen strömen mir über das Gesicht, meine Schultern beben, während mein gesamter Körper zittert, als hätte ihn jemand unter Starkstrom gesetzt.

Liebevoll streicht mir Freya die strähnigen Haare aus der Stirn und schaut mich mit ihren grünlichen Augen wissend an. „Es ist passiert. Er hat die Wahrheit ans Licht gebracht.“

„Ja.“ Mein Wort ist ein einziger Schrei. Meine Stimme vibriert in einer fast unmenschlichen Frequenz. „Er hat meinen Zwillingsbruder überfahren.“

„Großer Gott." Mehr sagt Freya erst mal nicht. Obwohl sie nichts von Felian und all dem weiß, versteht sie sofort. Dann fügt sie leise hinzu: „Ich wusste, mit dem Typen stimmt was nicht …"

Voller Verzweiflung starre ich Freya an. „Hörst du, was ich sage? Er hat sein Auto genommen und ist weggefahren. Mein Bruder wollte ihn aufhalten und *er* hat ihn einfach umgefahren! Es war ihm scheißegal! Er ist weggefahren! Einfach weggefahren, ohne anzuhalten, ohne zu helfen. Es war ihm scheißegal!"

„Wenn er angehalten hätte …" Freyas Unterlippe zittert und ihre Augen füllen sich mit Tränen. „Würde dein Bruder dann … noch … leben?"

„Nein. Niemand konnte ihm helfen." Mein Herz tut so weh. Felians Blick in der Sekunde seines Todes drängt sich in meine Erinnerung. Ein Blick voller Liebe, voller Schmerz und doch ohne jeglichen Vorwurf, ohne Groll. „Ich konnte ihm auch nicht helfen."

„Du warst bei ihm. Das war wichtig für ihn."

„Er war erst 19." Die Schmerzen in meiner Brust machen alles eng, beklemmend. Jeder Atemzug ist anstrengend und brennt, als würde ich beißenden Rauch inhalieren. Die Worte wollen meine Kehle nicht verlassen, weil sie zu viel Wahrheit enthalten. „Er hat meinen Bruder umgebracht."

Die Kuckucksuhr an der Wand tickt unaufhörlich weiter, als wäre nichts passiert. Draußen zwitschern die Vögel und irgendwo in der Ferne hupt ein Auto. Shadow hat seinen großen Kopf auf mein Bein gelegt und winselt leise. Die Welt ist wie immer und doch ist sie für mich eine völlig andere geworden.

Die Wahrheit ist das Feuer. So heiß, dass es kaum zu ertragen ist.

Freyas Prophezeiung scheint wie aus einer anderen Zeit. Auf einmal fühle ich mich unglaublich dumm, dass ich ihrer Vision nicht mehr Bedeutung eingeräumt habe.

Kühle Finger legen sich um meine, als Freya meine Hand nimmt. „Hat Levy seine Strafe abgesessen?"

„Max", korrigiere ich. Ein Teil von mir wehrt sich vehement, ihn weiterhin als Levy zu sehen. Sein Name ist Max und diese Person hat nichts mit dem liebevollen und fürsorglichen Mann zu tun, in den ich mich verliebt habe. „Er hat mich belogen von vorne bis hinten. Man konnte ihn nicht einsperren, weil er abgehauen ist. Aber jetzt wird er seine Strafe bekommen. Ich werde noch heute zur Polizei gehen."

Freya runzelt nachdenklich die Stirn, als sie die Zeitspanne errechnet. „Sechs Jahre lang wurde er nicht verurteilt? Wird er gesucht?"

„Sie haben das Verfahren irgendwann ruhen lassen." Mehr kann ich nicht sagen. Es ist zu viel und zu aufwendig, das jetzt alles zu erklären, und auf einmal fühlt es sich falsch an, die Anzeige zurückgezogen zu haben. *Wie ein Verrat an Felian ...*

Wir waren uns sicher gewesen, dass es ein betrunkener Landstreicher war, der überhaupt nicht merkte, was er tat, und den wir niemals finden würden. *Wir wollten Frieden schließen. Meine Eltern wären daran zerbrochen.*

„Hat er seine Schuld zugegeben?"

„Was meinst du?" Verwirrt schaue ich Freya an. Meine Augen brennen vom Weinen und sie fühlen sich verquollen und aufgedunsen an.

„Hat er seine Schuld zugegeben?", wiederholt sie. Ihr Blick ist durchdringend.

„Nein, wir haben nicht mehr gesprochen."

„Ich möchte ihn auch hinter Gitter sehen", knurrt sie wütend. „Und doch kannst du ihn jetzt noch nicht anzeigen."

„Was?"

Freya atmet tief in den Bauch, bevor sie sagt: „Hör auf dein Herz. Sagt es dir wirklich, dass du zur Polizei gehen sollst?"

„Ja." Ich ziehe meine Hand von Freya weg und lege sie an meine Schläfe. Mein Kopf hämmert und droht zu zerspringen. „Ich denke schon."

„Weil du wütend bist", sagt Freya. Sie nimmt meine Hand wieder in die ihre. „Für den Moment fühlt es sich gut an. Aber sobald du es getan hat, wird dein Gefühl ein anderes sein."

„Das ist doch Unsinn, ich kann ihn doch nicht schützen!" Ich kann kaum fassen, was meine beste Freundin sagt. Gerade von Freya habe ich erwartet, dass sie mir zur Seite steht und mit mir gemeinsam wütend ist. Und zwar nicht nur fünf Minuten, sondern so lange, wie ich das brauche. *Hasse diesen Typen mit mir zusammen!*

„Soll ich so tun, als wäre nichts gewesen?“, frage ich ungläubig.

„Nein, das sollst du nicht.“ Ihre Worte sind langsam und überlegt. „Ich möchte genauso, dass er seine Strafe bekommt. Aber ich denke weiter. Ich denke an dich und was gut für dich ist. Urteilen, ohne seine Sicht zu kennen, passt nicht zu dir.“

„Das Urteil darf dann der Richter fällen“, sage ich und ziehe trotzig erneut meine Hand weg.

„Aber du lieferst ihn aus.“

„Das ist ja wohl mein gutes Recht!“ Dieses Mal schreie ich wirklich. Meine ganze Wut entlädt sich nun auf Freya. „Er hat meinen Bruder getötet. Ist dir das klar?“

„Mir ist klar, dass du das denkst, ja.“ Sie macht eine Pause und fährt dann vorsichtig fort. „Aber es gibt auch noch seine Seite der Geschichte und die solltest du dir anhören, *bevor* du urteilst.“

„Was soll das heißen?“ Fassungslos starre ich meine Freundin an. „Verteidigst du ihn? Du nimmst den Mörder meines Bruders in Schutz?“

„Manchmal liegen die Dinge nicht so, wie sie augenscheinlich sind.“

Ich öffne den Mund, um sie weiter anzuschreien, und schließe ihn dann wieder. In meinem Bauch zieht sich etwas zusammen und dann begreife ich, dass Freyas Worte mir Hoffnung geben.

„Du denkst, er könnte es nicht gewesen sein?“

„Nein“, sagt sie. „Aber ich denke, dass es vielleicht anders war, als du denkst, und dass du ihn anhören solltest.“

Meine Hoffnung verpufft im gleißenden Feuer. „Und dann?“

„Bitte, setz dich erst mal auf die Couch“, sagt Freya leise zu mir. „Ich bringe dir einen heißen Tee und mache dir etwas zu essen.“

„Danke.“ Gemeinsam stehen wir auf und gehen zur Couch. Freya legt mir eine dünne Baumwolldecke um die Schultern und positioniert ein paar Kissen hinter meinem Rücken, bevor sie in die Küche geht. Es dauert ein paar Minuten, bis das brodelnde Geräusch des Wasserkochers ertönt. Kurz darauf stellt Freya eine kanariengelbe

Tontasse mit dampfendem Tee auf den niedrigen Holztisch. Es riecht nach Holunderbeere und Melisse.

„Ich spüre deine Zerrissenheit“, flüstert Freya, als sie sich dicht neben mich setzt. Sie nimmt die Tasse, pustet ein paar Mal über die Oberfläche und drückt mir den Tee dann in die Hand. „Ich spüre deinen tiefen Wunsch, ihm zu verzeihen. Er ist da, wenn auch verschüttet unter ganz viel Wut. Du denkst, diese Wut wird weggehen, wenn du ihn verrätst, aber das wird nicht der Fall sein. Du wirst danach genauso wütend sein und …“ Freya schweigt kurz, legt den Kopf schief und schaut mich traurig an. „… und es wird dir deinen Bruder nicht zurückbringen.“

Ich weiß, dass sie recht hat. Erschöpft sinke ich in mich zusammen. Meine Hände klammern sich an die Tasse, als könne sie mich vor dem Untergang retten. Der Gedanke, zur Polizei zu gehen und Max anzuzeigen, hat mir Kraft gegeben, mir Antrieb verliehen. Nun ist das weg und zurück bleibt nichts als eine klaffende Leere.

„Es wird nichts ändern, wenn du ihn verrätst.“ Leise steht sie auf und geht durch den Raum. Im Türrahmen bleibt sie noch einmal kurz stehen und dreht sich zu mir um. „Das Einzige, was du damit erreichst, ist, dass du am Ende zwei Menschen verloren hast, die du liebst.“

Leid

ES regnet leicht und irgendwie tröstet mich das.

Der Himmel weint. Aber das tut er oft. Ich bin Regen gewohnt. In keinem Land der Welt regnet es so oft wie in dem Land, in dem ich aufgewachsen bin. Das Wetter wird mich nicht von meinem Vorhaben abbringen. Auf dem Weg zum Fenster streichen meine Finger über das Keyboard in meinem Schlafzimmer. Plötzlich wünsche ich mir sehnsüchtig, dass ich dieses Instrument spielen könnte. Es könnte Nähe schaffen, vielleicht eine Brücke schlagen, mir Zugang zu einer anderen Welt gewähren …

Rede mit mir, Felian.

Mein Blick geht in den Himmel, als könnte ich dort entdecken, was ich so verzweifelt suche und so schmerzlich vermisse.

„Bitte rede mit mir." Meine Worte bleiben unbeantwortet. Traurig verlasse ich das Schlafzimmer, nehme eine Jacke vom Haken und gehe zu meinem Auto. Ich setze mich hinter das Steuer, ohne den Motor anzulassen.

„Mein Name ist Anastasia Adams", sage ich zu mir selbst, nur um zu prüfen, wie es sich anhört. „Ich möchte den Mann melden, der vor sechs Jahren meinen Bruder getötet hat. Er heißt Maximilian Van Leeuwen und Sie finden ihn in Giethoorn, in den Niederlanden."

Nichts davon klingt gut. Mein Magen krampft sich schon wieder zusammen und mein Herz hat nicht eine Minute aufgehört wehzutun, seit ich die Wahrheit erfahren habe. Meine Finger zittern, als ich den Schlüssel umdrehe.

Sie werden ihn nicht finden.

Mir ist klar, dass Max längst nicht mehr zu Hause ist. Es ist nicht seine Art, däumchendrehend mit einer Tasse Tee abzuwarten, was passiert. Natürlich ist er längst untergetaucht, hat vermutlich längst das Land verlassen. *Wahrscheinlich ist er mir sogar gefolgt.*

Ein Schauer läuft mir über den Rücken, als ich erst aus dem Fenster und dann auf die Rückbank des Wagens schaue. Natürlich ist da niemand und auch draußen ist weit und breit niemand zu sehen.

Vielleicht werden sie ihn nicht einmal suchen. Die Sache ist viel zu unbedeutend, als dass eine Hundertschaft mit Suchhunden und Hubschraubern anrückt, um jemanden zu finden, der sechs Jahre lang nicht auffällig geworden ist und von dem man nicht einmal weiß, ob er der Täter ist. Die Suche damals lief auch sehr schleppend und war nie erfolgversprechend. Irgendwie hatte ich angenommen, man würde aus Felians Wagen DNA-Spuren nehmen, Haarproben und Fingerabdrücke, Fahndungsfotos erstellen und den Unfallverursacher durch die halbe Welt jagen, aber nichts davon ist geschehen. Man erwartete nicht, dass man ihn in polizeilichen Datenbanken finden würde, da man Vorsatz ausschließen konnte. Aber jetzt habe ich seinen Namen und seine Adresse, und somit wird es leicht möglich sein, ihn zu finden.

Du solltest seine Seite der Geschichte anhören.

Für mich besteht kein Zweifel daran, dass er der Schuldige ist. Ob Vorsatz oder nicht, er hat es getan, und das Schlimmste ist, er ist weggefahren, ohne mit der Wimper zu zucken. Es war ihm völlig egal.

Nichts, was du tust, macht irgendwas davon ungeschehen.

Meine Augen brennen und ich blinzle die Tränen weg, als ich in den ersten Gang schalte. Sobald ich weiß, dass Max hinter Gittern sitzt, wird es mir leichter fallen, mit der Sache abzuschließen. Dann wird Felian in Frieden ruhen können.

Denkst du wirklich, du kannst seinen Tod rächen? Dazu müsstest du Max schon umbringen ...

Der Regen nimmt zu. Er wird so stark, dass meine Sicht verschwimmt, obwohl ich noch nicht einmal losgefahren bin. Die Wolkendecke am Himmel wird immer dunkler, immer gewaltiger und zeugt von einem drohenden Unwetter.

Unheil.

Bestimmt wird es bald gewittern. Unwetter machen mich immer ein wenig nervös und doch liebe ich sie. Seufzend schließe ich die Augen, während der Regen immer lauter auf das Autodach prasselt. Eine

Erinnerung aus längst vergangenen Tagen mischt sich in das monotone Geräusch …

Wir sind 17 Jahre alt. Gemeinsam sitzen wir am Strand und blicken hinaus auf das raue Meer. Meine Tränen hinterlassen feuchte Spuren auf meinen Wangen, die vom kühlen Wind getrocknet werden.

Felian hat seinen Arm um meine Schultern gelegt. Er redet leise: „Es tut immer weh, wenn so etwas passiert. Er hat dich nicht verdient, Ana. Eines Tages wird er es bereuen."

Ich schluchze. Mit einem dünnen Stock male ich ein Herz in den Sand und schreibe die Anfangsbuchstaben unserer Initialen hinein. A + B.

Ana und Brian.

Brian, der heute eine Verabredung mit mir gehabt hätte.

Brian, der einfach nicht gekommen ist. Vielleicht war es dumm von mir, zu ihm zu fahren und zu schauen, ob er es einfach vergessen hat. Wie hätte ich auch ahnen können, dass ich ihn Hand in Hand mit einem anderen Mädchen vorfinde.

Wütend kritzle ich mit dem Stock über das Herz, um es unkenntlich zu machen.

„Zerkritzel es nicht", flüstert Felian und rutscht ein Stück näher zu mir heran. Er nimmt mir den Stock ab und malt Herz und Initialen neu. „Lass es stehen. Irgendwann wird der Wind es von allein verwehen und du wirst es vergessen."

„Vielleicht will ich ihn aber gar nicht vergessen", knurre ich trotzig.

„Du hast recht. Nein, du sollst die schöne Zeit mit ihm nicht vergessen, Ana, aber du kannst ihm verzeihen." Felian gibt mir meinen Stock zurück. „Kennst du das Zitat von Thomas Morus: Gute Dinge und gute Erinnerungen meißeln wir in Stein, damit kein Sturm der Welt es jemals vernichten kann. Aber wenn uns jemand beleidigt oder verletzt, dann schreiben wir es in den Sand. Damit der Wind des Verzeihens es eines Tages löschen kann."

Mir ist nicht aufgefallen, wie sehr ich weine. Die Tränen laufen in Strömen über mein Gesicht und erst in diesem Moment wird mir wirklich klar, wie viel Unheil Max angerichtet hat und dass mein Leben nie wieder wie früher werden wird.

Nie wieder wie *damals* mit Felian und auch nie wieder wie *damals* ohne ihn. Der Schaden in mir ist bereits angerichtet und nicht zu reparieren. Jetzt gilt es nur noch, einen Weg zu finden, so gut wie möglich damit umzugehen.

Langsam öffne ich die Augen und starre suchend hinaus in den Regen. Dann mache ich den Motor aus und gehe zurück ins Haus.

***

Die Welt dreht sich weiter. Fast bin ich ein wenig verwundert darüber, dass nichts passiert. Es ist alles so, wie es immer ist.

Mein Hund schläft auf seiner Decke vor meinem Bett, die Vögel draußen in den Sträuchern schimpfen sich gegenseitig an und die Welt dreht sich noch immer. Irgendwie hat sich mein Tagesablauf eingependelt. Ich wache morgens auf. Dann dauert es ein paar Sekunden, bis meine Erinnerung einsetzt und mir bewusst wird, dass dies alles kein schlimmer Alptraum ist. Dass es wahr ist und dass es nicht aufhören wird, wenn ich aufwache. Mit dieser Erkenntnis setzen die Bauchschmerzen ein. Dumpfe und heiße Bauchschmerzen, die über den Tag meistens zunehmen anstatt zu verschwinden. Ich schaffe es, zu funktionieren, meine Bar zu führen. Essen fällt mir zwar schwer, weil mein Magen ständig krampft, aber alles andere geht irgendwie. Das Schwerste ist der ständige Wandel meiner Gedanken. In der einen Sekunde bin ich mir vollkommen sicher, dass es richtig war, nicht zur Polizei zu gehen und Max anzuzeigen, und im nächsten Moment fühle ich mich hundsmiserabel, weil ich den Mörder meines Bruders frei herumlaufen lassen. Was in lichten Momenten für mich dann aber zu übertrieben klingt, weil ich insgeheim weiß, dass es kein Mord war, da kein Vorsatz bestand.

Totschlag.

Ich schrecke zusammen, weil jemand nach mir ruft. Mir war nicht aufgefallen, dass ich mitten in meiner Bar einfach stehen geblieben bin, ins Nachdenken kam und nicht mehr ansprechbar war.

„Ana!“ Isobel packt mich fast schon grob am Arm und zieht mich zur Seite. „So geht das nicht weiter. Das muss aufhören. Wir müssen etwas unternehmen. Du musst ihn endlich anzeigen.“

„Ich weiß." Meine Stimme zittert schon wieder und ich kämpfe gegen die Tränen.

„Dann tu es endlich!", schimpft sie.

Staunend schaue ich meine Freundin an. Eigentlich bin ich davon ausgegangen, dass es genau andersherum sein wird. Dass Freya mich regelrecht zur Polizei schleift, während Isobel mich bittet, Max eine zweite Chance zu geben.

„Ja, ich werde ihn anzeigen", sage ich schwach. „Gleich am Montag früh gehe ich zur Polizei." *Am Ende wirst du zwei Menschen verlieren, die du liebst.*

„Das ist gut", sagt Isobel mit einem Anflug von Stolz in der Stimme. „Und wenn er seine Strafe abgesessen hat, dann kannst du dir überlegen, ob du ihm eine zweite Chance geben willst."

Mit diesen Worten dreht sie sich um und geht zu dem Gast, dessen Rufe ich überhört habe.

Eine zweite Chance. Ich lache bitter auf. Als würde ich mit diesem Menschen auch nur noch ein einziges Wort wechseln wollten, geschweige denn ihn in meine Nähe lassen.

Unheil

DAS Gespräch war leicht. Viel einfacher, als ich es mir vorgestellt habe. Erleichternd und gleichermaßen frustrierend. Natürlich habe ich nicht erwartet, dass die Polizei gleich mit einem Hubschrauber losfliegt und Max sucht. Auch nicht, dass die sofort das SEK zusammentrommeln. Aber dass erst mal so überhaupt gar nichts zu passieren scheint, das wurmt mich dann doch irgendwie.

„Wir kümmern uns darum", sagt die freundliche Polizistin, mit der ich bis eben gesprochen habe. „Wir werden sofort die niederländischen Kollegen verständigen, sie werden jemanden schicken."

„Danke." Ich höre auf, den Kugelschreiber in meinen Fingern zu drehen, und lege ihn zurück auf den Tisch. Auf die Stelle, von der ich ihn vor gefühlt drei Stunden heruntergenommen habe, um die Anzeige zu unterschreiben.

„Sie hören von uns." Die Polizistin lächelt mich solange an, bis ich meine Jacke angezogen und das Gebäude verlassen habe.

Mein Blick geht in den Himmel hinauf. Er ist strahlend blau, keine einzige Wolke ist zu sehen. Passend zur Jahreszeit ist es warm und sonnig.

Alles ist gut!

„Du hast das Richtige getan", sagt Isobel leise, als ich an ihrem Auto ankomme. Wir hatten heute Morgen gemeinsam gefrühstückt und anschließend hat sie mich auf dem Weg zur Arbeit beim Polizeirevier rausgelassen.

„Du hättest warten sollen, bis er mit dir geredet hat", knurrt Freya von Rücksitz nach vorne. „Jetzt gibt es kein Zurück mehr."

„Er wollte doch überhaupt nicht mit mir reden", verteidige ich mich, wohlwissend, dass ich nicht die Wahrheit sage. Aber mittlerweile ist fast eine Woche vergangen, seit ich wieder in Schottland bin, und Max hat weder etwas von sich hören lassen noch eine Nachricht geschrieben. *Ich hätte eh nicht mit ihm geredet.* Ich verdränge die

Tatsache, dass ich täglich mindestens zehn Anrufe mit unbekannter Rufnummer auf meinem Handy hatte. Kein einziges Mal bin ich rangegangen.

„Was hat die Polizei gesagt?“, will Isobel wissen und fährt mit ihrem schicken Cabrio vom Parkplatz.

„Dass sie es weitergeben. Die niederländische Polizei wird sich drum kümmern.“

„Bedeutet was genau?“

„Sie werden jemanden hinschicken und ihn in U-Haft nehmen, bis die Sache vor Gericht entschieden ist.“

„Er wird seine gerechte Strafe bekommen.“ Isobel nickt mir zuversichtlich zu. „Dann kannst du endlich damit abschließen.“

„Und um deine verlorene Liebe trauern“, wirft Freya zynisch ein.

Plötzlich werde ich sauer. Wut kocht in mir hoch. Eine Wut, die ich in letzter Zeit öfter spüre und der ich jetzt freien Lauf lasse. „Was soll ich deiner Meinung nach machen, Freya? Was? Soll ich ihn in Schutz nehmen und decken? Hm?“

„Ja!“, ruft sie. „Das wäre eine Möglichkeit. Ich weiß, dass du dir das im Moment nicht vorstellen kannst, weil etwas Schreckliches passiert ist. Das weiß ich. Aber, Ana, wenn du ihn wirklich liebst, dann musst du ihn schützen.“

„Warum sollte sie das tun?“ Isobel wirft Freya über den Rückspiegel einen bösen Blick zu. Auch sie ist lauter geworden. Das Gespräch vom Frühstück geht hier im Auto genauso weiter, wie es vorhin geendet hat.

„Weil nichts über die Liebe geht!“, sagt Freya auf der Rückbank. „Liebe ist die stärkste Emotion. Weit stärker als Hass oder Rache.“

„Er wird gesucht!“, sage ich. Es kostet mich viel Mühe, nicht zu brüllen.

„Na und?“ Freya hat sich wieder in Rage geredet. „Bonny und Clyde wurden auch gesucht.“

„Es geht um ihren Bruder!“ So wütend habe ich Isobel selten erlebt. Ihre Hände krampfen sich so fest um das Lenkrad, dass die Knöchel weiß hervortreten.

„Nichts, was sie tut, bringt ihn ihr wieder zurück …“

„Seid ruhig!“, schreie ich dazwischen. Mit meiner Beherrschung ist es nun vorbei. „Halt an. Halt sofort an!“

Isobel starrt mich mit weit aufgerissenen Augen an.

„Schau auf die Straße!“, brüllt Freya. Das Cabrio driftet aus der Spur. Ein lautes Hupen lässt Isobel zusammenzucken. Sie weicht einem LKW aus und hält dann am Straßenrand an.

„Oh Gott.“ Isobel ist weiß wie ein Laken. „Das war echt knapp.“

„Mir reicht's!“, verkünde ich. „Ihr könnt ohne mich weiterstreiten. Ich laufe den Rest.“ Meine Finger zittern, als ich die Tür öffne und aus dem Auto steige. Ohne mich noch mal umzudrehen, mache ich mich auf den zwei Kilometer langen Nachhauseweg.

Jetzt fange ich schon an, mit meinen Freundinnen zu streiten wegen ihm.

Aus dem Augenwinkel sehe ich Isobels Cabrio an mir vorbeirauschen. Mit gesenktem Blick gehe ich weiter. Mein Handy vibriert in meiner Hosentasche. Ich ziehe es heraus und sehe, dass es wieder die unterdrückte Rufnummer ist. Gerade als ich es wegstecken will, fällt mir ein, dass es auch Freya sein könnte. Sie ruft auch immer mit unterdrückter Nummer an. Bestimmt will sie wissen, ob sie mit Isobel zurückkommen und mich abholen sollen …

„Lass mich in Ruhe!“, brülle ich ins Telefon. „Ich will laufen!“

„Ana?“

Es ist nicht Freya. „Ja?“, sage ich kleinlaut.

„Hier ist Teresa“, meldet sich eine leise Stimme. „Ich versuche seit Tagen, dich zu erreichen.“

Teresa! Meine Aushilfe aus meiner Bar, die ich in dem ganzen Chaos komplett vergessen habe! Mein Herz klopft wild, als mir bewusst wird, dass *sie* die ganze Woche schon versucht mich zu erreichen. Siedend heiß fällt mir nun auch ein, warum sie das getan hat.

„Teresa, es tut mir unendlich leid! Ich hab dein Geld vergessen zu bezahlen!“ Wie konnte ich nur vergessen, ihren Lohn zu überweisen? So oft hatte sie mir gesagt, wie wichtig es für sie ist.

„Das nützt mir jetzt auch nicht mehr.“ Sie klingt traurig. Enttäuscht. „Ich hätte den Tanzkurs gestern bezahlen müssen. Ging aber nicht, weil mir ein ganzer Monatslohn gefehlt hat.“

Eine Welle des schlechten Gewissens überrollt mich, hält mich fest und reißt mich nach unten. Mit einem Schlag fühle ich mich unheimlich schlecht. „Teresa, ich mach's wieder gut. Ich werde gleich, wenn ich zu Hause bin, für dich anrufen und sagen, dass es mein Fehler war und dir den gesamten Kurs bezahle.“

„Es ist zu spät.“ Während sie spricht, verwandelt sich ihre Enttäuschung in Wut. „Der Kurs ist voll und ich konnte wegen dir nicht hingehen.“

Wegen dir ... Du bist schuld.

„Es tut mir leid“, wiederhole ich. „Ich hab es völlig vergessen.“ Teresa hatte mir gesagt, wie wichtig es für sie ist, und ging dann davon aus, dass ich mir das merken kann, weil es mir auch wichtig ist. Schließlich habe ich ihr versprochen, dass wir das hinbekommen, aber dann war es mir komplett entfallen.

Weil ich nur mit meinen eigenen Problemen beschäftigt war.

Der kurzfristige Flug, der Schock mit Max, der unendliche Schmerz wegen Felian – das alles hatte dazu geführt, dass ich mein Versprechen vergessen habe. Es war einfach aus meinem Kopf verschwunden.

Wie ausgelöscht ...

„Bitte überweise mir das Geld noch heute“, sagt sie kalt. „Und dann kannst du dir eine neue Aushilfe suchen.“

„Was meinst du damit?“

„Ich werde heute Abend nicht kommen.“

„Teresa, bitte.“ Meine Handfläche wird ganz feucht und meine Finger krampfen sich fester um das Telefon. Gerade jetzt bin ich auf Teresa angewiesen, weil ich selbst zu kaum etwas zu gebrauchen bin. „Am Wochenende ist doch diese Geburtstagsfeier, ich schaffe das nicht allein und bis dahin finde ich niemanden ...“

... und mit meinen Freundinnen hab ich auch Streit, weil ich mich total daneben benommen habe.

„Nicht mein Problem“, sagt sie. „Ich möchte heute noch mein Geld haben und das war's dann.“

Ich hole tief Luft, um zu argumentieren, bin sogar bereit, ihren Stundenlohn zu erhöhen, aber die Leitung ist bereits unterbrochen.

„So ein Mist!“, schreie ich und trete wütend gegen einen Stein, der auf dem Boden liegt. „Warum geht denn alles schief?“

Unheil ...

Tief seufzend trete ich den nächsten Stein aus dem Weg. Wann hat eigentlich mein Leben angefangen, komplett aus dem Ruder zu laufen? Wie konnte es sein, dass ich Teresa einfach vergessen habe? Es ist überhaupt nicht meine Art, andere Menschen zu versetzen oder ihre Anliegen nicht wichtig zu nehmen. Aber plötzlich wird mir bewusst, dass ich genau das in den letzten Wochen und Monaten getan habe. Mein ganzes Handeln, Tun, Denken und Sein hat sich nur noch um mich und meine Probleme gedreht. Wie müssen sich meine Freundinnen fühlen?

Ein schlechtes Gewissen überrollt mich, als mir all das bewusst wird. Mit voller Wucht trete ich einen weiteren Stein ins Gebüsch. Der Stein steht stellvertretend für Max, den ich nun mit einem gezielten Tritt aus meinem Leben ins Nirwana befördere, um endlich wieder Zeit und einen freien Kopf für das zu haben, was im Leben wirklich wichtig ist. Meine Freunde und meine Familie in London, zu denen ich in letzter Zeit kaum Kontakt hatte.

„Du wirst dich entschuldigen müssen, Ana“, sage ich zu mir selbst. Vielleicht sollte ich Isobel und Freya auf einen Ausflug einladen, auf meine Kosten, einfach um Dankeschön zu sagen. Auch für Teresa muss ich mir als Entschuldigung etwas einfallen lassen. Ich habe genug Mist gebaut in der letzten Zeit, aber damit ist nun Schluss. Ab heute kann es nur noch besser werden.

Schmerz

SHADOW steht schon an der Haustür, als ich nach Hause komme. Ich schiebe ihn mit meinem Knie zur Seite und trete ein. Mit einer Mischung aus Wut und tiefer Traurigkeit werfe ich meine Handtasche unter die Garderobe und schleudere die Schuhe in die Ecke.

Leise winselnd flüchtet Shadow vor mir.

„Du brauchst doch keine Angst zu haben“, sage ich zu ihm. „Ich bin doch nicht auf dich sauer.“ Seufzend folge meinem Hund ins Wohnzimmer. Er hat sich auf seine Decke gelegt und schaut in Richtung der Sitzgarnitur. Mein Blick folgt dem seinem. Erschrocken schnappe ich nach Luft.

Max!

„Du solltest den Schlüssel draußen wegtun“, sagt er zu mir. Seine Stimme ist emotionslos, fast kalt. „Es kann jeder in dein Haus.“

Fassungslos starre ich ihn an. Vollkommen gelassen sitzt er auf meinem Sessel, in Jogginghose und Sweatpulli, als wäre er hier zu Hause.

„Max!“ Mein Schreck formiert sich zu diesem einzigen Wort.

„Ahh“, macht er. „Du hast mittlerweile verinnerlicht, wer ich wirklich bin.“

Der Mörder meines Bruders.

„Allerdings. Und jetzt raus.“

Er rührt sich nicht von der Stelle, sondern schaut mich durchdringend an. Seine grünen Augen wirken nicht mehr warm, sondern stechend und abschätzend. „Du hast es wirklich getan.“

„Raus!“

„Du hast mich bei der Polizei angezeigt.“

Scheiße, er weiß es bereits!

Natürlich hat er mich beobachtet. Meine Handflächen werden feucht vom Schweiß, mein Herz setzt einen Atemzug lang aus und schlägt dann polternd weiter.

Habe ich Angst vor ihm?

Max scheint meine Gedanken zu erraten. Er lehnt sich ein Stück im Sessel vor und sein Blick wird noch prüfender. „Hast du Angst vor mir, Ana?“

„RAUS!“ Plötzlich schreie ich ihn an. Shadow springt nervös auf, als sich Max erhebt. Automatisch gehe ich einen Schritt zurück, als er an mir vorbei zur Tür geht und sie öffnet. Der Hund huscht in den Flur hinaus und gerade als ich glaube, Max würde ihm folgen, schließt er die Tür. Er dreht den Schlüssel zweimal um, zieht ihn ab und steckt ihn sich in die Hosentasche. Mein Puls beschleunigt sich so schnell, dass mir schwindelig wird …

„Setz dich.“ Er deutet mit dem Zeigefinger auf den Platz, auf dem er bis eben noch gesessen hat.

„Nein.“ Entschlossen verschränke ich die Arme vor der Brust. „Du hast mir gar nichts zu sagen. Geh mir aus dem Weg oder ich rufe die Polizei.“

„Die hast du doch eben zu mir nach Hause geschickt.“ Sein Grinsen ist schief. Herablassend und gleichzeitig auch herausfordernd. „Ich hab damit gerechnet, dass du mich anzeigen wirst.“

Ein dumpfer Schmerz fährt mir in den Magen, als hätte jemand ein Messer hineingerammt. Meine Finger krallen sich in mein Top. „Ich hingegen hätte einiges *nicht* gedacht von dir.“

„Ich bin dir nicht böse, Ana.“ Er schiebt den Sessel, auf den ich mich eben nicht habe setzen wollen, vor die Zimmertür, bevor er sich selbst darauf fallen lässt. „Im Gegenteil, ich verstehe, warum du so gehandelt hast.“

„Was wird das?“, frage ich, während ich seine Handlung beobachte. „Was genau machst du da?“

„Ich verbarrikadiere uns.“ Freundlich lächelt er mich an und schlägt die Beine über Kreuz. „Ich fürchte, wir werden hier sehr lange ausharren müssen.“

Mir schwant bereits, was er vorhat, aber ich sage etwas völlig anderes: „Die Polizei kommt trotzdem rein."

„Aber du nicht raus."

„Du siehst gleich, wie ich rauskomme …"

Er ignoriert meinen Einwand und redet einfach los. „Ich war 20 Jahre alt, als ich mit drei Jungs zusammen die Band *De Feniks* gegründet habe. Übersetzt heißt es *Der Phönix.* Das war so unsere Vorstellung von dem Ganzen. Ein schöner, brennender Vogel, auferstanden aus kalter Asche, um so hoch zu fliegen, dass ihn niemand jemals einfangen kann …"

„Du weißt schon, dass mich das einen Scheiß interessiert?", unterbreche ich ihn. Am liebsten hätte ich mir die Ohren zugehalten und mir ein Kissen über den Kopf gelegt. „Ich höre dir überhaupt nicht zu."

Max schnaubt durch die Nase. Ein freudloses Lächeln huscht über sein Gesicht, als er weiterredet. „Hendrik Shouten, der Schlagzeuger der Band *Droom,* war ein Freund von mir, genauso wie die anderen Bandmitglieder auch. Wir waren oft zusammen auf Tournee, haben gemeinsam Auftritte organisiert und absolviert, Werbung füreinander gemacht …"

„Sehr süß!", knurre ich böse. Mein Blick geht zum Fenster. Mein Wohnzimmer liegt im Erdgeschoss.

Vielleicht kann ich ihn ablenken und rausklettern.

„Denk nicht mal dran", unterbricht er meine Gedanken. „Setz dich lieber zu mir."

„Vergiss es!"

„Ana!" Max seufzt tief. Plötzlich höre ich den Schmerz, der in diesem Wort steckt. „Bitte. Das alles macht mich so unendlich traurig, so verzweifelt. Ich flehe dich an, bitte gib mir eine Chance, mich zu erklären. Ich weiß, dass es wahnsinnig hart für dich war, weil du ihm nicht helfen konntest … Und dass du vielleicht sogar eine Art Schuld empfindest deswegen. Dieses Gefühl würde ich dir gerne nehmen und es auf mich laden …" Er schließt für eine Sekunde die Augen und fügt dann hinzu: „Wo es hingehört. Denn niemand außer mir ist schuld."

„Es hat alles geändert.“ Unwillkürlich muss ich an seine Worte denken, als wir bei ihm in den Niederlanden waren.

Wenn die Wahrheit ausgesprochen ist, wird es kein Zurück geben. „Es ist völlig egal, was du jetzt sagst, es wird nie wieder, wie es war. Deswegen möchte ich, dass du gehst.“

„Okay“, willigt er ein. „Alles, was du möchtest. Aber lass mich zuerst reden.“

„Nein. Geh einfach!“

„Darf ich versuchen, es zu erzählen?“ Seine Stimme zittert und seine Worte treffen mich mitten ins Herz, packen mich und halten mich gefangen. „Oder soll ich dir nicht sagen, was wirklich passiert ist?“

Ich muss mich bremsen, damit ich nicht anfange zu schreien. Natürlich will ich wissen, was in dieser Nacht geschehen ist, aber doch nicht jetzt!

Nicht so!

„Setz dich.“ Mit der Hand deutet Max auf meine Couch.

Ich folge seiner Anweisung, lasse mich auf das Polster fallen und ziehe ein Kissen dicht an mich heran. Schützend drücke ich es an die Brust und kämpfe gegen die aufsteigenden Tränen.

„Wir waren sehr beliebt“, fährt Max fort. „Nicht nur in Holland. Wir waren überall. Vor allem in Deutschland waren wir sehr beliebt. Jedes Wochenende hatten wir Auftritte, zu denen viele Fans kamen. Es gab keinen Abend, an dem wir nicht ausverkauft waren. Nebenbei hatten wir einen Youtube-Channel, mit dem wir so viel Geld verdient haben, dass wir davon hätten leben können. Und es wurde immer mehr, es lief immer besser. Ich war glücklich. Mehr noch, ich war selig. Wir haben uns gefühlt wie Superstars und gedacht, nichts, aber auch überhaupt nichts könnte uns stoppen. Uns war klar, uns gehört die Welt und niemand kann sie uns je wieder wegnehmen.“

Max macht eine kurze Pause und beobachtet mich aufmerksam.

„Weißt du“, beginnt er von Neuem. „Es macht etwas mit einem, wenn man oben auf der Bühne steht und Tausende Menschen jubeln einem zu. Man fühlt sich wichtig. Bedeutend. Ich dachte damals, ohne mich würde die Erde untergehen. Überspitzt gesagt.“

„Klingt sehr bescheiden“, sage ich bissig.

Warum erzählt er das?

„Ja. Wir waren eingebildet, das weiß ich." Er seufzt und verschränkt seine Finger ineinander. Dann wendet er den Blick von mir ab und redet leise weiter: „Wir waren in London. Meine Band und *Droom*. Wir waren das erste Mal dort, hatten eine kleine Tournee und waren mächtig stolz, dass wir es auch nach Großbritannien geschafft hatten. An jenem Abend war ich mit den Jungs backstage. Ich wollte mir das Bühnenbild ansehen und ein paar Ideen für meinen eigenen Auftritt am nächsten Abend abgucken. Ich war nur da, weil ich Zeit hatte. Ganz spontan, es war nicht einmal geplant. Wäre ich doch lieber zu Hause geblieben …" Wieder seufzt er, vergräbt das Gesicht in den Händen und fährt sich dann durch die Haare, die anschließend wie Antennen nach oben stehen. Seine Finger zittern. „Denn an diesem Abend hat sich unser beider Leben für immer verändert."

Mein gesamter Körper flattert. Als würde jemand in meine Brust greifen und mich von innen schütteln, an mir reißen und mich zerteilen wollen … Unwillkürlich drücke ich das Kissen noch fester an mich heran. Es kostet mich alle Anstrengung, meine Worte auszusprechen: „Wie kannst du es wagen, von *deinem* Leben zu reden?"

Sei froh, dass du ein Leben hast!

„Du hast recht. Ich möchte es dir trotzdem erzählen. Damit du verstehst."

„Prima." Nervös kaue ich auf meiner Unterlippe. Es interessiert mich nicht, wie es für ihn war. Ich kann beim besten Willen kein Mitleid für ihn empfinden, noch nicht einmal Mitgefühl. Ein Teil von mir wünscht sich, dass er endlich weitererzählt, zur Sache kommt, während der andere den Impuls unterdrückt, schreiend aus dem Fenster zu springen, weil ich überhaupt nichts davon hören will.

„Ich war hinter der Bühne, als die Band deines Bruders ihren Auftritt hatte", erzählt er im Plaudertonfall. So als ginge es um eine vollkommen unbedeutende Sache. Als würde er von einem verlorenen Kartenspiel bei seinem letzten Männerabend erzählen. „Irgendwann setzte der Applaus ein. Diesen Moment habe ich genutzt, um mir die Tontechnik anzugucken."

... das war, als Jamie Felian küsste. Jener Kuss, der alle Ereignisse ausgelöst hat.-Mein Hals wird plötzlich eng. Unsichtbare Finger legen sich um meine Kehle und drücken unerbittlich zu.

Max hebt kurz den Blick und schaut dann wieder auf seine Finger, die er hin und her biegt, bis sie knacken. „Ich bin erst aufmerksam geworden, als ich deinen Bruder von der Bühne hab springen sehen. Er wirkte aufgelöst und irgendwie durch den Wind. Anders als sonst. Ohne ein Wort zu sagen, rannte er an uns vorbei, hinaus ins Freie. Die anderen sind ihm gefolgt. Also bin ich auch nach draußen. Dort habe ich dann gesehen, dass er und Jamie auf dem Parkplatz standen. Sie haben sich umarmt. Eine sehr innige Umarmung, man hat gemerkt, dass da mehr als nur Freundschaft ist."

„Und das ist so schlimm oder was?" Heiße Tränen laufen mir die Wangen hinunter, als Bilder der Erinnerungen durch meinen Kopf gehen.

„Nein, Mensch, das ist überhaupt nicht schlimm. Das hat auch nie jemand gesagt!"

„Ihr habt ihn geärgert deswegen." Mein Vorwurf ist voller Wut. „Ihm gedroht, ihn zu outen."

„Wir waren sauer auf ihn", gibt Max zu. „Er war unglaublich beliebt, hatte so viele Fans, und plötzlich haben wir herausgefunden, dass er etwas verheimlicht, um seinen Erfolg nicht zu gefährden."

„Das ist sein gutes Recht gewesen!"

„Das weiß ich."

Wir waren sauer auf ihn.

Es dauert eine Weile, bis dieser Satz in meinem Kopf ankommt, und noch länger, bis ich seine Bedeutung begreife.

„Du hast ihn auch provoziert deswegen." Es wundert mich selbst, dass diese Erkenntnis mich noch zu schocken vermag. „Du hast mitgemacht."

Wenn das rauskommt, bist du deine Fan-Girls los. Wieso zur Hölle habe ich solange gebraucht zu realisieren, dass diese Aussage tatsächlich von Max kam? *Wieso habe ich nie begriffen, dass er der Junge von damals war?*

„Ja, ich habe mitgemacht“, gibt er zu. „Ohne mir etwas dabei zu denken, ohne mir über die Folgen meines Handelns Gedanken zu machen. Ich habe mitgemacht, ihn zu provozieren. Dann kam sein Freund, um ihn zu verteidigen.“

Für einen langen Atemzug schließe ich die Augen und lasse zu, dass die Erinnerung in mir aufsteigt.

Jamie stellt sich schützend vor Felian. „Dann sorg dafür, dass es nicht die Runde macht!“ Weitere böse Rufe folgen und nur wenige Minuten später liegen beide am Boden, in eine handfeste Schlägerei verwickelt.

„Ich wollte mich nicht mit ihm prügeln“, sagt Max leise. „Wieso auch? Ich kannte ihn nicht. Ich wusste nicht einmal, wie er heißt. Aber sie wollten weglaufen und irgendwer hielt ihn fest … Plötzlich ging er auf mich los …“

„Ja, Mann, weil du meinem Bruder gedroht hast!“ Ich kann mich nicht mehr zurückhalten. Ich schreie ihn an. Kurz überlege ich mir, ihm das Kissen an den Kopf zu werfen, aber stattdessen drücke ich es weiter fest an mich.

„Mir ist meine Schuld bewusst. Ich erzähle doch, wie alles zustande kam.“

Meine Schneidezähne bohren sich so tief in meine Lippe, dass ich Blut schmecke. Ein angedeutetes Nicken ist alles, was ich zustande bringe. Kurz schaue ich durch meine Wimpern zu Max hinüber. Er scheint in irgendeine Art Schockstarre gefallen zu sein. Steif sitzt er da, sein Blick geht zur Wand, und er wirkt vollkommen abwesend.

Plötzlich wird mir bewusst, dass es auch für ihn nicht einfach ist.

Er macht das wegen mir.

Vielleicht auch nur, um Frieden zu finden, was aber im Umkehrschluss zeigen würde, dass er mit dieser Schuld nicht leben kann.

Leise, eher zu sich selbst als zu mir, spricht er weiter: „Es ging so schnell und auf einmal lagen wir beide am Boden. Wir haben uns nicht wirklich geschlagen. Ich lag auf ihm und er hat versucht, mich an meinem Pulli von sich runterzuziehen, und plötzlich fiel das Wort Polizei. Die Panik, die sich rund um uns ausbreitete, war spürbar. Alles war hektisch, ich habe gesehen, dass die anderen weggelaufen sind, und … ich habe Angst bekommen."

„Wovor?" Mein Einwurf kommt automatisch und verständnislos. Seine Angst ist bedeutungslos für mich und seine Antwort interessiert mich nicht.

„Ich hatte Angst davor, erwischt zu werden. So viele Gedanken waren in meinem Kopf. Ich dachte, wenn die mich kriegen, dann nehmen sie mich mit aufs Revier und dann ist es vorbei mit meiner Karriere. Dann sehen mich alle nur als Raufbold und Schlägertyp und ich bin meinen guten Ruf los." Kurz schweigt er, holt tief Luft und redet dann leise weiter: „Das musste ich vermeiden. Ich wollte nur noch weg. Mein ganzer Körper war auf einmal voll mit Adrenalin, aufgeladen durch die Show auf der Bühne und durch den Streit. Es gab nur noch einen Gedanken in meinem Kopf: *Weg hier!* In dem Moment habe ich das Auto gesehen. Ich wusste nicht, dass es deinem Bruder gehörte. Ich glaube, ich dachte, es gehört einem von Hendriks Freunden. Also bin ich aufgesprungen, ins Auto rein und wollte wegfahren."

Noch immer kaue ich auf meiner Unterlippe herum. Sie wird immer rauer, immer mehr kleine Hautfetzen bilden sich, die ich mit den Zähnen erwischen und abknabbern will.

„Eigentlich wollte ich nur eine Runde fahren. Hinten raus, einmal um das Gebäude, vorne wieder rein und parken. Dann den Autoschlüssel drinnen irgendwo platzieren und so tun, als wäre nichts passiert." Er macht eine Pause, als versinke er in Gedanken.

„Aber das ging nicht, wegen …" Der restliche Satz bleibt mir im Hals stecken. Ich will ihn nicht einmal denken. Ich denke ihn trotzdem:

... wegen Felian.

„Ich wollte vom Hof fahren, das Fenster auf der Fahrerseite war offen. Plötzlich war er da. Er ist mir fast ins Auto gesprungen …"

„Es war *sein* Auto, verdammt!" Ohne es zu merken, fange ich an zu schreien. Aus einem Impuls heraus springe ich auf, das Kissen in der Hand, und schlage damit nach Max, einmal, zweimal und noch mal. Ich treffe ihn auf den Kopf, die Schulter, während mir die Tränen die Wangen herunterlaufen. „Es war *sein* Auto!"

„Ich weiß." Max fängt das Kissen, als ich ein weiteres Mal aushole, und hält es fest. „Ich weiß das wirklich. Er wollte nur seinen Wagen zurück. Er hat versucht, den Schlüssel aus dem Zündschloss zu ziehen, und ich hab ihn dran gehindert. Hab seinen Arm festgehalten und ihn so mitgezogen, weg vom Parkplatz."

... hinaus in die Nacht. Ich fröstele. Die Temperatur im Raum scheint ganz spontan unter null Grad gefallen zu sein. Erschöpft lasse ich mich auf den Boden sinken. Es ist mir egal, dass ich vor Max' Füßen sitze. Ich ziehe meine Knie an den Körper, um mich zu wärmen und mir Halt zu geben, weil ich plötzlich das Gefühl habe, mich zu verlieren. Frierend vergrabe ich den Kopf in den Armen und weine.

Max bleibt hinter mir sitzen und redet weiter, als wäre ich gar nicht da. Vielleicht ist es ihm auch gleichgültig, ob ich zuhöre. „Irgendwann bin ich schneller gefahren, weil ich Angst hatte, man holt mich ein. Ich glaube, dass ich ihn am Arm festgehalten habe, oder er hat mich festgehalten ... Jedenfalls ist er ein Stück am Auto mitgelaufen ... Irgendwann blieb er zurück und ich hab das Fenster zugemacht. Ich wollte zurückfahren, also hab ich Gas gegeben, eine kleine Kurve gemacht, um außen rumzufahren. Für mich war die Sache damit erledigt. Ich bin ihn losgeworden. Ob man ihn draußen erwischte, war mir egal, er hatte sich ja auch nichts zuschulden kommen lassen. Ich wollte wegfahren und ... Plötzlich stand er vor mir. Ich habe keine Ahnung, wie er vor das Auto kam. Er war auf einmal da ..."

„Hör auf!"

„... er war auf einmal da. Wie ist er vor das Auto gekommen? Es ist mir unbegreiflich. Aber er war plötzlich auf meiner Motorhaube ..."

Felian ist ihm vors Auto gesprungen!

Wütend schreie ich Max an: „Es war nicht seine Schuld!"

„Das sage ich doch auch gar nicht." Er redet ruhig, fast emotionslos und fällt zurück in seine Erinnerung: „Plötzlich war er vor meiner Motorhaube. Vielleicht wollte er mich anhalten, um zu versuchen, über das Schiebedach in sein Auto zu kommen. Keine Ahnung. Ich bin erschrocken, also hab ich eine Vollbremsung gemacht. Bin mit beiden Beinen auf die Pedale gestiegen ..." Seine Stimme bricht und er verstummt.

Das Schweigen dauert endlos. Zu lange, um es als Redepause werten zu können.

Langsam richte ich mich auf und drehe mich zu ihm um. Max hat die Knie an den Körper gezogen, die Arme drauf abgestützt. Er sitzt aufgerichtet da, den Blick an die Wand geheftet. Tränen laufen ihm die Wangen hinunter, seine Schultern beben.

Seine Hand löst sich von seinem Knie und er lässt sie hinunterhängen, als würde sie nicht zu ihm gehören. Ich schaue drauf, ohne sie zu ergreifen. In diesem Moment verstehe ich, was auf dem Flug in die Niederlande wirklich passiert war. Warum Levy sich so schuldig gefühlt hat, so in seinem Schmerz versunken ist, und was seine Entschuldigung wirklich bedeutet hat. Mein Herz krampft sich schmerzhaft zusammen, während ich weiterhin auf seine Finger starre. Er lässt die Hand sinken und schweigt.

„Was ist dann passiert?“ Meine Stimme klingt unerwartet weich.

Max seufzt. Ein tiefes Seufzen, so voller Schmerz, dass es fast spürbar ist für mich.

„Ich habe eine Vollbremsung gemacht“, wiederholt er seine Worte von vorher. „So heftig gebremst, wie ich konnte, aber ich habe ihn zu spät gesehen.“

„Felian“, korrigiere ich ihn. „Du kannst seinen Namen ruhig aussprechen.“

„Es hat einen Schlag gegeben. Ich habe den Aufprall gehört. Ein einzelner Schrei, gefolgt von einem Schlag. Ich habe Panik bekommen und hab Gas gegeben.“

Mein Herz setzt aus. Es hört einfach auf zu schlagen und gefriert zu Eis. Die Kälte breitet sich in meinem Körper aus, nimmt mir den Atem und lässt mich erstarren. Unfähig, mich zu rühren oder auch nur mit der Wimper zu zucken, sitze ich da und starre Max einfach an.

Meine Welt steht still, während seine zum Leben zu erwachen scheint. Ruckartig löst er sich aus seiner Position und rutscht vom Sessel zu mir auf den Boden herunter. Entschlossen greift er nach meiner Hand, zieht sie zu sich heran und legt sie sich auf die Brust. Sein Herz schlägt heftig gegen meine Hand. Ich will meinen Arm zurückziehen, aber er hält mich am Handgelenk fest, beugt sich vor und fixiert mich mit seinem intensiven Blick. Seine Augen sind rot vom Weinen und nass von den Tränen. „Ich habe ihn nicht gesehen, Ana! Er war plötzlich da. Auf einmal war er auf dem Auto. Bitte glaub mir, ich habe ihn nicht gesehen. Es tut mir so leid!“

Es gibt keinen Zweifel an seinen Worten, an seinem Leid und an seiner Reue. Und trotzdem … „Du bist weggefahren. Ohne anzuhalten, ohne dich umzusehen. Du bist einfach weggefahren!“ Mein Schreien endet in tiefen Schluchzern. „Du hast das Scheißlicht am Auto ausgemacht und bist einfach weggefahren.“

Voller Zorn reiße ich meine Hand von Max weg und schlage ihm mit der flachen Hand ins Gesicht.

„Ich hatte Panik.“ Max nimmt wieder meine Hand und zieht mich an sich heran. Verzweifelt versuche ich, mich aus seinem Griff zu befreien, aber er hält mich fest. Mit aller Kraft drückt er mich an sich, meinen Kopf an seine Brust und wiegt mich hin und her wie ein kleines Kind. „Es tut mir so leid, Ana. Ich kann es nie wieder gutmachen. Ich wünschte mir so sehr, ich könnte es.“

Von einer Sekunde auf die andere höre ich auf, mich zu wehren. Wie ein Luftballon, in den jemand eine Nadel gesteckt hat, sacke ich in Max’ Armen zusammen. Meine Welt, die eben noch stillstand, beginnt sich wieder zu drehen, schneller und schneller, bis mir schwindelig wird. Tränen laufen in Strömen meine Wangen hinunter, tropfen auf Max’ Pulli und durchnässen ihn.

Er lässt eine Hand los, aber nur, um mir damit den Rücken zu streicheln. Langsam, tröstend, während er mich mit dem anderen Arm fest an sich drückt. „Es tut mir leid“, flüstert er. „Ich würde alles dafür geben, es ungeschehen zu machen, es tut mir so unglaublich leid.“

***

Ich weiß nicht, wie viel Zeit vergangen ist, bis ich aufhören kann zu schluchzen. Bis mein Körper aufhört zu beben und bis auch Max’ Herzschlag sich beruhigt hat. Es ist unmöglich für mich zu sagen, ob es viele Stunden oder nur wenige Minuten waren.

„Und später?“, frage ich. Noch immer bewege ich mich nicht. Ich schaue auf seine langen Finger, die auf meinem Arm liegen.

„Was meinst du?“

„Warum hast du nicht angehalten und geholfen? Du wusstest, dass er verletzt ist.“

„Ich weiß es nicht. Vermutlich hab ich einfach nicht realisiert, wie schwer er verletzt war. Vielleicht hab ich gedacht, dass genug Leute in der Nähe sind, um ihm zu helfen. Vielleicht hab ich auch überhaupt nichts gedacht. Mein ganzer Körper war voller Adrenalin und ich hatte einfach nur Angst. Im Rückspiegel hab ich Blaulicht gesehen, also bin ich weggefahren. Vielleicht weil ich dachte, ich kann nicht anhalten wegen der Polizei, vielleicht weil ich davon ausging, dass es der Krankenwagen ist. Ich kann es dir nicht sagen.“

„Es war nicht der Krankenwagen.“ Ich rede genauso leise wie er. „Es war die Polizei. Es hat so lange gedauert, bis der Krankenwagen bei uns war. Viel zu lange.“

„Das wusste ich nicht. Ich wusste gar nichts, ich bin einfach immer geradeaus gefahren. Bis der Tank leer war. Zwei- oder dreihundert Kilometer. Dann bin ich zurückgelaufen, immer wieder per Anhalter gefahren. Noch als ich unterwegs war, hab ich meiner Band gesagt, dass ich aufhöre, nicht wiederkomme. Ich habe einen von ihnen angerufen und es am Telefon bekannt gegeben. Er hat es nicht verstanden.“

„Natürlich nicht“, schnaufe ich und löse mich von Max. „Wie denn auch?“ Ich stehe auf und setze mich auf den Stuhl, der am weitesten von ihm entfernt ist.

„Als ich zu Hause war, hat mich dann richtig die Panik gepackt. Ich war tagelang damit beschäftigt, alles von mir zu löschen und jede Spur im Internet von mir zu beseitigen. Es ist mir unheimlich schwergefallen, aber ich habe meinen Youtube-Kanal gelöscht. Die Facebook-Page, Instagram, Twitter … Millionen von Followern. Alles weg. Ich habe meine Freunde angerufen und von ihnen verlangt, jedes Video mit mir aus dem Netz zu nehmen, jedes Foto, einfach alles.“

Max sitzt zusammengekauert da. Völlig verkrampft, in sich versunken und in quälenden Bildern gefangen. Er sieht aus wie ein Häufchen Elend und etwas in mir will Mitleid mit ihm haben. Etwas anderes will wütend sein.

Youtube-Kanal gelöscht. Als wäre das schlimmer als das Auslöschen eines Lebens.

Ich höre mir selbst beim Denken zu, als würde ich neben mir stehen und einen Dialog mit mir führen.

„Warum?", frage ich, obwohl es mich eigentlich nicht interessiert. Ich kann Max' Reaktion nicht sehen, weil ich angestrengt auf meine Finger schaue. Aber ich weiß, dass er sich nicht bewegt. Nichts raschelt. Kein Lufthauch ist zu spüren. „Man hat dich nie mit Fahndungsfotos gesucht."

„Das wusste ich zu dem Zeitpunkt noch nicht", antwortet er. „Ich dachte, das kommt noch. Ich bin davon ausgegangen, dass ihr mich anzeigt, dass die anderen Jungs mich verraten. Dass sie erzählen, dass ich an jenem Abend da war, dass jemand gesehen hat, wie ich Felians Auto nahm, und ich dann im Fokus stehe."

„Wir haben Anzeige erstattet", stelle ich klar. „Gegen unbekannt." Er soll nicht denken, dass wir einfach nichts gemacht haben.

„Ich dachte, es wird auf jeden Fall herauskommen, auf welchem Weg auch immer. Ich habe weiterhin Spuren beseitigt. Alles, was ich gefunden habe, gelöscht, verbannt. Webseiten gelöscht, Blogger gebeten, Interviews mit mir zu löschen, meine E-Mail-Accounts gecancelt, Handyvertrag gekündigt und mein Handy samt Karte zerstört. Ich war so panisch, ich konnte nicht schlafen, nicht essen. Ich habe sogar meine Gitarre, mit der ich immer aufgetreten bin, verbrannt. Weil sie so auffällig war, mit vielen Unterschriften drauf, und ich Angst hatte, dass mich darüber jemand erkennen könnte."

Soll ich ihn jetzt bedauern?

Ich denke das erstaunlich sachlich, als wäre mir wichtig, was er gerade fühlt. Oder als wäre mir unwichtig, was ich gerade fühle.

„Es gab doch keine Zeugen. Nicht für …" *Für was? Unfall? Mord?*

Ich weiß nicht, wie ich es nennen soll. Unfall klingt so harmlos. Aber Mord? Nein. *Nein, er wollte es ja nicht …*

Max presst die Lippen zusammen und schweigt.

Plötzlich verstehe ich. Mein Herz krampft sich zu einem schmerzhaften Klumpen zusammen, als ich mühsam meine Worte forme. Es ist keine Frage, es ist eine Feststellung. „Du dachtest, er hat überlebt.“

„Ja. Ich war mir sicher, er wird mich verraten und identifizieren.“

„Du hast gedacht, er lebt noch?“, wiederhole ich, fester diesmal. „Und du bist trotzdem einfach weggefahren?“

„Ana!“ Max greift nach meiner Hand. Sein Blick bohrt sich bis auf den Grund meiner Seele. Er wirkt nachdenklich und plötzlich beginnt er zu reden, als hätte er sich schon vor langer Zeit alles genau zurechtgelegt. „Ich habe keine Erklärung, die dir deinen Schmerz nehmen kann. Mein Verhalten lässt sich nicht erklären, nicht schönreden und schon gar nicht entschuldigen. Es war falsch, was ich getan habe. Meine Angst hat mein gesamtes Denken lahmgelegt, alles, was geblieben ist, war ein Fluchtinstinkt. Deswegen bin ich abgehauen und das ist mit nichts wieder gutzumachen. Ich erwarte nicht, dass irgendjemand mir das jemals verzeiht. Am wenigsten erwarte ich es von dir.“

„Ach was? Vielen Dank auch!“, entfährt es mir. Die Wut gewinnt die Oberhand in mir.

Wenn uns jemand beleidigt oder verletzt, dann schreiben wir es in den Sand, damit der Wind des Verzeihens es eines Tages löschen kann.

Keine Ahnung, warum mir das ausgerechnet jetzt in den Sinn kommt, aber es hindert mich daran, Max anzubrüllen und auf ihn loszugehen. Stattdessen starre ich auf die Tischplatte vor mir und versuche, die rasende Wut in mir zum Stillstand zu bringen.

„Die Jungs von *Droom* wussten es“, sagt Max zusammenhanglos. „Sie haben das Gerücht von dem Landstreicher in die Welt gesetzt. Und mir geholfen, euch das Geld zukommen zu lassen.“

Mein Blick zuckt zu ihm. „Was für Geld? Wir haben Spenden bekommen …“

„Ein großer Teil davon kam von mir.“

Ich verstehe nicht. „Warum?“

„Ich wollte, dass ihr euch wenigstens um das Finanzielle keine Sorgen machen müsst.“

Ich starre ihn an. „Sollte das irgendwas wieder gutmachen?“

„Nein! Natürlich nicht!“, beteuert er und richtet sich halb auf. „Es sollte euch entlasten. Ich wollte wirklich nur …“

Ich winke ab. „Spar dir das!“

Max atmet hörbar aus und sinkt wieder in sich zusammen.

„Wie auffällig, so viel Geld zu spenden.“ Ich bohre mit meinem Fingernagel in die schmale Lücke zwischen den Brettern des Laminates. „Damit hast du dich doch total in Verdacht gebracht.“

„Die Jungs von *Droom* wussten es doch ohnehin. Sie haben gesehen, dass ich das Auto genommen habe, danach war ich plötzlich verschwunden und habe mich aus der Öffentlichkeit zurückgezogen. Natürlich wussten sie Bescheid.“ Erneut seufzt Max und reibt sich mit Daumen und Zeigefinger die Augen. „Sie haben mich gedeckt. Ohne zu fragen, ohne dass sie mit mir gesprochen hatten. Mit keinem Wort haben sie bei der Polizei erwähnt, dass ich jemals draußen auf dem Parkplatz war. Sie haben das Gerücht von dem Landstreicher in die Welt gesetzt.“

„Das sagtest du schon.“ Ich presse meine Lippen so fest zusammen, dass es schmerzt. Mein Magen rebelliert und auf einmal habe ich das Gefühl, mich übergeben zu müssen. Vielleicht deswegen, weil ich die Situation so sehr zum Kotzen finde. „Wie unglaublich widerlich von diesen Personen.“

„Für dich, ja. Und doch haben sie *mir* damit den größten Freundschaftsdienst erwiesen, den es gibt. Sie haben mich geschützt. Sie haben mich nicht verraten.“

„Und später erpresst. Tolle Freunde.“

„Sie haben alle dichtgehalten. Nur Hendrik nicht. Er hat irgendwann eine neue Clique gefunden, denen alles erzählt und die haben angefangen, mich zu erpressen. Angeblich, weil sie dringend Geld brauchten. Ich weiß nicht, warum er selbst auch mitgemacht hat. Früher waren wir einmal Freunde.“

„Hättest dich mal lieber der Polizei gestellt.“ Wütend beiße ich mir ein weiteres Mal die Lippen blutig. „Aber du hast halt keine Ahnung, wie es ist, wenn man jemanden verliert und den Schuldigen nicht findet.“

„Das stimmt, das habe ich nicht“, gibt er zu. „Ich weiß nur, wie es ist, Angst zu haben und auf der Flucht zu sein.“

„Du bist also wie ein Feigling vor der Wahrheit geflohen“, knurre ich.

„Ja.“ Er nickt. „Ich bin weggelaufen. Von einem Tag auf den anderen hat es mein gesamtes Leben zerschlagen und mir komplett den Boden unter den Füßen weggezogen. Ich hab mich reingesteigert in das Verwischen meiner Spuren und mich nur damit beschäftigt. Erst als es nichts mehr zu tun gab, fing ich an zu realisieren, was ich getan habe. Ich habe in der Zeitung gelesen, dass Felian beerdigt wird, und ich wollte hin. Es war ein innerer Drang, ein Wunsch von mir, dort zu sein, aber gleichzeitig wusste ich, dass ich kein Recht dazu hatte, und natürlich wollte ich nicht gesehen werden. Also hab ich von Weitem geschaut und für ihn gebetet.“

Auf deine heuchlerischen Gebete hätten wir gut verzichten können.

Ich spare mir meinen zynischen Kommentar, der mir durch den Kopf geht. Stattdessen frage ich: „Wieso erzählst du mir das eigentlich alles?“

„Weil du es wissen solltest.“

„Warum? Warum sollte mich interessieren, wie schlimm deine feige Flucht angeblich für dich war?“

... und warum berührt es mich?

„Ana, ich …“ Er zögert.

„Was?“, fahre ich ihn an.

„Ich wollte nur reinen Tisch machen, bevor ich gehe.“

„Du haust also ab? Schön! Dann muss ich dich nie wiedersehen!“ Bei diesem Gedanken spüre ich einen Stich.

Ich werde ihn nie wiedersehen? Aber das geht doch nicht!

„Das musst du nicht, nein.“ Er steht auf und wischt sich dabei Tränen aus dem Gesicht. Mir ist gar nicht bewusst gewesen, dass er noch geweint hat. Er zieht sich das verrutschte Shirt zurück und sagt: „Ich werde mich stellen.“

„Du wirst … Was?“

„Ich werde zur Polizei gehen und mich stellen.“ Er dreht den Schlüssel zweimal im Schloss herum und öffnet die Tür. „Bitte pass auf dich auf, ich kann es in Zukunft nicht mehr.“ Dann wirft er mir noch einen letzten Blick zu, ein knappes Nicken und geht.

Überrascht starre ich auf die geschlossene Tür, unfähig etwas zu denken.

„Max.“ Das Wort ist tonlos. So leer wie das Zimmer, so verloren wie ich. Eine qualvolle Leere strömt auf mich ein und nimmt mir die Luft zum Atmen, als ich begreife, dass er nie wieder zu mir zurückkommen wird.

Entscheidung

Es ist still. Eine qualvolle Stille, die mich zu ersticken droht. Das Geräusch eines startenden Automotors ertönt. Panik erfasst mich. Eine wilde, nicht greifbare Panik, die meinen Puls in die Höhe treibt. Plötzlich kann ich nicht mehr sitzen bleiben. Ohne zu wissen, warum, springe ich auf, renne in den Flur, reiße die Haustür auf und stürme nach draußen. Shadow rennt mir wild bellend hinterher. Hastig schaue ich mich um und sehe den schwarzen Pick-up vom Hof fahren.

„Max!" Mir ist klar, dass ich das Auto nicht einholen kann. Ohne darüber nachzudenken, drehe ich um und renne in die andere Richtung. Durch den Garten hindurch. Mit vollem Tempo stürme ich über die Wiese, um vor Max auf der Straße zu sein. Ich reiße das Gartentor auf und denke sogar noch daran, es hinter mir zufallen zu lassen, damit der Hund nicht nach draußen läuft.

Vor ein Auto.

Ein ohrenbetäubendes Hupen zerreißt die Luft. Mit weit aufgerissenen Augen starre ich auf die schwarze Motorhaube, die plötzlich vor mir ist. Mein Blick huscht nach oben in Max' Gesicht, das unnatürlich weiß aussieht hinter der Windschutzscheibe. Binnen weniger Millisekunden stelle ich diese Details fest und mir wird bewusst, dass ich zu langsam war. Es würde mir nicht gelingen, Max zum Bremsen zu bringen, die Zeit dafür reicht einfach nicht aus. Gerade als ich mich auf den schmerzhaften Aufprall einstelle, macht das Auto einen Schlenker an mir vorbei. Es schlingert kurz, dann leuchten die Bremslichter auf.

Er hält an ...

„Ana!" Max klingt panisch, als er die Fahrertür aufreißt, aus dem Auto springt und zu mir läuft. Noch immer stehe ich stocksteif auf der Straße und versuche zu rekonstruieren, was eben passiert ist.

So schnell kann es gehen ...

„Ana?“, ruft er wieder. Für eine Sekunde macht es den Anschein, als würde er mich an sich reißen. Doch plötzlich fängt er sich wieder, fährt sich mit zitternden Fingern durch die Haare und atmet ein paarmal tief durch.

„Was machst du denn nur?“, schimpft er nervös vor sich hin.

Ich bin dir vor's Auto gelaufen.

„Mir geht es gut“, stammle ich. Verwundert blicke ich zwischen mir selbst und dem Pick-up hin und her. *Hätte er nicht so eine gute Reaktionsfähigkeit, dann hätte er mich voll erwischt.*

„Ich bring dich zurück ins Haus“, sagt Max zu mir und greift nach meinem Arm.

„Du kannst dein Auto nicht auf der Straße stehenlassen“, sage ich zu ihm und deute mit dem Kinn Richtung Pick-up.

„Ich fahre gleich weiter. Sobald du sicher im Haus bist“, erklärt er mir. Dann fügt er streng hinzu: „Und da bleibst du dann bitte auch.“

„Du willst gleich weiterfahren?“

„Ja, genau, ich fahre zur Polizei.“ Max redet langsam und deutlich, als fürchte er, dass ich sonst nicht verstehe, was er sagt. Er führt mich die Stufen hoch bis zur Haustür, die nicht ins Schloss gefallen ist. Mit dem Fuß schiebt er sie auf und wartet, bis ich im Flur bin, ohne mir ins Haus zu folgen. Er ruft nach Shadow und schickt den Hund mit einem Fingerzeig nach drinnen.

„Du bleibst also bei deinem Vorhaben?“

„Ja.“

„Und trotzdem hast du angehalten, um zu sehen, ob bei mir alles in Ordnung ist.“

„Ja“, wiederholt er. „Natürlich habe ich das. Nie wieder wird mir das passieren, dass ich einfach weiterfahre, ohne zu helfen.“

Irgendwie löst dieser Satz etwas in mir aus. Er bewirkt, dass ich es schaffe, mich aus meiner Schockstarre zu lösen. Aus einem Impuls heraus greife ich nach seinem Handgelenk. „Bitte geh nicht. Lass uns in Ruhe drüber nachdenken.“

Max schaut mich an. Ein freudloses Lächeln huscht über seine Mundwinkel. „Du weißt genau, dass das nicht mehr geht.“

„Es gibt immer eine Lösung.“

„In diesem Fall nicht. Bitte lass mich jetzt gehen." Er löst meine Finger von seinem Handgelenk und schiebt mich ein Stück weiter in den Flur hinein. Dann greift er nach der Klinke der Haustür und zieht diese von außen zu. Fast in der gleichen Sekunde öffne ich sie wieder und starre ihm hinterher. Hochaufgerichtet und mit langsamen, sicheren Schritten geht Max durch den Garten hin zu seinem Auto, das immer noch auf der Straße steht. Er erinnert mich an einen zum Tode verurteilten Verbrecher aus einem Film, den ich einmal gesehen habe. Würdevoll und in sich gefestigt ging er den Weg durchs Gefängnis hin zum Todestrakt, um seine Strafe entgegenzunehmen, ohne damit zu hadern.

So wie Max in diesem Moment. Nichts könnte ihn noch davon abbringen, den Gang zu gehen, den er für richtig hält.

Max steigt ein und fährt davon. In letzter Sekunde kann ich verhindern, dass Shadow ihm erneut hinterherrennt. Mit den Fingern greife ich in sein Halsband und halte ihn fest. Der Hund winselt leise.

„Wir werden ihn nicht wiedersehen", sage ich traurig. „Er wird die nächsten Jahre im Knast verbringen."

Körperverletzung mit Todesfolge, Fahrerflucht, unterlassene Hilfeleistung, Diebstahl … Max hat sich viel zuschulden kommen lassen in dieser fürchterlichen Nacht, die unser beider Leben für immer veränderte. Plötzlich versucht Shadow sich loszureißen und bellt laut. Seine großen, dunklen Augen schauen zwischen mir und der offenen Haustür hin und her.

Er will ihm nachlaufen …

Von Anfang an hat Shadow Max in sein Herz geschlossen, ihn nicht nur akzeptiert, sondern liebgewonnen. *Tiere spüren, wem sie vertrauen können!*

„Ich muss los!", sage ich zu meinem Hund. „Ich werde dir dein Herrchen zurückholen."

Im Hinauslaufen schnappe ich mir meinen Autoschlüssel von der Garderobe und renne hinunter in den Hof, entriegle meinen Antara schon im Laufen und starte den Motor. Ich trete so fest auf das Gas, dass der Drehzahlenzeiger in den roten Bereich schnellt. Mein Herz schlägt heftig gegen die Brust.

Warum habe ich so lange gezögert?

Ein Blick auf den Tacho zeigt mir, dass ich viel zu schnell fahre. Wenn mich so die Polizei erwischt, dann bin ich meinen Führerschein los. Trotzdem drossle ich das Tempo nicht. Meine Handflächen sind feucht vom Schweiß und drohen, an dem Lenkrad abzurutschen, das ich immer fester umklammere.

„Fahr doch", schreie ich zu dem LKW vor mir.

Der Kipplaster versperrt mir die Sicht. Ich kann nicht sehen, ob Max sich ebenfalls auf dieser Straße befindet oder schon längst außer Reichweite ist.

„Mach doch Platz!", schimpfe ich vor mich hin. „Sonst hole ich ihn niemals ein."

Du wirst am Ende beide Menschen verlieren, die du liebst ...

Wütend über mich selbst setze ich den Blinker und trete das Gaspedal durch. Mein Antara beschleunigt nur langsam. Mitten im Überholmanöver schalte ich einen Gang runter. Der Motor heult gequält auf.

„Komm schon", murmle ich, als ein Auto im Gegenverkehr in mein Sichtfeld kommt. Mir ist bewusst, dass ich eigentlich wieder hinter dem Kipper einscheren müsste, aber ich tu es nicht. Im letzten Moment zieht mein Antara endlich an und beschleunigt. Das entgegenkommende Auto hupt und ich bin mir sicher, dass der Fahrer bremsen musste, aber ich kann den Laster überholen und mich vor ihn setzen. Der Weg vor mir ist frei und ich beschleunige auf über 100. Krampfhaft kämpfe ich gegen die zunehmende Panik an.

Du wirst Max nicht einholen.

Er wird sich stellen und direkt in U-Haft gebracht werden, bis man ihn im Prozess zu mehreren Jahren Haft verurteilen wird.

Hab ich mir das nicht all die Zeit gewünscht? Dass man endlich den Täter findet und ihn solange wie nur irgend möglich hinter Gitter bringt? In meiner Phantasie war das lebenslang gewesen. Wenn es nach mir gegangen wäre, dann hätte man den Täter für immer hinter Schloss und Riegel gebracht.

Das macht Felian auch nicht wieder lebendig.

Ich setze den Blinker und bremse runter, um die Schnellstraße zu verlassen und in den nächsten Ort zu biegen. Auch hier ist von Max'

Pick-up weit und breit nichts zu sehen. Eine Ampel vor mir springt von Grün auf Gelb und ich gebe Gas, obwohl ich genau weiß, dass mir die Zeit zum Drüberfahren nicht reichen wird. Es ist mir egal. Sollte ich geblitzt werden und meinen Führerschein verlieren, so ist es die Sache wert gewesen. Bei der nächsten Ampel denke ich schon gar nicht mehr darüber nach. Ein Rundumblick sagt mir, dass kein Fußgänger die Straße überqueren will, also halte ich nicht an. Meine einzige Priorität besteht darin, vor Max bei der Polizei zu sein.

Und dann? Wie will ich ihn davon abhalten hineinzugehen?

Selbst wenn mir das gelingen sollte, wovon ich nicht ausgehe, würde es nichts nützen, weil ich Max bereits angezeigt habe. Mit Namen und Adresse habe ich ihn der Polizei genannt. Was mir noch bis vor Kurzem als der einzige richtige Weg vorkam, erscheint mir jetzt wie bitterer Verrat.

Wenn dich jemand verletzt, dann schreibe es in den Sand, damit der Wind des Verzeihens es löschen kann.

Warum bin ich eigentlich nie auf den Gedanken gekommen, mich zu fragen, was Felian gewollt hätte?

Tränen brennen in meinen Augen, aber ich blinzle sie weg. Ich habe genug geweint in der letzten Zeit. Die Zeit des Weinens ist vorbei, jetzt werde ich handeln und darum kämpfen, nicht noch einen Menschen zu verlieren, den ich liebe …

… und dem ich vertraue.

Mit wild klopfendem Herzen fahre ich auf den Parkplatz des Polizeireviers. Der schwarze Pick-up steht vor dem Eingang. Der Fahrersitz ist leer.

„Nein“, flüstere ich in das Surren meines Motors hinein. „Bitte nicht.“

Schmerzhaft wird mir bewusst, dass ich zu spät bin.

Ich habe verloren.

Meinen Bruder. Max. Ich habe alles verloren.

Polizei

VÖLLIG schief stelle ich mein Auto hinter Max' Pick-up. Ich mache mir nicht die Mühe, den Schlüssel abzuziehen, sondern springe aus dem Auto und renne die Stufen hoch zum Polizeirevier. Mein Herz rast noch immer, als ich die Tür aufreiße und vor dem Schreibtisch stehe, an dem ich heute schon einmal gestanden und meine Anzeige aufgegeben habe. Hektisch blicke ich mich um.

„Kann ich Ihnen helfen?", fragt eine junge Frau. Sie hat feuerrote Locken, trägt eine Uniform und war vor ein paar Stunden noch nicht auf dem Revier gewesen. Ich hab sie jedenfalls nie zuvor gesehen.

„Ich suche Maximilian Van Leeuwen", sage ich atemlos. „Er müsste eben hier reingekommen sein."

„Er ist gerade mit meinen Kollegen in einer Vernehmung und …"

„Wo ist die?", platze ich ihr ins Wort.

„Wer?" Die Polizistin schaut mich begriffsstutzig an. Irgendwie scheint sie mit meiner hektischen Art nicht klarzukommen.

„Die Vernehmung!", stöhne ich genervt. „Ich muss dahin."

„Da können Sie jetzt nicht rein, sie sind mitten in einem Gespräch."

„Doch, ich kann da rein." Mein Blick huscht den Flur entlang. „Ich muss da sogar rein, denn ich bin eine wichtige Zeugin."

„Oh, okay, ich verstehe." Sie erhebt sich von ihrem Stuhl und kommt hinter dem Schreibtisch hervor. „Bitte warten Sie einen Augenblick, ich kündige Sie an und frage nach, wann Zeit für ein Gespräch mit Ihnen ist."

„Klar", sage ich, während ich ungeduldig von einem Bein auf das andere trete und warte, bis die rothaarige Frau den Flur gemütlich entlang stolziert. Ihre Ruhe macht mich fast wahnsinnig. In dem Moment, als sie endlich zu einer Zimmertür geht und diese öffnet, setze ich mich ebenfalls in Bewegung. Ich renne ihr hinterher, drücke mich an ihr vorbei und platze in das Vernehmungszimmer.

„Glauben Sie ihm kein Wort!“, rufe ich. Erst dann schaue ich mich um. Das Zimmer ist groß und hell. Auf dem Boden stehen eine große Topfpflanze und ein gigantischer Schreibtisch. Zwei Beamten sitzen dort, gegenüber von Max. Er seufzt tief, als er mich sieht, verschränkt die Arme vor der Brust und schüttelt den Kopf.

„Wer sind Sie?“, will einer der Beamten wissen und kommt auf mich zu. Mit den Fingernägeln kratzt er sich seinen dunklen Bart. Das Geräusch jagt mir eine Gänsehaut über den Rücken. Eindringlich mustert er mich.

„Sie sollten doch vorne warten“, schimpft die Rothaarige. Mit ihrer Gelassenheit ist es ganz offensichtlich nun vorbei. „Es tut mir leid, sie ist einfach losgelaufen und hier reingeplatzt …“

„Ich habe gesehen, wie der Unfall passiert ist.“ Meine Stimme klingt selbstbewusst und entschlossen. Es stört mich nicht, dass ich der Polizistin schon wieder ins Wort falle. „Hautnah sogar, denn ich war dabei. Ich bin die Schwester des Opfers.“

„Opfer? So weit sind wir noch gar nicht.“ Der bärtige Mann nickt seiner Kollegin kurz zu, vermutlich, um ihr zu verstehen zu geben, dass sie gehen kann, während ich bleiben soll, denn er deutet auf den freien Stuhl neben Max. „Bitte setzen Sie sich doch.“

„Vielen Dank, das ist sehr nett von Ihnen.“ Triumphierend grinse ich Max an und erkenne den Vorwurf in seinem Blick, während er laut mit der Zunge schnalzt.

„Also?“, sagt der Bärtige zu mir. „Wer sind Sie und was wollen Sie und warum sollen wir der Aussage dieses Mannes nicht glauben?“

Erst jetzt merke ich, dass meine Forderung vielleicht etwas zu hart war, vor allem im Hinblick darauf, dass Max noch gar nichts erzählt zu haben scheint. Vermutlich hat er sich eben erst hingesetzt und sie sind noch nicht mal über die Begrüßung hinausgekommen.

„Sie sollen ihm nicht glauben, weil ich jetzt da bin“, sage ich schnell und lächle beide Beamten nacheinander an. „Und ich weiß, wie es wirklich war, ich habe nämlich alles genau gesehen.“

„Wer sind Sie denn?“, will der andere Polizist wissen, der bisher geschwiegen hatte. Seine Haare sind grau und er sieht aus, als stünde er kurz vor seiner Pension. Irgendwie macht er den Eindruck auf mich, dass er sich auch genau dort hinwünscht.

„Mein Name ist Anastasia Adams“, stelle ich mich vor. „Ich bin die Schwester desjenigen, um den es hier geht.“

„Also seine Schwester?“, der Möchtegern-Pensionist zeigt auf Max und bestätigt damit meine Vermutung, dass die Männer noch nicht miteinander gesprochen haben.

Gott sei Dank! Das bedeutet einen großen Vorteil für mich, wenn ich es geschickt anstelle. Mein Gehirn arbeitet in Höchstgeschwindigkeit.

„Wenn ich das vielleicht kurz erklären darf?“, wirft Max ein.

„Nein!“, rufe ich laut und merke sofort, dass diese Reaktion überzogen war. Ich spüre, wie mir die Röte in die Wangen schießt. Hastig versuche ich, die Situation zu retten. „Nein, ich bin nicht seine Schwester. Ich bin die Schwester von Felian Adams.“

„Und Sie beide?“ Der Bärtige zeigt zwischen mir und Max hin und her. „Kennen Sie sich denn?“

„Ja“, antwortet Max.

„Nein“, sage ich zeitgleich.

„Ja, was denn nun? Können Sie uns bitte einmal aufklären?“ Der Möchtegern-Pensionist wird ungeduldig. Wenn ich seine Sympathie nicht verlieren will, dann muss ich jetzt reden.

„Ich kenne ihn nicht. Also nicht gut“, erkläre ich hastig. In Windeseile hab ich mir alles zurechtgelegt. „Er war gestern bei mir in der Bar, in der ich arbeite, um ein Bier zu trinken, und da habe ich ihn erkannt. Dann habe ich ihm gesagt, wer ich bin und was damals passiert ist, und er war entsetzt und schockiert und deswegen ist er heute hier bei Ihnen. Weil er glaubt, eine Schuld zu haben. Was natürlich Unsinn ist.“

Neben mir holt Max tief Luft. Er hat bereits begriffen, worauf ich hinausmöchte. Schnell rede ich weiter, bevor er etwas sagen kann. „Ich muss alles von Anfang an erzählen, sonst verstehen Sie es nicht. In Ordnung?“

„Ich bitte darum.“ Der Bärtige schiebt sein Diktiergerät in meine Richtung und lehnt sich in seinem Sessel zurück. „Dann legen Sie mal los.“

„Nein!“, ruft Max dazwischen. Er wirft mir einen warnenden Blick zu. „Wir werden hier nichts beschönigen und nichts kleinreden. Ich weiß es zu schätzen, dass du mich verteidigen möchtest. Aber das will ich nicht! Es ist nicht angebracht! Ich bin schuld. Ich habe ihn überfahren! Eine andere Aussage gibt es nicht!"

„Max", sage ich leise. „Du musst dich nicht selbst belasten!"

„Ana, hör auf damit! Merkst du nicht, dass du im Begriff bist, für mich zu lügen?"

Seine Worte irritieren mich. Lüge ich? Das war nicht das, was ich vorhatte. Ich will ihn doch nur schützen …

„Ich lüge nicht", verteidige ich mich. „Ich sage, wie ich es *empfinde*!"

„Und ich sage, wie es passiert ist." Max wirft mir einen entschlossenen Blick zu, der mich zum Nachdenken bringt.

Er schützt mich davor, zu lügen.

Ich muss versuchen, anders an die Sache heranzugehen. „Niemand weiß so gut wie ich, dass es ein einziger Alptraum war. Etwas, das niemals hätte geschehen dürfen. Und doch sehe ich es heute ganz klar, was es wirklich war: etwas ohne böse Absicht, ohne Vorsatz. Es war ein Unfall."

„Ja, aber einer, den ich verursacht habe! Ich habe Felian überfahren, deswegen ist er nun tot." Seine Stimme ist ohne Wut, ohne Verzweiflung. Er sagt es ganz ruhig, und doch höre ich den Schmerz darin.

Ich hoffe, die Beamten hören es auch!

Der Polizist dreht das Diktiergerät in Max' Richtung. „Können Sie den gesamten Ablauf bitte beschreiben?"

„Ja, das kann ich." Er seufzt und fährt sich mit der Hand durch die Haare. Mir fällt auf, dass sie leicht zittert. „Es war nach einem Konzert. Es gab einen Streit mit ein paar anderen Jungs und ich habe ein Auto genommen, das mir nicht gehörte. Es stand mit laufendem Motor da. Ich habe die Gelegenheit ergriffen und bin damit abgehauen, weil ich nervös war wegen der Prügelei. Ich war voller Adrenalin von dem Konzert. Ich wollte einfach nur weg und bin mit dem fremden Auto vom Parkplatz gefahren. Der Junge, dem der Wagen gehört hat, lief mir hinterher. Er hat versucht, den Schlüssel aus dem Zündschloss zu ziehen, und ich wollte ihn daran hindern. Deswegen hab ich seinen

Arm festgehalten, bin aber trotzdem weitergefahren. Es war ein Reflex, ich habe nicht nachgedacht. Irgendwann hab ich ihn losgelassen. Oder er mich – ich weiß es nicht mehr genau. Jedenfalls war er plötzlich weg. Ich war erleichtert und bin weitergefahren."

Max macht eine kurze Pause und schaut zu mir rüber, ohne mich wirklich zu sehen. Sein Blick ist in weite Ferne gerichtet, in die Vergangenheit, die nur er sehen kann. Aber ich kann sie fühlen. Den Schmerz und die Verzweiflung. Mit einem Mal bin ich unheimlich froh, dass Max alles so erzählt, wie es wirklich war.

Gelegenheit macht Diebe.

Er hat mir nicht die Gelegenheit gelassen, zur Lügnerin zu werden. *Meinen Bruder zu verraten.* Dankbarkeit mischt sich in meinen Schmerz. Ironischerweise ist es das, was mir die Tränen in die Augen treibt. Schnell starre ich auf den Schreibtisch vor mir.

„Es war dunkel und ich war zu dem Zeitpunkt Fahranfänger", fährt Max fort. „Das ist keine Entschuldigung und auch keine Ausrede, sondern nur eine Erklärung. Die einzige Erklärung, die ich habe, warum ich ihn nicht gesehen habe. Jedenfalls viel zu spät. Wie aus dem Nichts stand er vor dem Auto. Ich konnte nicht mehr bremsen und plötzlich war er vor der Motorhaube und … " Max stockt kurz. Für einen Moment presst er die Lippen zusammen. Erneut sieht er erst mich an und dann wieder die Polizei. „Ich habe ihn überfahren. Es tut mir so unendlich leid."

Es ist der Moment, in dem die Stimmung kippt. Die Ruhe ist vorbei. Die Luft scheint plötzlich zu vibrieren.

„Was ist dann passiert?" Der Beamte beugt sich vor und mustert Max. Er schaut ihm für einen Moment tief in die Augen, als würde er prüfen, ob er darin etwas lesen kann.

Vielleicht sucht er nach Anzeichen für echte Reue.

„Ich habe Panik bekommen", sagt Max leise. Er faltet die Hände und knackst mit den Fingern, bevor er den Blick wieder auf sein Gegenüber richtet. Unvermittelt und vollkommen offen schaut er dem Polizisten ins Gesicht. „Ich habe einen Fehler gemacht, der nie wieder gutzumachen ist. Ich habe jemanden überfahren und bin in meiner Angst einfach weggefahren, anstatt anzuhalten und zu helfen. Es hat Jahre gedauert, bis ich das alles realisiert habe. Aber nun habe ich es verstanden und bin bereit, für meinen Fehler geradezustehen und die Strafe auf mich zu nehmen.“ Er verstummt, schluckt und fährt dann fort: „Bitte notieren Sie, dass ich für den Tod von Felian Adams verantwortlich bin.“

Atemlos sitze ich da, schaue von einem Beamten zum anderen. Ihre Mienen sind ausdruckslos.

„Wann war das?“, fragt einer von ihnen. „Und wo?“

„Vor sechs Jahren“, antworte ich, bevor Max etwas sagen kann. „In London.“

Mein Plan geht auf, der Möchtegern-Pensionist lenkt seine Aufmerksamkeit auf mich. Ich nenne schnell Datum und Platz des Geschehens. „Mein Bruder hatte dort ein Konzert mit seiner Band. Im Anschluss gingen wir zusammen raus auf den Parkplatz. Dort kam es zu einem Streit mit ein paar anderen Jungs. Nichts Besonderes, so etwas kam öfter mal vor. Sie haben sich miteinander geprügelt und …“

„Augenblick bitte“, unterbricht mich der Beamte. „Haben Sie etwas zu sagen, was das Geschehen genauer erklärt?“

„Ich bin die Schwester des Verstorbenen und ich habe alles von Anfang an gesehen.“

Des Verstorbenen … Wie merkwürdig das alles klingt und wie surreal es sich anfühlt.

„Ihr Bruder war also dieser Felian Adams?“ Der Bärtige schaut mit fragend an.

„Richtig“, sage ich. „Ich war heute Mittag schon einmal da, um Anzeige zu erstatten, aber die können Sie streichen.“ Mir fällt auf, dass mein Satz ziemlich aus dem Kontext gerissen ist, aber ich bin viel zu nervös, um das alles strukturiert auf die Reihe zu bekommen.

„Warum haben Sie die Anzeige dann aufgegeben?“

„Weil ich nicht dran glaubte, dass Herr Van Leeuwen sich selbst stellen wird, und ziemlich durcheinander war. Aber wie Sie sehen, hat er ja sein Wort gehalten und ist hier. Deswegen werde ich die Anzeige am Ende unseres Gespräches zurückziehen.“

„Warum?“

Ich verstehe nicht, was er meint. „Dann muss er nicht ins Gefängnis.“

„So einfach ist das nicht“, sagt der Bärtige. „Sehen Sie …“

„Können wir mal zum Tathergang zurückkommen?“, unterbricht ihn der Möchtegern-Pensionist. „Was genau haben Sie gesehen?“

Die Worte des Bärtigen kreisen in meinem Kopf. *So einfach ist das nicht.* Heißt das, ich kann gar nichts mehr tun? Hilfesuchend schaue ich zu Max.

„Erzähl ihnen, wie es war“, fordert er mich leise auf. „Sonst mach ich es.“

„Also …“, setze ich an, „… die Jungs haben sich auf dem Parkplatz gestritten. Mein Bruder, Felian Adams, hatte sein Auto mit laufendem Motor dort stehen, weil wir eigentlich nach Hause fahren wollten.“ Kurz muss ich eine Pause machen und schlucken. Noch nie habe ich den Namen meines Bruders so oft und beiläufig ausgesprochen.

Der bärtige Polizist scheint zu merken, dass ich mit mir ringe, und lehnt sich ein Stück zu mir vor. Seine braunen Augen sind warm und freundlich, als er leise zu mir sagt: „Bitte geben Sie Bescheid, falls Sie eine Pause benötigen.“

„Danke, es geht schon.“ Aus dem Augenwinkel sehe ich, wie Max sich verstohlen im Raum umschaut. Sein Blick huscht in jede Richtung, auch auf die Decke über uns. Plötzlich spüre ich unter dem Tisch eine warme Hand auf meinem Knie. Ein leichtes, tröstendes Streicheln. Nur für eine Sekunde, einen Herzschlag lang, dann ist es wieder weg und die Hand wird zurückgezogen. Aber dieser Moment reicht aus, um mir neue Kraft zu geben. „Auf einmal kam die Security auf den Parkplatz und die Jungs sind in Panik geraten. Alle sind wild nach allen Seiten davongerannt. Und plötzlich ist dann jemand mit dem Auto von meinem Bruder weggefahren. Wir wussten nicht, wer es war, wir kannten ihn nicht. Es sah aus, als wäre ein fremder Mann da eingestiegen, mehrere Zeugen haben das später so bestätigt, also sind wir auch wir davon ausgegangen.“ Ich stocke und hole tief Luft. Irgendetwas in meinem Bauch beginnt zu flattern.

„Und dieser Fremde war Herr Van Leeuwen“, sagt der Möchtegern-Pensionist.

Ich sehe zu Max. „Das sagt er.“ Dann wende ich mich wieder den Beamten zu. „Aber selbst gesehen habe ich das nicht.“

„Von der Tat selbst haben Sie also gar nichts mitbekommen?“ Er wird offenbar ungeduldig.

Meine Hoffnung, Max helfen zu können, wird immer kleiner. Ein Kloß in meinem Hals macht mir das Reden schwer, trotzdem erzähle ich weiter: „Alle anderen waren schon weg, nur ich stand da noch, voller Schock und habe dem BMW meines Bruders hinterhergesehen.“ Ein weiteres Mal atme ich tief in den Bauch, weil die Erinnerung mich zu überrollen droht. „Das Auto ist vom Hof gefahren. In die Nacht hinein. Ohne Scheinwerfer. Ich konnte fast nichts erkennen. Nur dass Felian mitgezogen wurde. Dann war alles dunkel.“ Meine Stimme bricht und Tränen brennen in meinen Augen. Nur mit Mühe kann ich sie zurückhalten.

Neben mir verlagert Max sein Gewicht und mir ist klar, was er jetzt tun wird. Er legt seinen Arm um meine Schultern und drückt mich kurz, bevor er wieder seine Position auf seinem Platz einnimmt.

Mit zusammengebissenen Zähnen schaue ich die Polizisten an. Ich weiß nicht, wie sie darauf reagieren, wenn bekannt wird, dass wir ein Verhältnis miteinander haben. Vielleicht könnte es ihm so ausgelegt werden, dass seine Reue nur darauf basiert. *Was definitiv nicht stimmt.*

Max kämpft schon sehr viel länger gegen seine Schuldgefühle und gegen sein schlechtes Gewissen.

„Kennen Sie sich doch näher?“, fragt der grauhaarige Beamte. Seine Augenbrauen sind so dicht zusammengezogen, dass sie sich in der Mitte berühren.

„Sie ist meine Freundin“, antwortet Max knapp.

„Ich dachte, Sie haben sich in der Bar von Frau Adams kennengelernt und …“

„Haben wir auch“, unterbricht Max ihn. „Vor einer Weile schon.“

„So ist das.“

„Ja, so ist das.“ Wie um zu demonstrieren, dass es genau so ist, legt Max seine Hand auf meine.

Irgendwie schaffe ich es, mich zusammenzureißen, meine Stimme unter Kontrolle zu bringen und weiterzusprechen: „Der Fahrer hatte keine Chance. Es war für ihn unmöglich zu bremsen. Felian ist direkt vors Auto gelaufen. Er ist gestürzt und mit dem Kopf auf den Asphalt gefallen und noch am Unfallort an einer Hirnblutung gestorben…“

„Stopp“, sagt der grauhaarige Beamte. „Das haben Sie also gesehen?“

„Ähm …“ Ich schaue zu Max.

„Nein, hat sie nicht“, antwortet dieser. „Es war niemand dabei. Außer ich und … und Felian.“

Mein Herz pocht wild und schlägt schmerzhaft gegen die Brust.

Bitte, Max, flehe ich ihn in Gedanken an. *Es war ein Unfall!*

„Dann erzählen Sie jetzt, was während der eigentlichen Tat passiert ist“, fordert der Grauhaarige ihn nun mit harscher Stimme auf.

Max nickt kurz. „Ich bin weggefahren von diesem Parkplatz, weil ich keinen Ärger mit den Sicherheitsleuten wollte. Mir war anfangs gar nicht bewusst, dass es das Auto von einem der Jungs war, den ich nicht kannte. Irgendwie dachte ich, es gehört meinem Freund. Erst als ich drinnen saß, ist mir aufgefallen, dass es ein fremdes Auto ist, denn ich hab den Schalter für die Scheinwerfer nicht sofort gefunden. Deswegen bin ich ohne Licht gefahren.“

„Was ist dann passiert?“, drängt ihn der bärtige Polizist zum Weiterreden.

Max seufzt ein weiteres Mal. Er reibt sich mit beiden Händen über die Augen, bevor er mit gepresster Stimme weiterredet: „Es ging so schnell. Der Junge, dem das Auto gehörte … Er stand plötzlich da und ich habe gebremst … Ich habe ihn erwischt. Ich bin mir nicht sicher, aber ich glaube, ich habe es gespürt … Es war ein Schock, ich war wie in Trance, ich bin einfach weitergefahren.“

Mit offenem Mund starre ich Max an. Ich staune darüber, wie er das alles erzählt, ohne zu zögern, und doch mit so viel Schmerz und Reue in der Stimme.

„Sie haben also gemerkt, was passiert ist.“

Dass du ihn umgefahren hast …

„Ja, das habe ich gemerkt. Aber ich habe es nicht realisiert. Niemals wäre ich auf die Idee gekommen, dass da ein gerade ein Mensch gestorben ist.“

Noch immer schaue ich Max an. Er wollte nicht von mir in Schutz genommen werden, keine Ausreden erfinden. Es ist nicht sein Vorhaben, sich aus seiner Schuld herauszureden, sondern er möchte zu dem stehen, was er getan hat, und seine Strafe dafür bekommen.

„Wie ging es dann weiter?"

„Ich habe realisiert, dass ich ein Auto gestohlen habe", gibt Max zu. „Deswegen bin ich panisch davon gefahren. Solange, wie der Tank eben gereicht hat. Dann hab ich den Wagen irgendwo abgestellt und mich aus dem Staub gemacht."

„Das bedeutet, Sie haben das Auto einfach irgendwo stehenlassen?" Das aufflackernde Interesse ist schon wieder aus dem Gesicht des Möchtegern-Pensionisten verschwunden.

„Ja, richtig. Ich habe es dann irgendwo stehenlassen in dem Glauben, dass es gefunden und seinem Besitzer wieder zurückgebracht wird. Denn ich wollte es ja nicht stehlen." Max wirft mir einen müden Blick zu. „Ich habe es all die Jahre verdrängt. Nicht vergessen, aber tief in mir vergraben und nicht an die Oberfläche gelassen. Bis ich mich in diese Frau verliebte. Dann war plötzlich alles wieder da."

„Sie haben sich in einer Bar getroffen?" Der bärtige Polizist sieht wieder mich an. „Wie sind Sie denn darauf gekommen, dass er derjenige war, der den Wagen Ihres Bruders gestohlen hat? Sie sagen, Sie haben ihn erkannt? Woran genau?"

Den Wagen gestohlen! Kein Wort von Totschlag.

Mein Herz macht einen Sprung vor Erleichterung. „Ich habe ihn überhaupt nicht erkannt. Wir haben uns kennengelernt. Ich habe zwar gespürt, dass ihn etwas belastet, aber ich wusste nicht, was." In Gedanken klopfe ich mir auf die Schultern dafür, dass ich das so in Worte fassen konnte. „Irgendwann hat er es mir gesagt. Deshalb sind wir jetzt hier."

Das muss reichen.

Dass er es erst zugab, als ich es selbst herausgefunden hatte, brauchten die Polizisten ja nicht zu wissen.

„Deswegen bin *ich* hier", korrigiert Max mich. „Nachdem alles wieder hochkam und mir bewusst wurde, dass ich die Frau liebe, dessen Bruder ich getötet habe, musste ich handeln."

… dass ich die Frau liebe …

Staunend beobachte ich, wie Max die Geschichte erzählt, die er seit Jahren mit sich herumträgt.

„Es war alles so viel“, füge ich hinzu und zeige mit dem Finger auf Max, wie um zu verdeutlichen, dass ich ihn meine. „Deswegen habe ich die Anzeige gemacht. Aber das wollte ich eigentlich gar nicht, weil er sich selbst stellen wollte. Und es ja nun auch getan hat.“ Wieder setze ich mein freundlichstes Lächeln auf. „Und ich bin mitgekommen, weil nur ich die ganze Wahrheit kenne.“

Der Polizist mir gegenüber kratzt sich mit den Fingern durch den Bart und mustert mich eindringlich. „Und die Wahrheit bedeutet was genau?“

„Dass es ein Unfall war. Und dass er sich selbst stellen will. Ich möchte deswegen meine Anzeige zurücknehmen.“

„Wenn Sie das unbedingt wollen. Bitte kommen Sie mit nach vorne, dann regeln wir das formell.“ Der Polizist steht auf und deutet zur Tür.

Ich stehe ebenfalls auf, halte dann aber doch noch mal inne und zeige mit dem Daumen auf Max. „Was wird mit ihm? Muss er in U-Haft bleiben?“

Der Polizist lächelt mich das erste Mal offen an. „So etwas haben wir auf unserem Revier gar nicht.“

„Das bedeutet, er kann einfach wieder gehen?“ Ungläubig schaue ich von einem Beamten zum anderen. Viele Jahre lang ist genau dieses Szenario ein einziger Alptraum für mich gewesen und nun hoffe ich so sehr darauf.

„Festhalten würden wir ihn nur, wenn Wiederholungsgefahr, Verdunklungsgefahr oder Fluchtgefahr besteht“, erklärt der Möchtegern-Pensionist. „All das sehe ich hier nicht. Schließlich hat Herr Van Leeuwen sich doch selbst gestellt und ist aus freien Stücken hier. Dennoch werden wir natürlich seine Daten aufnehmen und seinen Pass einbehalten und alles Weitere besprechen und regeln. Wir müssen den zuständigen Beamten, die diesen Fall bearbeiten, alles übergeben und den Fall noch mal aufrollen.“

„Ich bin gebürtiger Niederländer“, wirft Max schwach ein, als könne diese Tatsache alles ändern.

„Ist Ihr Wohnsitz in den Niederlanden? Oder sind Sie hier in Schottland gemeldet?“

Max wischt sich die Hände an den Oberschenkel ab, bevor er sie dann wieder vor sich auf den Tisch legt. „Mein Wohnsitz ist hier in Schottland. Ich werde Ihnen meine Adresse und meinen Ausweis geben.“

Und ich hab die Polizei in die Niederlande geschickt, weil ich seine Adresse hier nicht kannte.

Mir wird bewusst, wie wenig ich über diesen Mann weiß, an dem mein Herz so sehr hängt und dem ich trotz allem so sehr vertraue.

„Dann ist das so in Ordnung für uns“, sagt der Beamte. „Wichtig ist für uns zu wissen, wo das Geschehen damals stattfand. Denn dort wird dann auch der Prozess stattfinden. Frau Adams sagte, es ist in London passiert, und deswegen sind Sie hier genau richtig, denn die Polizei in ganz Großbritannien arbeitet eng zusammen.“

„Ich darf dann Großbritannien bis zum Prozess nicht verlassen?“, will Max wissen.

„Das klären wir gleich.“ Der Beamte schneidet ihm das Wort ab und deutet auf mich. „Warten wir damit, bis wir alleine sind.“

„Dann kommen Sie mit nach draußen, Frau Adams“, fordert mich der Bärtige noch einmal auf. Mit schnellen Schritten durchquert er den Raum und öffnet mir die schwere Tür. Er lässt mich als Erste hindurch gehen und ich gehe den Flur entlang dorthin zurück, wo ich vorhin herkam.

Das war's jetzt? Irgendwie kann ich das alles nicht so recht glauben. „Wie geht es denn nun weiter?“, frage ich.

„Wir werden Ihre Aussagen prüfen und dann die Akte von damals noch einmal öffnen. Sie werden beide ein weiteres Mal zur Vernehmung kommen müssen und dann wird es einen Gerichtsprozess geben.“

„Wie fällt denn so ein Urteil aus?“

„Das kann ich Ihnen nicht sagen. Das wird dann auch der Richter entscheiden.“

„Verstehe“, murmle ich und gehe zum Schreibtisch der Rothaarigen.

„Ich werde Sie nun mit meiner Kollegin alleine lassen und in die Vernehmung zurückgehen. Einen schönen Tag noch." Er streckt mir seine Hand hin, die ich sofort ergreife. Sein Händedruck ist beruhigend und irgendwie habe ich trotz allem das Gefühl, das Richtige gemacht zu haben. Mit gestrafften Schultern gehe ich zu der rothaarigen Polizistin hinter dem Empfangsschreibtisch und sage mit fester Stimme: „Ich möchte die Anzeige gegen Maximilian Van Leeuwen zurückziehen."

„Das machen wir." Sie geht zu ihrem PC und tippt ein paar Tasten, bevor sie mich wieder ansieht. „Ihren Namen und Ihre Adresse bitte."

Ich nenne ihr alles und warte, bis sie fertig auf ihre Tastatur eingehackt hat. Dann nicke ihr zu und verlasse das Polizeirevier, in der Hoffnung irgendwann vollständig mit dieser ganzen Sache abschließen zu können. Auf welche Art auch immer. Vielleicht. Irgendwann.

Kampf

ICH lächle, als ich mich von der Polizistin verabschiede. Ein aufgesetztes, nicht echtes Lächeln. Es ist einfach da, weil ich weiß, dass es in dieser Situation in mein Gesicht gehört. So wie ich auf der Arbeit lächle, ohne fröhlich zu sein. Es gehört dazu, wie meine Schuhe an den Füßen, wie meine Handtasche, die ich mir umgehängt habe.

Beim Hinausgehen lächle ich immer noch und auch als ich in mein Auto steige, in dem leichtsinnigerweise der Schlüssel im Zündschloss steckt. Lächelnd starte ich den Motor und fahre vom Hof, weg von Max' Pick-up, weg vom Polizeirevier. Ich nehme nicht den Heimweg, sondern fahre bewusst in die andere Richtung. Nur eine Kreuzung weiter, dann halte ich auf dem Parkplatz eines Einkaufscenters an, weil es nicht mehr geht. Das Lächeln hört abrupt auf und ich schlage mit voller Kraft auf das Lenkrad. Das Bedürfnis, auszusteigen und einfach loszurennen, meldet sich tief in mir. Ein Gefühl, das ich nicht benennen kann, das ich einfach nur loswerden will.

„Es war ein Unfall!", schreie ich gegen die Windschutzscheibe. „Es war ein verdammter Unfall! Und jetzt denk nicht mehr dran! Du hast alles richtig gemacht, Ana! Es war ein verdammter Scheißunfall! Denk einfach nicht mehr dran!"

Ungeweinte Tränen brennen in meinen Augen, aber ich halte sie zurück. Die Zeit des Weinens ist vorbei. Jetzt kommt die Zeit des Kämpfens.

Mein Handy klingelt. Mit zitternden Fingern ziehe ich es aus der Handtasche und werfe einen Blick darauf. Es ist Freya. Ich drücke auf den grünen Hörer und rede einfach los, ohne sie zu Wort kommen zu lassen.

„Du hattest recht." Meine Stimme klingt unerwartet fest. „Du hattest von Anfang an recht. Es zerreißt mich, es ist kaum auszuhalten!"

„Genau davor hatte ich Sorge“, antwortet Freya. Sofort geht sie auf mich ein. Was immer sie von mir wollte, scheint komplett vergessen. „Wir müssen einen Weg finden, wie du damit umgehen kannst.“

„Ich habe für ihn ausgesagt. Ich habe zu seinen Gunsten ausgesagt.“ Für eine Sekunde herrscht Schweigen, dann füge ich trotzig hinzu: „Und es fühlt sich richtig an.“

„Dann hast du doch schon die Lösung, was du dafür tun musst, damit es dir besser geht“, stellt Freya fest.

„Und das wäre?“

„Ihm verzeihen und zusammen mit ihm neu anfangen.“

„Genau das habe ich vor.“

„Gut“, sagt sie. „Das klingt doch nach einem Plan.“

„Und ich habe sogar noch einen“, füge ich fast ein bisschen stolz hinzu.

„Was genau meinst du?“

„Sag mir zuerst, warum du angerufen hast.“

„Hatte keinen besonderen Grund.“ Freya ist neugierig geworden. „Wollte nur wissen, wie es dir geht.“

„Das weißt du ja jetzt.“ Mit einem schnellen Blick vergewissere ich mich, dass die Fenster geschlossen sind, und dann erzähle ich Freya mit leiser Stimme meinen Plan.

Nach ungefähr zwanzig Minuten trenne ich die Verbindung. Mein Kopf schwirrt und das flaue Gefühl in meinem Magen ist noch nicht besser geworden, und trotzdem bin ich fest entschlossen, mein Vorhaben durchzuziehen.

Ich öffne den Internet-Browser an meinem Smartphone und gebe den Namen ein. Unter *Giethoorn* finde ich überhaupt nichts und mit Angabe der Provinz *Overijssel* gibt es zu viele Treffer. Deswegen schreibe ich noch den Bandnamen mit ins Suchfeld und so werde ich fündig. Sein Facebook-Profil erscheint und ich tippe auf den Info-Button auf seiner Seite. Ein Grinsen huscht über mein Gesicht, als ich sehe, dass er seinen Wohnort angegeben hat. *Meppel.* Mit diesen Daten versuche ich es erneut und ich bekomme tatsächlich einen Eintrag im Telefonbuch mit der Nummer einer Firma.

Einen Bootsverleih hat er, sieh an …

Ich kopiere die Nummer und mein Grinsen wird breiter, als mir klar wird, dass ich das zu meinem Vorteil nutzen kann. Ich gehe auf die Menü-Einstellungen von meinem Telefon, aktiviere den Inkognito-Modus und füge dann die Nummer in das Wählfeld ein. Ungeduldig zähle ich das Tuten.

Einmal, zweimal, dreimal ...

Dann endlich meldet er sich: „Bootsverleih Shouten, was kann ich für Sie tun?“

„Hallo, Henry“, meine Stimme klingt kalt und überheblich. „Schön, dass ich dich gleich erreiche.“

„Wer ist denn dran?“, fragt er.

„Mein Name tut nichts zur Sache.“ Ich wechsle mein Handy von einer in die andere Hand, weil meine Finger feucht vom Schweiß sind. „Du hast einen Bootsverleih?“

„Hier können Sie Boote leihen“, antwortet er. Seine Stimme ist unverändert freundlich. „Möchten Sie eins?“

„Nein. Obwohl vielleicht doch. Vielleicht komme ich aber auch nur so vorbei, stelle mich eine Stunde vor dein Geschäft und zeige allen das Video von Elea Van Leeuwen.“ Ich mache eine kurze Pause und füge dann kalt hinzu: „Und wer für ihren *Sturz* verantwortlich war.“

Für den Bruchteil einer Sekunde herrscht Schweigen. „Wer bist du?“, will Henry wissen. Er klingt alarmiert. Seine Freundlichkeit ist verflogen.

„Ich bin die, die das Video gemacht hat.“

„Aha.“

„Und das Video, wie ihr Max Van Leeuwen zusammengeschlagen habt.“ Es gelingt mir, meiner Stimme einen drohenden Unterton zu geben. „Meinst du, dein Geschäft übersteht die Wahrheit? Wie werden deine Kunden reagieren, wenn sie wissen, wer du wirklich bist und was du in deiner Freizeit so machst?“

„Sag mal, drohst du mir?“ Er klingt nervös.

„Ich komme gerade von der Polizei“, rede ich weiter, ohne auf seine Frage einzugehen. „Die sagten mir, im Gesetzestext steht, dass es für Erpressung mindestens drei Jahre Haftstrafe gibt. Wusstest du das?“

„Okay“, macht er. „Du hattest deinen Spaß. Sag mir, wer du bist und was du willst, sonst lege ich auf.“

Ich lache auf. „Das wirst du nicht tun, Henry. So dumm bist du nicht.“

Er schweigt. Sein Atem beschleunigt sich hörbar.

„Ich mache hier die Regeln“, verkünde ich. „Du hörst mir zu.“

„Okay.“

Er macht, was ich sage!

Mein Herzschlag beschleunigt sich, als ich weiterrede. „Maximilian Van Leeuwen hat sich bei der Polizei gestellt. Er hat zugegeben, dass er der Unfallverursacher war. Er wird seine Strafe bekommen und absitzen. Du hast nichts mehr gegen ihn in der Hand.“

„Ach so“, macht er. „Und jetzt willst du mich erpressen?“

Nein, ich sorge dafür, dass deine Erpressung aufhört!

Wieder lache ich auf. „Nein, auf dieses Niveau lasse ich mich nicht herab. Aber ich schlage dir einen Handel vor.“

„Ich bin ganz Ohr.“

„Du und die anderen aus deiner Band werden noch mal zur Aussage auf ein Polizeirevier kommen müssen. Und ich möchte, dass ihr Folgendes sagt: Das Einzige, was ihr noch wisst, ist, dass es einen Streit gab, dass *irgendwer* Felians Auto genommen hat und damit weggefahren ist. In die Nacht hinein. Danach habt ihr nichts mehr gesehen oder mitbekommen.“

„Na ja, so war es ja auch und …“

„Nein!“, unterbreche ich ihn. „Keine Diskussion! Ihr sagt es so und fertig! Und ich will, dass du und deine komischen Freunde euch aus dem Leben der Van Leeuwens verpisst! Ihr werdet euch niemandem von ihnen je wieder nähern! Als Gegenleistung werde ich dann die Videos auf meinem Handy löschen und diese *Vorfälle* niemals wieder erwähnen. Hast du das verstanden?“

„Verstanden.“

„Kann ich mich darauf verlassen, Henry?“, frage ich ihn. Irgendwo habe ich mal gelesen, dass Drohungen und direkte Ansprachen immer besser wirken, wenn man den Vornamen dazu sagt. Wenn ich mich recht erinnere, verdanke ich auch dieses Wissen Sebastian Fitzek. „Haben wir einen Deal?"

„Ja, wir haben einen Deal", willigt er ein. „Ich sorge dafür, dass genau das ausgesagt wird. Und du hältst dich an den Rest."

„Sehr gut, Henry. Dann sind wir uns ja einig", lobe ich ihn. „Mehr wollte ich nicht von dir. Ich wünsche noch einen schönen Tag."

„Warte", ruft er ins Telefon. „Sagst du mir noch deinen Namen?"

Ohne ein weiteres Wort lege ich auf. Für einen Moment atme ich tief ein und aus und ich schließe die Augen. Als ich sie wieder aufmache, geht mein Blick zum Horizont, hin zu den Sonnenstrahlen, die durch die dicke Wolkendecke brechen.

„Das haben wir gut gemacht, Felian", sage ich zu meinem Bruder. Dem Teil von mir, der oben im Himmel wohnt und immer auf mich aufpasst. Der mir alles mitgegeben hat, um im Leben klarzukommen.

Zum ersten Mal seit vielen Jahren fühle ich mich ihm wieder nahe, kann an ihn denken, ohne dass mich der Schmerz zerreißt. Plötzlich fühlt es sich an, als wäre er bei mir.

Ein Lächeln huscht über mein Gesicht, als ich losfahre. Ich lasse das Fenster hinunter und strecke meinen Kopf in den Wind hinaus. „Danke für deine Hilfe", rufe ich in den Himmel. „Danke, dass du da bist! Ich danke dir!"

Verzeihen

Es wundert mich nicht, dass der schwarze Pick-up bereits im Hof steht, als ich ankomme. Auch nicht, dass der Fahrersitz leer ist. Was mich allerdings tatsächlich wundert, ist, dass Max auf den Stufen vor der Haustür sitzt und nicht hineingegangen ist.

Er hat die Arme auf die Knie gestützt und schaut mich abwartend an, als ich auf ihn zukomme. Das Bild bietet so viel Vertrautheit, dass ich es nicht schaffe, ihn zu fragen, was er hier will. Denn die Antwort ist mir vollkommen klar. Deswegen lasse ich dieses Gefühl der Vertrautheit einen Moment auf mich wirken und sage dann nicht das, was ich denke, sondern das, was ich fühle. „Na? Hast du vergessen, wo der Schlüssel ist?"

Überrascht schaut Max mich an. Vermutlich hat auch er mit einer völlig anderen Reaktion von mir gerechnet.

„Ich wusste nicht, ob ich drinnen noch erwünscht bin."

„Ach, bitte!" Ich lache auf. „Das hat dich doch bisher auch nicht gestört."

„Aber jetzt ist es anders."

„Stimmt", sage ich, während ich den Ersatzschlüssel von der Fensterbank nehme und ihm in die Hand drücke. „Jetzt hast du deinen eigenen Schlüssel und bist hier offiziell willkommen."

„Was?" Verwirrt starrt er mich an. „Ist das dein Ernst?"

„Ja, mein absoluter Ernst."

Da Max keine Anstalten macht, sich zu erheben, setze ich mich zu ihm auf die Treppe. Nah genug, dass man denken könnte, wir gehören zusammen, aber zu weit entfernt, um uns zu berühren.

Er sieht mich nicht an, sondern starrt auf den Schlüssel, den er in den Fingern hin und her dreht. „Ich weiß nicht, was ich sagen soll", gibt er zu.

„Das ist nicht nötig." Ich schlucke schwer. Es fühlt sich an, als würde ich versuchen, eine Handvoll Staub hinunterzuwürgen. So trocken und so eng ist alles in meinem Hals. „Ich denke, es ist alles gesagt. Wir wissen doch, wie der andere fühlt."

„Ich erwarte nicht, dass du mir verzeihst. Es ist mir klar, dass das nicht möglich ist."

„Das habe ich bereits."

„Mir verziehen?" Mitten in seiner Bewegung hält er inne. Ungläubig starrt er mich an. Ich senke meinen Blick und schweige. Es dauert mehrere Minuten, bis ich ihm antworten kann. Es ist nur ein einziges Wort, aber es kostet mich alle Anstrengung. „Ja."

Nichts ändert sich. Die Vögel zwitschern munter weiter, die Wolken ziehen sanft am Himmel entlang und eine leichte Brise kühlt meine verschwitzte Haut. Es ist alles wie immer und doch ganz anders.

Mein Hals brennt nicht mehr. Der trockene Sand ist verschwunden. Die Luft fühlt sich klarer an als zuvor und lässt sich leichter einatmen. Mein Herz tut plötzlich nicht mehr weh …

„Warum hast du für mich ausgesagt?", fragt Max leise. „Du hättest das nicht tun müssen."

Ich hole tief Luft. Meine Stimme zittert, als ich sage: „Keine Strafe der Welt macht rückgängig, was geschehen ist. Sie ändert nichts. Wir müssen damit leben. Akzeptieren. Loslassen."

Max nickt knapp. Er presst die Lippen so fest zusammen, dass ein dünner, weißer Strich entsteht. Er öffnet den Mund und schließt ihn dann doch wieder. Ohne etwas zu sagen.

Schließlich gebe ich mir einen Ruck. Ich rutsche ein Stück dichter zu ihm hin und streichle sanft seinen Rücken. „Bitte, Max. Tu das, was ich auch getan habe. Verzeih dir selbst. Für mich. Für Felian. Und für uns beide."

„Ich kann nicht." Seine Stimme klingt gepresst. Er vergräbt sein Gesicht in den Händen.

„Doch", sage ich. „Du kannst. Und du wirst. Ich helfe dir dabei."

Er richtet sich ein Stück auf, entzieht sich meiner Berührung. „Du weißt schon, dass es sein kann, dass ich dafür acht Jahre in den Knast gehe?"

„Wirst du nicht." Dessen bin ich mir absolut sicher. Nicht nur wegen der Dinge, die ich *weiß*, sondern vor allem wegen der Dinge, die ich *fühle*. Wenn sogar *ich* in der Lage bin, die Sache als Unfall zu sehen und dem „Täter" zu verzeihen, wie sollte ein Richter das dann nicht tun? „Du warst zum Tatzeitpunkt noch keine 21 Jahre. Es ist sehr wahrscheinlich, dass sie dich nach Jugendstrafrecht verurteilen."

„Was ist, wenn nicht?", fragt er leise.

„Dann werde ich auf dich warten."

„Acht Jahre lang?"

„Egal, wie lange es dauert!" Ich verringere die Distanz zu ihm wieder und lege meinen Kopf auf seine Schulter. „Und wenn es bis an mein Lebensende dauert. Ich werde auf dich warten!"

Lebwohl

Es ist ungewöhnlich warm. Man kann schon fast von einer sengenden Hitze sprechen. Die Sonne steht hoch am Himmel und brennt auf die vielen Gräber herunter, die vor uns liegen. Trotz dieser Temperatur friere ich. Bei jedem noch so kleinen Windhauch, der über meine feuchte Haut weht, fröstle ich.

Mein Blick streift über die vielen Blumen und das saftige, grüne Gras, das irgendwie überhaupt nicht zu diesem Wetter passt. Doch das Gras in London ist meistens grün, in keinem Land der Welt regnet es so viel wie hier.

Ich seufze. Ein tiefes Seufzen, das von irgendwo ganz unten kommt und das ich dennoch versuche zu unterdrücken, weil ich nicht möchte, dass der Mann neben mir es hört. Mein Plan geht nicht auf. Max ist zu aufmerksam, als dass ihm so etwas entgehen könnte. Sofort bleibt er stehen und schaut mich besorgt an.

„Alles gut?“, fragt er mich leise. Seine Augen leuchten im hellen Licht und erinnern mich irgendwie an das grüne Wasser einer Lagune. An der Oberfläche beruhigend und warm, aber tief und unergründlich. Voller Strömungen, die einen jederzeit erfassen und mitreißen können …

Grüne Augen sind gefährlich, in der Liebe aber ehrlich. Irgendwo habe ich diesen Satz einmal gelesen und so absurd es bei uns auf den ersten Moment scheinen mag, bei genauerem Betrachten stimmt es. Seit Max angefangen hat, sich mir wirklich zu zeigen, ist er ehrlich. Vielleicht ehrlicher als zu allen anderen Menschen auf dieser Welt, weil nur ich das von ihm weiß, was er niemandem gesagt hat.

Vor dem er selbst weggelaufen ist. Ich seufze erneut. *Vor dem auch ich viele Jahre weggelaufen bin.*

„Ist alles gut?“, wiederholt Max.

„Wir sind da.“ Mit dem Kinn deute ich nach links. Eine minimale Bewegung, für einen Außenstehenden vermutlich nicht zu erkennen.

Max rührt sich nicht. Ich kann nicht sagen, ob sein Blick meinem Wink mit dem Kinn folgt, weil ich auf meine Füße starre. Sneakers. Viel zu warm für diese Temperaturen. Offene Schuhe wären besser gewesen. Aber die Klimaanlage im Flieger hat mich davon abgehalten, Sandalen anzuziehen.

Es war einfach gewesen, bei der Polizei den Flug nach London anzumelden. Wir haben einfach Bescheid gegeben, wo Max hinfliegt und warum, wann wir gehen und wann wir zurück sind. Mehr wollten sie nicht wissen.

Schon verrückt. Jahrelang ist Max davongelaufen und nun ist plötzlich alles so einfach. Jahrelang haben wir diesen Mann gesucht und nun steht er neben mir. So dicht, als würden wir zusammengehören.

Ohne ein Wort zu sagen, setzt er sich in Bewegung. Er entfernt sich von mir, verlässt den breiten Kiesweg und geht zu dem Grab an seiner Linken. Der Grabstein ist groß und grau, schlicht gehalten und doch liebevoll graviert: ‚Du bist nicht mehr dort, wo du einmal warst, aber immer da, wo wir sind.‘

Ein Schauer läuft mir über den Rücken, als ich begreife, dass das erst jetzt so ist. Sechs Jahre lang stimmte es nicht. Sechs Jahre lang habe ich Felian unbewusst auf Distanz gehalten, bin gewissermaßen genauso weggerannt, wie Max es getan hat. Felian war fort. Nicht nur körperlich, auch mein Herz war leer. Ohne warme Emotionen. Es war nur Schmerz darin und Wut. Ganz viel Wut. Beides ist nicht verschwunden, es ist noch immer da, aber ich fühle noch etwas anderes. Wärme. Liebe. Die Verbundenheit zu meinem Bruder. Eine Verbundenheit, die es seit unserer Geburt gibt und die niemand zu zerreißen vermag, nicht einmal der Tod.

„Ich komme nach“, flüstere ich. „Sobald meine Zeit hier abläuft, komme ich nach.“

Ich schaue in den Himmel. Die Sonne ist zu grell, ich muss den Blick sofort wieder niederschlagen. Stattdessen schaue ich wieder auf Max. Er ist in die Hocke gegangen, seine Finger berühren die kleine Gitarre aus Stein, die ich vor Jahren schon dorthin gestellt hatte. Fast ehrfurchtsvoll fährt er darüber, dann hält er inne und verharrt eine Weile in dieser Position. Regungslos stehe ich da, aus Angst, diese stumme Zwiesprache zu stören. Dann zieht Max seine Hand zurück, greift in die Hosentasche und zieht etwas hervor. Einen ganz kleinen Gegenstand, den ich zwischen seinen Fingern kaum sehen kann, und doch weiß ich, was es ist. Ein Plektrum. Etwas, das Felian früher zum Spielen seiner E-Gitarren benutzt hat und es mit der Aufschrift ‚Insanity' nach Konzerten unter seinen Zuschauern verteilte. Diese Trophäen waren unter den Fans heiß begehrt. Mir war weder bewusst, dass Max im Besitz von einem davon war, noch dass er es offenbar so viele Jahre aufgehoben hatte. Nun steckt er das Plektrum zwischen die weißen Blumen auf Felians Grab und richtet sich dann langsam auf.

Er macht keine Anstalten, zu mir zurückzukommen, deswegen mache ich ein paar Schritte vor und stelle mich neben ihn. Stumm stehen wir nebeneinander. Schulter an Schulter, schweigend, wie schon so oft. Gemeinsam schauen wir auf die Erde hinunter, in der mein Bruder seine letzte Ruhe gefunden hat. Ganz automatisch wird mein Hals enger und meine Augen brennen. Ein kurzer Schluchzer rutscht mir heraus. Eine warme Hand schließt sich um meine. Erst vorsichtig, dann entschlossen und fest. Finger, die sich mit meinen verschränken und verbinden. Unwiderruflich.

Heiß brennt die Sonne weiterhin auf uns hinab. Die Kreuze der Gräber werfen dunkle und unheilvolle Schatten auf den Boden, aber sie vermögen mir keine Angst zu machen. Es ist ein Ort voller Frieden, an dem Zeit keine Rolle mehr spielt.

Die warmen Finger, die um meine liegen, drücken fest zu. Ich erwidere diese Geste und auf einmal zieht Max mich zu sich heran. Er lässt meine Hand los, aber nur um mir sanft über die Haare zu streicheln. Mit dem Daumen wischt er eine Träne aus meinem Augenwinkel, die überhaupt nicht da ist. Ich habe nicht geweint. Ich verspüre Traurigkeit, aber mir ist nicht nach weinen zumute.

„Ana", flüstert Max leise. Er legt zwei Finger unter mein Kinn und hebt es an, damit ich ihn ansehen muss. „Ich kann nie wieder gutmachen, was ich dir angetan habe. Aber ich kann dir heute ein Versprechen geben, das ich für immer halten werde."

Welches?, möchte ich fragen, aber ich bekomme das Wort nicht heraus. Es bleibt unausgesprochen, weil ich in dem tiefen Grün von

Max' Augen versinke. Eine warme Farbe, die mir Geborgenheit gibt und mich zu Hause fühlen lässt.

Angekommen ...

„Ana!“ Max spricht lauter als vorhin, um meine Aufmerksamkeit zu bekommen. Eindringlich sieht er mich immer noch an.

„Welches Versprechen?“, frage ich mit erstickter Stimme.

Max schaut mich durch seine langen Wimpern hindurch an. Sein Blick jagt mir einen Schauer über den Rücken, obwohl es sich so anfühlt, als würde er mich von innen heraus verbrennen.

„Ich werde für dich da sein, Ana“, sagt Max. Seine Stimme ist ruhig und monoton. Sie hat etwas Hypnotisches. „Wenn du mich lässt, dann werde ich an deiner Seite bleiben bis zum Ende der Zeit. Ich werde dich begleiten, dich beschützen und für dich da sein. Du musst mir nur dein Okay geben.“

„Okay.“

„Okay?“

So vertraut ...

„Okay, du darfst bei mir bleiben.“ Ein leichtes Grinsen umspielt meinen Mundwinkel. Ich versuche es zu unterdrücken. Plötzlich fällt mir etwas ein. „Warum eigentlich?“, frage ich ihn.

„Was meinst du?“

„Warum willst du bei mir bleiben?“ Ich schlage meine Augen nieder. Es gelingt mir nicht ihn anzusehen, während ich das ausspreche. „Aus Mitleid?“

Max schnaubt kurz durch die Nase, dann lacht er auf. Er schüttelt so heftig den Kopf, dass ihm blonde Strähnen in die Stirn fallen. „Nein“, lacht er. „Das ist sicher nicht mein Grund.“

„Was dann?“

„Liebe“, flüstert er. Max macht eine kurze Pause, bevor er fortfährt: „Weil ich dich liebe.“ Die Sonne wird noch heißer, die Welt noch stiller. Der Frieden um uns herum ist plötzlich greifbar. Die Vögel zwitschern leise, während dieser eine Satz von meinem Gehör in meinen Kopf dringt, sich zu meinem Herzen vorarbeitet und sich dort einnistet. In einer kleinen Ecke, einem Platz, der von nun an immer Max gehören wird.

Während ich noch damit beschäftigt bin, das Gesagte in mein Herz zu schließen, beugt Max sich zu mir hinunter. Seine Nasenspitze berührt sanft meine Wange, weiche Lippen treffen auf meine. Meine Arme legen sich um seine Hüfte, ziehen ihn dicht zu mir heran. Ich spüre seine Hände auf meiner Taille und meinem Rücken.

So stehen wir da, eng umschlugen und küssen uns innig an diesem Ort voller Frieden.

Max hält plötzlich inne, löst sich ein Stück von mir. Seine Nasenspitze berührt noch immer die meine, als er sagt: „Können wir in Zukunft öfter hierherkommen, Ana? Ich glaube, hier finden wir unseren Frieden."

Ich nicke. Meine Wange an seiner. „Wann immer du willst", verspreche ich ihm. Gerne hätte ich ihm noch mehr gesagt. Dass auch ich immer an seiner Seite sein werde, dass auch ich ihn liebe. Aber die Worte sind unaussprechbar für mich. Es wird noch eine lange Zeit dauern, bis ich ihm sagen kann, wie ich denke und fühle.

Sanft küsst Max meine Nasenspitze.

Er weiß es auch so!

„Danke, Ana", flüstert Max. „Für ganz viel."

Ich nicke wieder. Stumm und irgendwie überwältigt. Unfähig etwas zu sagen. Aber ich drücke ihn an mich, um ihm zu verstehen zu geben, dass ich da bin.

Dann schaue ich hinunter auf Felians Grab. Der Anblick tröstet mich, aber ich brauche ihn nicht, um zu wissen, dass auch Felian da ist.

Vereint. Bis in alle Ewigkeit.

So stehen wir da. Stumm. Seite an Seite und die Sonne brennt noch immer auf uns herunter und taucht alles in ein warmes Licht, voller Wärme und voller Schatten, als würde sie uns zeigen wollen, was die Zukunft bringen wird.

Verlust

DIE Sonne malt glitzernde Muster in die geschlossene Schneedecke vor dem geöffneten Fenster. Im gesamten Flur ist es mittlerweile so kalt, dass ich den Atem vor meinem Mund sehen kann. Meine Finger stecken in dicken, wollenen Handschuhen und trotzdem spüre ich die klirrende Kälte.

Anstatt meinem Impuls nachzugeben und meine Finger anzuhauchen, stecke ich sie in den eisigen Schnee, der zentimeterhoch auf dem Sims liegt. Die Kälte kriecht meinen Arm hinauf, frisst sich in meine Glieder und erzeugt einen stechenden Schmerz.

Genau in diesem Augenblick geht die Tür des Zimmers am Ende des Flures auf und Henry Shouten kommt heraus. Für einen winzigen Moment sehe ich seine roten Haare, dann verschwinden sie unter einer grauen Pudelmütze.

Er kommt auf mich zu und ich senke meinen Blick. Es hat mich nicht überrascht, dass er sich an unseren Deal gehalten hat und alles so ausgesagt hat, wie ich das verlangt habe. Verwundert bin ich nur darüber, dass er jetzt vor mir stehen bleibt und mich ansieht. Für eine Sekunde bleibt mein Herz stehen aus Sorge, er könnte wissen, dass er mit mir telefoniert hat.

„Ich wollte dir mein Beileid aussprechen“, sagt er. Für einen Moment druckst er herum und schaut dann verlegen zu Boden. „Und mich entschuldigen für den Übergriff in den Niederlanden.“

„Okay“, antworte ich, weil ich nicht weiß, was ich sonst sagen soll.

„Ich wusste nicht, dass du die Schwester von Felian bist“, platzt er heraus. „Aber selbst wenn du es nicht wärst, so wäre mein Verhalten nicht in Ordnung gewesen. Auch Max gegenüber nicht. Es wird nicht wieder vorkommen.“

„Lass es uns einfach vergessen.“ Ich richte mich auf und klopfe mir den Schnee von den Handschuhen, bevor ich ihm meine Hand hinstrecke. Er starrt kurz drauf und ergreift sie dann. Seine Miene wird plötzlich ernst. „Ich bin froh, dass der Richter nicht strenger geurteilt hat. Das meine ich ganz ehrlich."

„Ich auch." Schneller als nötig gewesen wäre, ziehe ich meine Hand zurück und füge hinzu: „Max hatte Glück, dass der Richter das Jugendstrafrecht angewandt hat."

Ein leichtes Lächeln umspielt Henrys Mundwinkel. „Ich denke eher, dass dein letzter Satz der Ausschlaggeber war. Der war wirklich super."

Ich bin die Schwester des Opfers. Wenn ich ihm verzeihen kann und ihn von seiner Schuld freispreche, dann schaffen Sie *es ja wohl auch.*

„Danke", sage ich. „Trotzdem ist es ein hartes Urteil." Mein Blick fällt auf das Rathausgebäude, dessen Tür sich erneut öffnet. Weitere Zeugen kommen aus dem Gerichtssaal, fühlen die eisige Kälte im Flur und hüllen sich in dicke Mäntel. Verstohlen schließe ich das Fenster.

„Es ist hart", gibt Henry zu. „Aber die Zeit wird rumgehen. Und du hast ja gehört, was der Richter gesagt hat … Bis zu einem Jahr kann er früher entlassen werden, wegen guter Führung."

„Ja." Ich möchte nicht länger mit diesem fremden Mann reden, für den ich keine Sympathie übrig habe. Wir haben Frieden geschlossen, mehr brauche ich nicht für mich. Deswegen wende ich mich von ihm ab und gehe ein paar Schritte auf den Gerichtssaal zu. Die Verhandlung ist vorbei. Lange kann es nicht mehr dauern, bis Max herauskommt.

Abgeführt wird …

„Alles Gute für dich, Henry!", rufe ich noch, weil ich nicht unhöflich sein möchte.

Henry erwidert meine Wünsche, aber ich höre ihm schon gar nicht mehr zu. Erneut geht die Tür des Gerichtssaals auf und zwei Beamten kommen heraus. In ihrer Mitte geht Max, die Arme mit Handschellen auf den Rücken gefesselt.

Mein Magen krampft sich schmerzhaft zusammen.

Das hast du dir all die Jahre gewünscht. Ich verdränge meine Gedanken und gehe auf Max zu. Er bleibt stehen. Mit ihm die beiden Beamten, die ihn rechts und links flankieren.

Genervt darüber verdrehe ich die Augen. „Hören Sie doch auf", knurre ich. „Er ist ein halbes Jahr nicht weggelaufen und freiwillig zur Verhandlung gekommen."

Einer von ihnen nickt und tritt einen Schritt zurück, so dass ich zu Max kann. Als ich näher komme, spüre ich seine Aufregung. Seine Position gefällt ihm nicht. Es fällt ihm schwer, hier so zu stehen. Ich beschließe, ihm weitere Unannehmlichkeiten zu ersparen. „Zwei Jahre", flüstere ich ihm zu. „Wenn du dich gut benimmst, vielleicht nur eins. Es hätte viel schlimmer sein können."

„Ich beschwere mich nicht."

„Zwei Jahre", wiederhole ich. „Dann endlich bist du frei, innerlich frei und kannst dir selbst verzeihen."

Er sagt nichts, sondern presst stumm die Lippen aufeinander. Ich zwinge mich zu einem Lächeln und drücke ihm einen Kuss auf die Wange. „Ich werde auf dich warten!"

Ohne ihn noch mal anzusehen, drehe ich mich um und gehe davon. Ich möchte allein sein, bevor der Schmerz des Verlustes kommen wird, vor dem Freya mich gewarnt hat. Mir ist klar, dass er kommen wird. Unerbittlich und kalt, aber ich werde es schaffen, ihn zu überwinden, und ich werde mein Versprechen halten.

Epilog

1 Jahr später

Niederlande

MEIN Herz schlägt ein paar Takte schneller, als ich ihn endlich sehe. Es hat aufgehört zu schneien und aus der geschlossenen grauen Wolkendecke brechen ein paar Sonnenstrahlen hervor. Es ist fast episch, wie sie sich ihren Weg nach unten bahnen und auf Max scheinen, der gerade aus dem Gebäude kommt.

In die Freiheit ...

Am liebsten wäre ich auf ihn zu gerannt, aber ich mache es nicht. Ich bleibe genau hier stehen, auf meiner Position, ein Stück weg vom Tor des Gefängnisses. Weit genug entfernt von Freya und Isobel, dass sie meine Tränen nicht sehen können, und doch nahe genug an ihnen dran, dass ich mich nicht alleine fühle.

Max geht aufrecht durch den Schnee, langsam und doch zielstrebig kommt er auf mich zu.

„Ana“, sagt er leise, als er mich erreicht hat. Seine Stimme klingt vorsichtig. Abwartend.

„Max“, grüße ich und nicke ihm kurz zu. Wir verhalten uns, als wären wir zwei Fremde, nicht wie ein verliebtes Paar, das ein Jahr lang voneinander getrennt war.

Die Luft ist klirrend kalt und doch vibriert sie, als Max sich vorbeugt und mir einen Kuss auf die Stirn gibt. „Du kannst aufatmen“, flüstert er. Seine Lippen sind trocken, als sie meine Haut berühren. „Es ist vorbei.“

„Nein“, sage ich. Zögernd greife ich nach seiner Hand, die in fingerlosen Handschuhen stecken. „Es fängt gerade erst an.“

„Wir fangen an?“ Zum ersten Mal, seit er hier steht, schaut er mich an. Ein tiefer, prüfender Blick, als wolle er sich davon überzeugen, dass ich mein Versprechen halte und noch immer zu ihm stehe …

… ihn noch immer liebe.

„Ja.“ Es ist nur ein einziges Wort, und doch sagt es so viel. Es ist gleichzeitig die Antwort auf seine ausgesprochene Frage und auf meine stummen Gedanken.

„Danke.“ Mehr sagt er nicht dazu, aber ich fühle seine Erleichterung. Mit dem Zeigefinger deutet er stumm auf eine Parkbank.

Sitzen ist genau das, was ich jetzt brauche. Alles dreht sich plötzlich.

Wie gut er mich kennt. Es beeindruckt mich noch immer, wie aufmerksam und fürsorglich er ist.

Weil er mich liebt.

Diese Erkenntnis bringt mein Herz dazu, schneller zu schlagen. Eine Erkenntnis, die mich nicht mehr ängstigen kann. Sie löst ein Gefühl in mir aus, das ich nicht benennen kann.

Der Schnee knirscht unter unseren Schuhen, als wir zur Bank gehen. Gemeinsam lassen wir uns darauf nieder und ich spüre weiter dem Gefühl nach, das in mir ist. Es ist harmonisch und so weiß wie der Schnee unter unseren Füßen. Ich stelle mir dieses Gefühl als Wind vor, der in alle unsere Fasern dringt und alles heilt.

Ein leichter Wind, der über unsere erhitzten Seelen weht, das Feuer in uns löscht und durch einen tiefen Frieden ersetzt.

ENDE

Danksagung

In diesem Buch wird die Danksagung etwas anders ausfallen, als ihr es gewohnt seid. Kürzer. Knapper. Und doch viel weitreichender.

In erster Linie danke ich mir dieses Mal selbst, weil ich es irgendwie geschafft habe, mitten in einer Pandemie die Nerven zu behalten und mich auf meinen Text zu konzentrieren. Das war gar nicht so einfach, denn immer wieder ging mein tränenverschleierter Blick hinaus ins Land, zu den Kindern, den Familien, den Senioren, den alleinstehenden Menschen. So viel Leid, so viel Kummer, so viel Angst vor dem Morgen. Alles kaum auszuhalten und noch weniger auszublenden.

Es war sehr schwer, mich auf dieses Buch zu konzentrieren, mit zwei Kindern, die monatelang zu Hause waren, mit blankliegenden Nerven, chronischem Schlafmangel und Sorge vor der Zukunft.

Aber ich habe es geschafft und dafür danke ich mir.

Ich danke auch meiner Mutter, die ganz wesentlich dazu beigetragen hat, dass alles funktioniert hat.

Ich danke meinen Lesern für ihre Geduld, ihr Verständnis und ihren Zuspruch.

Ich danke allen Leuten da draußen, die in diesen schwierigen und traurigen Zeiten Mensch geblieben sind und ihre Solidarität tagtäglich leben. Danke, dass es euch gibt!

Ich danke den Menschen da draußen, die so sind wie ich. Die so denken und fühlen wie ich und denen es so geht wie mir. Dank euch bin ich nicht allein. Und ihr seid nicht allein!

Ich danke allen Menschen, die niemals aufgeben, die sich für das Gute und Gerechtigkeit einsetzen.

Ihr seid großartig!

Zusammenhalt ist stärker als Spaltung, und Liebe ist stärker als Hass. Immer!

Eine kleine Bitte zum Schluss …

Wir hoffen, Ihnen hat dieses Buch gefallen …

Der schnellste Weg, andere Leser da draußen an Ihren Erfahrungen mit diesem Buch teilhaben zu lassen, ist eine Rezension im Online-Buch-Shop. Ihr Feedback hilft nicht nur anderen Lesern, Neues zu entdecken, sondern auch dem Autor, zu verstehen, was aus Lesersicht in diesem Buch gut und weniger gut ist. So kann sich der Autor weiterentwickeln und Ihnen sowie anderen Lesern in Zukunft noch schönere Geschichten präsentieren. Außerdem sind Ihre Erfahrungen, Erkenntnisse und Eindrücke als ehrliches Leser-Feedback eine enorme Wertschätzung vieler liebevoller Arbeitsstunden, die in dieses Buch geflossen sind.

Danke also schon im Voraus, wenn Sie sich zwei bis drei Minuten Zeit nehmen und eine kleine Bewertung zum Buch z.B. auf Amazon veröffentlichen.

Mehr zum Autor finden Sie auf

www.jessica-koch.de und
www.facebook.com/jessicakoch.autorin.de
www.feuerwerkeverlag.de/koch/

Weitere Bücher des Verlages

Denn Geister vergessen nie

Jessica Koch

Amy hat das Wichtigste in ihrem Leben verloren. Sie ist kurz davor, alles aufzugeben, als plötzlich Mian vor ihr steht.

Mian ist anders. Er kann spüren, was Amy fühlt. Und er schaut nicht nur bis in den letzten Winkel ihres Herzens, er erkennt auch als Einziger ihren unendlichen Schmerz.

Als Amy und Mian mit einer Gruppe von Freunden zu einem zweiwöchigen Segeltrip aufbrechen, entwickelt sich eine tiefe Liebe zwischen den beiden, und Amys Herz beginnt langsam zu heilen. Doch das Glück scheint nur von kurzer Dauer. Denn als Amy bemerkt, dass auch Mian mit den Dämonen seiner Vergangenheit kämpft, kommt es auf dem Schiff plötzlich zur Katastrophe. Und am Ende wird ihnen klar – die Geister aus der Vergangenheit vergessen nie ...

Der Club der Lebensmutigen

Josefine Weiss

Als sich Marleen und Hannes im „Club der Lebensmutigen" begegnen, könnten sie unterschiedlicher nicht sein: Während sie lernen muss, wieder nach dem Leben zu greifen, muss er akzeptieren, seines bald loszulassen. Doch als sich ihre Wege immer wieder kreuzen, wächst zwischen den beiden eine unvorhersehbare Liebe, die sich mutig und kämpferisch allen Widrigkeiten entgegenstellt. Und am Ende stellt sich für Marlen und Hannes nicht die Frage, ob sie sich trotz aller Unterschiede lieben können, sondern für wie lange…

Das Flüstern der Puppen

Gunnar Schwarz

Lena Freyenberg und Henning Gerlach bekommen es in ihrem ersten gemeinsamen Fall mit einem albtraumhaften Spiel um Leben und Tod zu tun. Ein Serienkiller ermordet seine Opfer auf eine seltsam vertraute Art und Weise und lässt an jedem Tatort eine verunstaltete Puppe zurück. Nach und nach entschlüsseln die Ermittler das Muster hinter den Morden, die Verbindung zwischen den Opfern und die Bedeutung der Puppen. Doch vom Täter fehlt weiterhin jede Spur.

Als Lena und Henning schließlich erkennen, dass sie selbst ihren engsten Verbündeten nicht mehr vertrauen können, hat der Killer sein Ziel beinahe erreicht. Und plötzlich holt die Vergangenheit nicht nur die Toten, sondern auch die Ermittler erbarmungslos ein …

Grünes Grab – Zwischen Mord und Ostsee

Thomas Herzberg

Ein neuer Fall führt Ina Drews und Jörn Appel nach Sankt Peter-Ording, wo eine kopflose Leiche für Aufruhr sorgt. Und die Ermittlungen im beliebten Ferienort an der Nordsee beginnen direkt mit einer unangenehmen Überraschung: Passt doch die DNA der Leiche zu einem Mann, der bereits für einen anderen Mord hinter Gittern sitzt. Ein Ding der Unmöglichkeit!

Aber dabei bleibt es nicht, denn die Liste der Verdächtigen wächst beinahe täglich. Um den wahren Mörder zu enttarnen, müssen Ina und Jörn sämtliche Register ziehen und tief in der Vergangenheit aller Beteiligten graben. Was sie dabei zutage fördern, ist an Abscheulichkeit kaum zu überbieten...